# 多么爱不如在一起

duomeai buru zaiyiqi

qing chun

青春
我们在最美好的季节里
拥抱阳光
拥抱雨季
我们把最浪漫的诗篇
最火热的激情
挥洒在这个
青涩的年代

谭艳梅/著

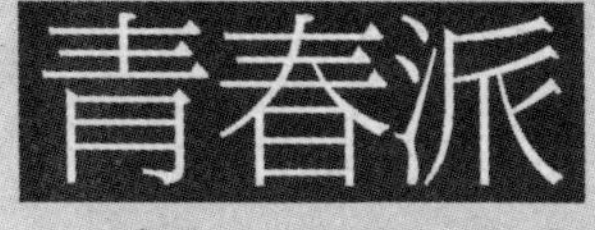


小说作家方阵丛书

中国财富出版社

**图书在版编目（CIP）数据**

多么爱不如在一起/谭艳梅著．—北京：中国财富出版社，2014.4
（青春派小说作家方阵丛书）
ISBN 978-7-5047-5065-5

Ⅰ.①多… Ⅱ.①谭… Ⅲ.①长篇小说—中国—当代 Ⅳ.①I247.5

中国版本图书馆 CIP 数据核字（2013）第 288491 号

| | | | |
|---|---|---|---|
| **策划编辑** | 王秋萍 | **责任印制** | 方朋远 |
| **责任编辑** | 白 昕 白 柠 | **责任校对** | 饶莉莉 |

---

| | | | |
|---|---|---|---|
| **出版发行** | 中国财富出版社 | | |
| **社　　址** | 北京市丰台区南四环西路 188 号 5 区 20 楼 | **邮政编码** | 100070 |
| **电　　话** | 010-52227568（发行部） | | 010-52227588 转 307（总编室） |
| | 010-68589540（读者服务部） | | 010-52227588 转 305（质检部） |
| **网　　址** | http://www.cfpress.com.cn | | |
| **经　　销** | 新华书店 | | |
| **印　　刷** | 北京兴星伟业印刷有限公司 | | |
| **书　　号** | ISBN 978-7-5047-5065-5/I·0125 | | |
| **开　　本** | 710mm×1000mm 1/16 | **版　　次** | 2014 年 4 月第 1 版 |
| **印　　张** | 13.75 | **印　　次** | 2014 年 4 月第 1 次印刷 |
| **字　　数** | 225 千字 | **定　　价** | 26.80 元 |


---

# 目录 Contents

# 第一章　大一新生恋舞

绿树丛林，鸟语花香，草坪湖泊，亭台楼阁，曲径通幽……江中师范大学坐落在江中省的省会华城，是全国有名的花园式学校。校门一百米外，就是一条商业街，集饮食、娱乐、住宿为一体。商业街不仅白天热闹非凡，晚上更是灯红酒绿，特别是到了九点以后，每个商铺前都闪烁着耀眼而又诱人的霓虹灯，灯光照得整条街忽明忽暗，斑驳陆离。

梅子和许多农村来的大一新生一样，对校园及校园周边的环境，就像《红楼梦》中的刘姥姥进了大观园，对许多东西都感觉特别新鲜。

是父亲与舅家的表哥一起送梅子来校报到的。从小就是梅子学习偶像，已大学毕业两年，时任一家房地产公司副总经理的表哥比梅子大六岁。“在大学里，不能光顾着学习，还得多交朋友……参加各种社团活动，处理各方面的关系，以提高你组织、协调等各方面的能力……在穿着方面要学会搭配各种颜色，一切以自然大方得体为前提……”在火车上，父亲沉默寡言，而表哥却滔滔不绝地给梅子讲一些关于学习、交友、穿着等方面的知识，并告诫梅子在大学里除了学习外，还要多参加各种社团活动，且要处处大方得体。他说，大学不光是一个学习文化知识的地方，更是一个锻炼各种能力的地方。

梅子所学的是汉语言文学专业，她所在的寝室在女生宿舍的 5 号楼 208 室。208 室是一个混合型寝室，8 名成员由 2 名同系的大三学生和 6 名大一新生组成。报到的当天下午，含着热泪把父亲与表哥送出校园后，因为缺少生活用品，梅子和刚认识的室友小云，就由寝室里的大三学生阿莉和阿莲当向导，到校门外的商业街上去购物。

在热闹的商业街上，几个人边走边看，当走到一家咖啡屋跟前时，看到了立在店门前的那漂亮的广告牌字幕：

今日特惠：咖啡 15 元/杯，奶茶 10 元/杯……

“价钱都好贵啊，还都是新生入学优惠过后的价格。父母给我定的伙食

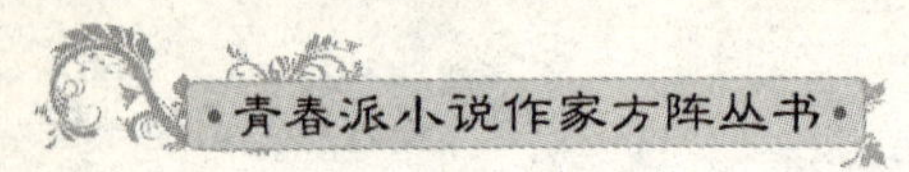


标准1月是300块呢，看来我们这些穷人是不能进去的啰。”小云撇撇嘴，俏皮地说。

“是太贵了。咖啡屋这些地方一般是情侣们待的地方，我们是不能轻易去的。”阿莉、阿莲附和着说。

听着她们的谈话，梅子心里也有种莫名的惆怅。父母给自己每个月的伙食费是200块，按照学校伙食的最低标准每天6块算，自己一个月也只能省下20块，还得买生活用品、学习用品等。从小，梅子就是家中的乖乖女，学校听话的好学生。因为她是家里的老大，她下面还有两个弟弟妹妹也在上学呢，想想父母有多辛苦，以后能给家里节省一点是一点了。

经过咖啡屋后再往前走，是一个半敞开着的溜冰场，溜冰场里传出的劲爆的摇滚乐把梅子她们的耳朵都快要震聋了。“走，走，走，我们快走！这里的声音实在太大了，我的耳朵都快被震聋了……”阿莲说。“除了我的耳朵快被震聋了之外，我的心脏也快被震出来了！”阿莉接着说。于是，梅子与小云来不及看场子里青春肆意飞扬的人群，就被阿莉和阿莲拉着小跑着往前走了。紧接着她们来到了卡拉OK厅前面。卡拉OK厅里面有人正在放声高歌《当雪花爱上梅花》，可是歌曲的调子却不知道跑到哪儿去了，一听到那忽高忽低的声音，大伙都不禁咧开嘴巴笑了。挨着卡拉OK厅的是一家有个很浪漫的名字的舞厅，叫做玫瑰漫步。舞厅里静悄悄的。阿莉说，别看它现在比较冷清，可到了晚上，就非常热闹了。舞厅的票价还不高，如果买月票的话，一个人每次只要花8毛钱。如果喜欢，紧张的学习之余，跳舞就是最廉价又最实惠的健身娱乐活动了。月票，就是一次性买30张票，这票谁都可以用……

大三女生阿莉和阿莲最喜欢跳舞了。进校门还不到一个星期，当女生宿舍5号楼208寝室的大一新生对校园里的建筑物、同学、老师还都很陌生的时候，却对校园外的玫瑰漫步与青春飞扬两家舞厅了如指掌了。因为不管是在周末还是在平时，只要一有空，阿莉和阿莲就带着梅子她们这几个黄毛丫头去舞厅“溜达”。特别是到了周末的晚上，只要一吃完晚饭，她们就往舞厅跑。很凑巧，梅子和其他几个女生虽然以前从没进过舞厅，但一进去之后，就都迷恋上跳舞了。也许以前上高中时太压抑了吧，一进大学校门，她们就像是脱了缰的野马，放松了。

“跳伦巴要注意把身体的重心移到两脚的最前面，两腿的内侧夹紧，胯部不要扭动……”

“来，跟着我一起做……左，右，左，右……”

“好，标准极了，就是这样……”

每次去舞厅的时候，阿莉和阿莲都非常耐心地教梅子她们。两人一起跳时，阿莉和阿莲跳男步，梅子她们跳女步，有时回寝室了，她们还把音乐打开在寝室教。女生寝室纪律抓得不是很紧时，睡觉的灯已经熄灭了，她们还点着蜡烛在不知疲倦地教着、学着。在阿莉和阿莲的耐心指导下，梅子她们很快就学会了伦巴、慢四、转三、快四、探戈等基本舞步，还学会了一些简单的花样。

她们只顾忘情地教、忘我地学。她们不知道，在舞厅出现的那些日子里，她们这几个疯狂的、特殊的女孩，引起了舞厅里许多人的关注。

# 第二章　陌生电话“联谊”

“喂，你好，小妹!”有天晚上刚从舞厅回到寝室，梅子就接到了一个陌生的电话。

“谁是你的小妹？请问你找谁?”接电话的梅子一愣，心想对方应该是打错电话了。

“我找的就是你!”听见对方居然这样莽撞无礼地说话，梅子立即就想挂电话。

“请别挂电话!”那人好像有预知地说。接着那人又主动自我介绍说他叫阿飞，来自江中省涟城，现在是江中师范大学旁边江中理工大学机械专业大三的学生，平时爱好跳舞。电话是代表整个寝室打的，他们寝室希望能找到一个联谊寝室。还说联谊寝室能促进同学之间的相互交流，增强社交能力，还能一起举行一些活动，做到有喜事互相分享，有困难了也能互相帮助。

涟城是梅子的家乡哦。一听是老乡，出于礼貌，梅子把挂电话的举动又搁下了，而且防备心理也没了，并自然地觉得对方可亲起来。当后来对方约梅子她们第二天晚上去玫瑰漫步舞厅跳舞时，梅子和室友们商量了一下后，就很高兴地答应了。至于联谊寝室的事，等互相了解了再定也不迟。

后来室友们都笑梅子太单纯，太容易相信他人了。要是换个人的话，肯定是不多说一个字，一挂了之。梅子说人家说话虽然有点莽撞无礼，但也许是出于诚心的，她不忍心对方受到伤害。她还说，人家叫“小妹妹”或“小妹”，是经过考虑了的。于是又有人笑说梅子胸无城府，心太善，只会为别人着想，说不定到时被人卖了还帮着人家数钱呢。

后来大家一起讨论说梅子的想法是对的。因为现在的男生一般都不敢叫女生“小姐”，因为“小姐”对于现代人来说已是不雅的代名词，而叫“女士”呢，又显得过于尊重或年龄大，而叫同学呢，又显得太俗。

室友们不管怎么笑说、嬉闹，大家一般都不会在意，因为她们知道各自都涉世不深，都必须互相提醒与帮助对方，才能在各方面提高自己，在将来走出校园后，才能在这个复杂的社会立足，占有一席之地。

第二天傍晚，阿莉与阿莲又是修眉描眉，又是涂口红的，这是她俩每次去跳舞之前必须例行的事情。

这次，她们还给梅子与小云修了一下眉型，再建议她俩涂口红时，她俩拒绝了。

“又不是去相亲，我们没必要打扮得那么精致……”小云开玩笑说。

“你们会慢慢适应的，我们刚来的时候也和你们一样，青涩得要命，对口红，甚至对修眉都抱着一种拒绝的态度……”阿莉说。

“也许哦，但我还是更喜欢让自己清清爽爽的。”梅子说。

按约好的时间，梅子和室友阿莉、阿莲与小云，一块往玫瑰漫步舞厅门口走去。那里人来人往，很是热闹。远远的，一眼就能看见有三个男生在那踮起脚尖往校门口方向瞧，右边是一个高高瘦瘦的，穿着乳白色的夹克，脸上的五官棱角非常分明，帅帅的有点像刘德华；中间的那个戴着金丝边框的眼镜，有着高挺的鼻梁，穿着白衬衣蓝西装，一看就属于精明能干型的那种；另外一个稍有点矮，但长着一张娃娃脸，可爱极了。梅子她们猜想，他们可能就是“联谊”寝室的。

当梅子一行一块走过去，离玫瑰漫步舞厅还有四五十米时，那三个男生就往前主动来接应了。梅子很纳闷他们怎么认出她们来的。因为旁边来来往往、穿着鲜艳、比她们漂亮的女孩多的是，而她们并不是很特别。

他们首先开玩笑说这就叫缘分，不过接着又告诉梅子她们，他们几个早就在舞厅注意她们了。他们也是交谊舞爱好者，因为出入舞厅的次数比较多，舞厅里只要出现陌生的面孔他们都会了如指掌。何况她们几个最近经常在舞厅内忘情地“当师傅”、“当徒弟”呢。

爱好某一事物居然专业到这种程度，梅子哑然，不期然的在心里就对他们有了好感。

通过互相介绍，梅子她们知道了高个子就是打电话的阿飞，穿蓝色西装的叫剑，而娃娃脸的叫小军。他们都是隔壁江中理工大学大三机械系的学生。

进入舞厅后，那个穿西装的小伙子剑，很有绅士风度，他几次邀请梅子去做舞伴。由于梅子是生手，对舞步还不是太熟悉，有好几次都不小心踩到了剑的脚上，可剑却不愠不恼，而是很有耐心地教着她，而且说话相当幽默，几次都把梅子逗得开心地笑起来。跳舞的时候，他借机问梅子家是哪的。梅子看他很诚恳的样子，就信任他了，于是都告诉了他。他也交换了他的地址。他来自华中省的一个小村庄。

那天从玫瑰漫步舞厅出来，剑他们三个硬是邀请梅子她们去吃麻辣烫，梅子她们推托不掉，也就去了。吃完麻辣烫回到寝室的时间正好是熄灯时间。他们三个一直把她们四个送到寝室大门口才返回。因为各个学校晚上熄灯的时间大体一致，梅子她们后来才知道他们是爬墙返回宿舍的。

后来，随着紧张的军训的到来，梅子她们就很少去舞厅了。成天站几个小时的军姿就够她们累的了，根本就没有剩余的精力去跳舞了。而江中理工大学“联谊”寝室的帅哥绅士们也好像懂她们的心思一样，一个月的时间从没有打电话给梅子她们。也许他们只是偶然开心，早都把她们忘记了吧。梅子她们刚开始几天也在寝室讨论过他们，但后来也慢慢地讨论少了，好像她们也把他们淡忘了。

# 第三章　前世缘，今生见

一个月的军训，好不容易过去了。因为第二天是周六，那个晚上，大伙都放松下来，都在嘀咕着这个周末怎么过呢。而梅子正斜躺在床上陶醉地听着收音机里旋律优美的歌曲。

“梅子，电话!”听到室友小云叫她接电话，梅子顺手接过话筒“喂”了好几声，可是连对方是谁都没听出来。小云在旁边做鬼脸，笑她还沉浸在缠绵的歌曲中没反应过来。

“梅子，几天不见就不记得我了?”电话线那头传来了一声遗憾的叹息。

“哦，是你——剑，找我有什么事?”舞厅里那个幽默诚挚的形象又回到梅子脑海中来了。

“梅子，明天有空吗?我们这边有同学要去市区的牡丹公园搞活动，如果有空你也一块参加吧?”通过电话线，梅子好像看到了一双期待的眼睛。

梅子想，既然有许多人参加，自己和室友们一起去放松放松又如何呢?何况军训这么长时间了，还不放松的话，大家都会累垮的，于是就答应他了。可是后来梅子想约其他室友一块去时，她们却都说有事不能陪她同行。

一见其他室友都有事不能去，梅子就后悔轻率地答应剑了。可是，她已经答应了剑，不好再找借口推托。于是，梅子决定“单刀赴会”。

双方约好在校门口见面。

梅子一边往校门口走，一边想着剑他们到底有几个女生、几个男生参加这次的活动，她想可不能都是男生参加哦，要不，自己一个女生到时肯定是相当尴尬的……正当梅子心思凌乱地走到校门口时，却只见剑一个人东张西望地在那等着。梅子满脸狐疑地问他其他人哪去了，他说因为其他人都临时有事，集体活动就不得不取消了，可是因为主意是他出的，而且又约了梅子，他就只好硬着头皮来了。他还补充说，人不能不讲信用的。梅子听他这话，眼睛一亮，于是说："就我们俩，去哪玩呢？要不，咱都别去了……"

好陌生的人和环境哦。梅子可不愿意单独和不太熟悉的人出去玩，何况是男生。

剑说还去牡丹公园，他央求梅子陪他一起去，他说他好久没有去公园游玩过了。看着那诚实的眼神，听着那恳切的语句，梅子的心又软了。她的心实在太软太善良了，一点也经不起别人的软言善语。她点头答应了剑的请求。

温度适宜，菊花盛开，青草未黄，而树叶也还没凋零，十月正是秋高气爽的黄金季节。这次出游，剑是有备而来的，他带了相机，还买了许多的零食。在牡丹公园里，梅子和剑开心地逛动物园、赏菊花、坐船划艇、游"十里长堤"……最后累了，他们就在公园里找了一块朝阳又干净的草地躺下休息。

不知不觉中，梅子听到了旁边剑轻微的呼噜声。

"哦，他居然在草地上睡着了。"梅子用胳膊把头支撑起来，她看到了剑熟睡的脸庞。而她，虽然很累，却睡不着，何况她也不敢睡。她害怕如果两人都在这露天里睡着了的话，身上值钱的东西可能就会被人顺手牵羊了。她当起了剑的守护者。她一会嗅嗅青草的清香，一会看看蓝天白云，一会又感受着微风轻轻拂过脸颊的无限惬意……

不知道过了多久，梅子突然感觉耳朵好痒，她就用手去挠，接着把眼睛也睁开了。她看到了剑狡黠的双眼。原来是剑在用草叶触她的耳朵，给她挠痒痒逗她玩以促使她醒来。

"啊，你醒来了？"梅子问着，然后一下就坐起来了。

"小懒虫，你终于醒来了！"剑伸了个懒腰笑着说。

"我睡着了吗？"梅子眨了眨没睡醒的眼睛，手里还拿着剑的西装，不自信地说，她不知道何时剑的西装跑到自己身上来了。

"你看太阳都快落山了。你已经睡了至少一个小时。要是有人把你抱走卖了你还不知道呢！"剑哈哈大笑起来。

梅子的脸一下红了，问剑是哪个时候醒的，她还说她本来想当一回护"草"使者的，可是护"草"没护成，倒又让剑当了一回护"花"使者。然后又“咯咯”笑着说：“我本在等机会把你的钱包、手机等值钱的东西先偷偷藏起来，让你急的呢，可是……”

剑听了梅子的话后一怔，接着又哈哈大笑起来。他想不到梅子这么天真无邪，而且又不乏幽默：“你也真会开玩笑，还是那么善良，那么美好……”然后他又把笑容一敛，“其实，你在支头看我的时候我就醒了，本想再睡的，可后来看你睡得那么香，我真的不敢再睡。钱包、手机等东西被人偷走了，还可以再有，可要是有小偷或不怀好意的人来骚扰你，那我就真成了罪人了……”

梅子无语了，她在内心责怪自己粗心没警惕的同时，又对剑充满了感激。

通过此事，梅子对剑又多了一层好感，在心灵的最深处又给他加了几分。

静静地躺了一会，剑突然说他会看手相，他说从手相上能预知一个人的前途命运，并要梅子拿出右手给他看。梅子问为什么是右手，剑说“男左女右”，这是相卜上规定的。

梅子将信将疑地把右手递给剑。剑边看边说。

他说梅子的生命线、智慧线和感情线都很好。她的生命线暗示她这一生至少能活九十岁，智慧线呢，表明她是一个聪慧，又有丰富想象力的人，而感情线则表明她重情，并对爱情非常专一，他还说梅子能旺子旺夫，命中至少有两个男孩两个女孩……梅子边听边咯咯地笑着，半信半疑中，就要求剑分析他自己的手相。剑于是又仔细地讲述他自己手相的特点，并说他的手相和梅子的很相符……

那天玩得非常尽兴。梅子与剑是坐最后一班公交车回到学校的。回到学校时已经是晚上八点了。到校门口下车后，他俩又一起吃了晚餐。点菜时剑居然点了梅子最喜欢吃的酸菜鱼。梅子心中又一阵感慨。

吃完晚饭后，他们又跑到青春飞扬舞厅去跳了几曲舞……

梅子回到寝室时恰逢熄灯。一进门，室友们都围上来七嘴八舌地问这问那，有人还点起了蜡烛。“你们俩去哪潇洒了一天呢?”“他肯定喜欢上你了!”“你们都玩了些什么呀?”……有的甚至大胆地调侃梅子：“他亲你了没?”说得梅子脸红心跳，那红红的脸蛋在烛光的闪烁下显得更红更艳。“我们只是在一起玩了一会而已，连八字还没一撇呢，你们乱七八糟地胡说什么!”梅子慌忙用一句不知从哪学来的语言搪塞。要不是查寝室纪律的来敲门了，她们这群不知天高地厚的“小妮子”还不知道会盘问梅子到何时呢。

躺床上后，梅子在床上翻来覆去地一夜无眠，脑子里填充的全是剑的影像和室友们闹哄哄的言语。她想起了室友莲说的“也许你们天生就是一对呢，你看名字中有‘剑’又有‘梅’的”。

一个人的名字中含“剑”，一个人的名字中含“梅”，正嵌了那句古诗“宝剑锋从磨砺出，梅花香自苦寒来”。也许这就是冥冥之中早就注定的心有灵犀，也许这就是千古以来就有了的缘分，是上苍要他们在今生遇见吧。

# 第四章　别致的小路

“梅子，梅子……”

那个周五的下午，梅子上完最后一节课后正低头往寝室走，但刚一走出教学大楼，就听到有人在叫她的名字。

梅子抬头一看，是剑。他还是那样西装笔挺，皮鞋锃亮，头发一丝不乱地出现在梅子面前，薄薄的眼镜片后散发着睿智的光芒。

梅子问剑有什么事。

剑说梅子刚来华城，许多地方特别是华城有名的大学都没去过。要是她愿意，他乐意当导游带她去参观各大学。还有，如果可以，他还想邀请梅子一起参加华城大学华中省的老乡会。

梅子想都没想就答应了剑的邀请。她都没有意识到自己对剑的信任是如此之快。当时，她就把书包交给了同行的小云，要她帮忙捎回寝室，而自己抄近路与剑一起往校门口走去。

近路是挨着主教学楼右边的一条弯弯曲曲的、铺满了鹅卵石的羊肠小道。要是人们穿的鞋子鞋底薄的话，那些小石头会摩擦着脚底各穴位，让脚底血液循环加快，给人一种特别的享受。而且这条小路掩映在大片的樱花树丛中，当朝阳升起，或夕阳西落时，斜阳照在树叶上，再透过缝隙投射在过往的行人身上，散发出七彩的亮光来，真如走在童话里一般。假若是在春光明媚的四月，樱花烂漫的时节，花与人比俏，行走在其中的人就更有一番别样的滋味在心头。因为舒适的环境与特殊的位置，这条小路与这片樱花树丛，就成了校园里情侣们经常光顾与逗留的地方。

梅子与剑是坐摩托车去的华城大学。剑坐在摩托车司机的后面，梅子坐在剑的后面。本来剑要梅子坐在他和司机的中间，他说这样安全，可梅子偏不愿意。因为长那么大，梅子还从没有和某个陌生男人挨那么近过。因为梅子的执拗，剑只好作罢。

当突然发现五十岁左右的摩托车司机一直站在那一声不吭，只是微笑着看着他们争论时，梅子的脸一下又莫名地红了……

梅子早就听说从他们学校出发，假若坐公交车去华城大学的话还得转一趟车，在路上耗费的时间至少得九十分钟。

而剑说华城大学其实就和他们俩的江中师范大学与江中理工大学只隔了个山头而已，走小路的话近得很。

剑说的小路是一条山路。山路很窄，忽高忽低，甚至还坑坑洼洼。梅子在车上只能听见风擦过耳畔和摩托车急驰时“突突突”的声音。

山路两边有着开放或半开放的野菊花，还有就是仍然青翠的山头。山坡上到处都是苍翠的松针树。

因为很少见到人烟，梅子的心时松时紧。她担忧地提醒剑说不要走错路了。剑要她放心，他说去华城大学的这条路他走过多次的，他要她相信他和大叔。他叫摩托车司机为大叔。他说他是大叔的老客户了，大叔以前曾多次从这条小路上送他去过华城大学。

从摩托车出发开始计时，直到到达华城大学校门口，梅子发现整个行程居然用了不到二十分钟。

“竟然相差那么多的时间，哦，我的老天！”这就是梅子当时发出的

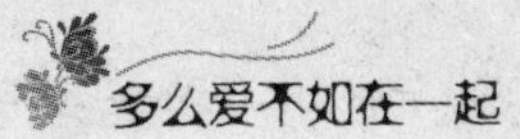


感慨。

这就是江中山城的特点。比如，两个只隔山隔水的山村，看着不远，但是实际走的话又不是一时半会能走到的，因为山路高低起伏；在地图上看着比较近，而要坐公共交通工具走大路，却要绕一个大圈，要花相当长的时间才能到达目的地，如果走小路，却很快，但有个缺点当然还是路不好走，高高低低，只有小型的交通工具，比如摩托车才能轻松穿越。

后来一次偶然的机会，梅子看到了一张在直升机上拍的华城全景图。哦，三座大学真的挨得特别近：江中师范大学与江中理工大学在山的东边，而华城大学在山的西边。而且都掩映在绿树丛林中，特别是江中师范大学里的明湖，就像一块天然的翡翠，闪闪发光地镶嵌在其中。而从江中师范大学与江中理工大学去华城大学的那条唯一的山间小路，就像一条淡黄色的细飘带缠绕在山与山之间。

“要是能从山中间修一条公路连接三所大学就好了……”梅子充满遐思地说。

“山体别看表面上是黄土多，其实里面全是坚硬的石头，要修路就得劈岩打隧道，这条路修起来可太难了……”剑分析说。

人们常说，江中师范大学的环境实在是太好了，是谈情说爱、情人们约会的绝佳境地。还别说，不管春夏秋冬哪个季节，无论在花坛边，还是在树丛中、草丛里，甚至冰雪覆盖的湖面，都能找到成双成对的，在热恋中的男男女女。

# 第五章　充满“酸味”的老乡会

老乡聚会首先是聚餐，然后是唱歌。

梅子发现，从聚餐开始，大家对剑都很尊重、崇拜。聚餐与唱歌都是剑主持的。梅子这才明白，剑不仅仅是江中理工大学华中省的老乡会会长，也是整个华城所有大学华中省联合老乡会的会长。

因为是与剑同去的，又不是他们的老乡，老乡们看梅子的眼神当然也不一样了。虽然剑开始就介绍了梅子只是他刚认识的一个学妹，可是有调皮爱捣乱的居然当场叫梅子“嫂子”，而剑听了也只是笑笑假装训斥一下对方别乱说而已，并安慰梅子别当真，老乡们只是开玩笑的。可梅子当时的脸却比一个熟透的柿子还要红。不知道为什么，她的心里却似乎甜甜的，像刚喝了蜂蜜似的。

从初中情窦初开开始，梅子就一直警告自己对异性不能随便动感情，自己的幸福一定要托付给一个可靠的人，所以，当初中、高中男女同学之间互送秋波、暗传情书时，梅子也只是淡然一笑，然后埋头扎进书堆题海中。

其实梅子那些天一直在想，剑是不是自己此生可以托付的人呢？虽然无论是剑的长相，还是人品、学识、才干，都还在自己要求的范围之内，可他家却在华中省。听说华中省的人恋家情结特别严重，假若他毕业之后回自己家乡了呢，难道自己到时也跟着他一起回去？几千里远的路程哦。何况他比自己高两届，比自己早毕业两年，以后的事情怎么能预知呢？其实梅子自己也是一个特别恋家的人，她不想离开父母太远了，要不，以后想回家一次都特别难。

在聚会上，梅子发现剑的酒量特别大。每次他面前的大约半两的杯子被注满后，只要杯子重新举起，杯子里一般都是滴酒不剩。他喝白酒简直比喝啤酒，不，比喝白开水还快。看到剑如此喝法，梅子的心里不是欣慰，而是有一丝丝的疼痛：这样喝酒对身体特别是对胃绝没有好处呢。

梅子还发现其他的男老乡，甚至女老乡喝酒都喝得一点也不比剑逊色。在他们的劝说下，梅子不得不喝了三杯啤酒和半杯白酒，这可是她当时最大的酒量哦。然后其他老乡再怎么劝，梅子也不敢喝了。她知道自己的酒量有多大，如果要是一不小心喝醉了，就不好对自己交代了。看到梅子红彤彤的脸，所有的人也就不再劝她喝酒。当再次与他们碰杯时，梅子就用橙汁代替了。

聚餐后，所有在场的又一块到了华城大学的一个 KTV 里唱歌。想不到剑唱歌也唱得不错。首先他唱了一首《月亮代表我的心》，他说他特别喜欢邓丽君的这首歌词情真意切，曲调委婉动人，又富有浪漫色彩的歌。

你问我爱你有多深
我爱你有几分
我的情不移
我的爱不变
月亮代表我的心
轻轻的一个吻
已经打动我的心
……

剑略带磁性的声音再加上对音准与情感的良好把握，还有就是他眼睛里时不时流露出来的温柔，赢得了大家的一阵阵热烈的掌声。

后来，剑又唱了《忘情水》、《爱江山更爱美人》等经典老歌。

梅子陶醉在剑的歌声里。他唱，她就轻轻地和他一起伴唱。

那天唱歌唱到了大约凌晨1点。他们边唱边吃边聊，所有人都是开开心心、高高兴兴、毫无顾忌，包厢里到处都是啤酒瓶、瓜子壳、糖果皮。期间，自始至终，梅子都给他们鼓掌，给他们分瓜子、分花生，倒啤酒、倒水等，她是里面最忙的一个了。她本想当一次专职后勤人员的，可是其他老乡不愿意，偏要她唱几曲，剑也从旁鼓励她。为了报答大伙对她的热情，梅子只好硬起头皮唱了一曲《隐形的翅膀》。这首歌是她和室友们平时在寝室哼得最多的了，尤其是在遇到烦心事，需要给自己打气时最爱唱。

每一次，都在徘徊孤单中坚强
每一次，就算很受伤也不闪泪光
我知道，我一直有双隐形的翅膀
带我飞，飞过绝望
不去想，他们拥有美丽的太阳
我看见，每天的夕阳也会有变化
我知道，我一直有双隐形的翅膀

带我飞，给我希望
我终于看到，所有梦想都开花
追逐的年轻，歌声多嘹亮
我终于翱翔，用心凝望不害怕
哪里会有风，就飞多远吧
……

梅子圆润而又温暖的歌声赢得了大家热烈的掌声。因为都熟悉此歌曲，到后来大伙还和她一起唱起来。唱完《隐形的翅膀》，在大家的起哄下，梅子不得不又唱了一曲《牵手》。

因为爱着你的爱
因为梦着你的梦
所以悲伤着你的悲伤
幸福着你的幸福
因为路过你的路
因为苦过你的苦
所以快乐着你的快乐
追逐着你的追逐
……

散场时，有个女老乡挨到梅子跟前，突然莫名其妙地说："羡慕你！"

"哦！你说什么？"梅子回答时有些茫然。

梅子当时的表情让那女老乡的声音有些愠怒了："你不知道剑点的歌都是送给你的吗？你唱时，他也在那里陶醉地轻哼着，眼睛还一直盯着你呢。我以前从没见过他像今天这么温柔，你不觉得他对你很特别啊？"

"歌是点给我的？不会吧？他没说啊，你是怎么知道的？"梅子不知道这个女老乡为什么会突然对她发脾气，她很吃惊，又有些惶恐。

"你真不解风情！没心没肺！"那女孩甩手走了。

梅子后来听人说才知道那女老乡一直喜欢剑，平时还给剑送这送那，可剑对她就是没一丁点感觉。她也就只好作罢。但还是一直在默默关注着剑。梅子还听说她是华中省某大官的女儿，从小就娇生惯养，过着相当优越的生活。为打动剑，曾闹到要割腕自杀的地步。后来是什么原因让她没那么执着、固执了，梅子也就不得而知了。

后来，梅子问剑为什么偏偏喜欢她，因为他身边绝不缺各种美女，比如女老乡、女同学等，而她相貌平平，并不很出色。剑回答说因为梅子性格好，他喜欢，更主要的是他看她很顺眼。梅子于是问："'顺眼'具体是什么意思?"剑说："'顺眼'，就是怎么看心里都顺畅、舒适，既养眼，也养心。"梅子撇撇嘴又问："你看其他美女就不'顺眼'吗？比如某某（梅子指的是喜欢剑的那个女老乡)。"剑答："她虽然漂亮，可不知道怎么回事，看着她就是没看着你那样顺眼。漂亮并不等于美啊——我和许多男人一样有这样的共同心理!"梅子翻了个白眼说剑在瞎说，是在故意讨好她。剑就露出很无辜的表情。那时，梅子就无话可说了。

# 第六章　温暖的录像厅

歌唱完后，大家又一块到了录像厅。包厢是在前一天早就定好的。剑说他临时出去处理点事，要梅子与他的老乡们一起先进录像厅。梅子还以为自己会落单的，进录像厅之后，她就随意找了个位置坐下。一直到剑进来，她右边的位置都是空的。后来才知道是老乡们故意给剑留着的。剑一进包厢之后就在梅子身边坐下，然后变戏法似的递给梅子一盒牛奶和一盒饼干，他说："你晚上没怎么吃东西，肯定饿了。"梅子说："你晚上光喝酒，饼干、牛奶应该属于你的……"梅子的话还没说完，剑就抢过话说："我不饿，也不渴，这里还有呢，也是你的，等你半夜饿了还可再吃……"梅子又一阵莫名的感动。原来剑临时出去是给大伙买"夜宵"去了。梅子看到，很多老乡手里都拿着剑刚买回来的东西，有瓜子、花生，也有苹果、橘子等。

老乡们要梅子挑选片子，梅子挑了《魂断蓝桥》，那是一部老片子，也是一部风靡全球半个多世纪的好莱坞战争爱情故事片。梅子以前看过一次，但还想重温一遍。老乡们出奇地配合都说梅子挑了他们最想看的，有的还说以前虽看过，但这片子确实耐看，看完之后隔一段时间还想再看一次。既然趣味相投，那就看吧。

屏息凝神地看着，情绪随剧情起起落落，看到动人之处眼泪还流得稀里哗啦的，梅子完全投入到了这片子中，好像这包厢中就只她一人。她沉醉在《魂断蓝桥》所表达的爱情中，那样的永恒之爱中。

后来剑说想不到梅子会是那样的容易动感情，那样的多愁善感。梅子问他那样好不好。剑回答说当然好了，因为那样的人才真才纯，才不让人费心捉摸，值得人信赖。特别是女孩子，要是应该哭时不哭，应该笑时不笑，这样的女孩绝对不讨人喜欢，也应该没有同情心，心也许会不善。他还强调一句，他喜欢和善良的女孩交往。梅子听了他的话捂嘴笑了。剑看着梅子又说："梅子你笑起来真好看。"听完这话，梅子又变哑了。"左看是好，右看也是好，前看、后看都是好，优点是好，缺点也是好，这难道就是情人眼里出西施?"梅子在心里嘀咕着。

十月底已是深秋了。冷风飕飕，连白天凉气都很大，何况到了晚上。北方有的地方这个时候都已经开始下雪了。

梅子身上穿的衣服不是很多，到了半夜 2 点多的时候，她全身被冻得不自觉地哆嗦了一下。虽然梅子的动作很轻微，可邻座的剑还是感觉到了异常，于是偏过头来问她是不是很冷。梅子点点头。剑立刻把他的西装脱了下来往梅子肩上披。梅子哪好意思接受，何况剑除了西装之外就只剩一件衬衣了，她不忍心让剑感冒。剑猜到了梅子的心，他说他身体一直都挺好的，长这么大连感冒都很少得过。听了这些话，梅子只得任剑把他的衣服披在她肩上。顿时，温暖伴随着一股淡淡的男人体香包裹全身。

第二天早晨睁开眼睛时，梅子发现自己的头正靠在剑的肩膀上，吓得她赶紧坐正了身子，脸也随之通红了。她都记不起自己是什么时候睡着的。当她正在心里责怪着自己时，看见本睡着的剑由于她头的离开也醒来了，梅子赶忙对他说了声不好意思，剑微微一笑说没关系。他说他晚上看着看着也睡着了，后面放的什么也不清楚了。梅子好想问："那有人靠在你肩膀上睡着了你知道不知道?”但话到嘴边又咽了下去。那样的话多难出口啊，也许只有白痴才会去问那样的问题。随他吧，知道就知道，不知道就佯装不知道得了。四处一望，梅子这才发现昨晚一块看录像的老乡们一个都不见了。剑说他们都忙自己的事去了。

简单清洗整理一下之后，剑就带梅子去了一家牛肉粉店。听说牛肉粉不仅有营养，还可以治感冒呢。梅子要剑多吃点以防止他前晚穿得少感冒。牛肉粉真的很香，味道也很地道。吃完之后，梅子直夸奖说是她吃过的最好吃的牛肉粉了。剑说自他来华城，最喜欢吃的就是牛肉粉。这里的主食主要是大米，菜一般是辣的，对于从小吃面食长大的他来说很不适应，可是这米粉做的牛肉粉却很合他胃口，他百吃不厌。特别是他们校门口的那家牛肉粉店，基本上每天至少光顾一次。他成了那里的常客，每次去，老板还给他打折呢。

# 第七章　小山坡上的表白

吃过牛肉粉后，剑建议带梅子去逛逛华城大学。从主教学楼，再到文史楼，再到科教楼、艺术楼，最后转到图书馆，整个华城大学到处都是草坪、花木，环境清幽极了，让人心旷神怡。转了足足一个小时，梅子与剑他们两人也都有些累了。剑带梅子到了华城大学图书馆后的小山坡上。图书馆坐北朝南，挡不住来自东方的阳光与温暖。

时值深秋的早晨八九点钟，阳光斜斜地照射在半枯的草叶上。草叶上没来得及落下的露珠反射出七彩耀人的光芒，让看见它们的人内心欢喜无限。那时，华城大学的各个角落都有人在看书，或倚，或坐，或站，或像古时候老夫子背书一样来回摇头晃脑。当然也有一对一对的情侣一大早就搂抱在一起卿卿我我……

图书馆后面的小山坡上没有长凳，加之草地上的露水还没完全干透，梅子不敢随意地坐在地上，看到草丛里有几朵淡蓝色的小花在草丛中若隐若现，她就蹲下去用手轻轻拨开草丛看花。剑观察了一下四周后，变魔术一样从兜里拿出一张约一米长的塑料布垫在一块厚实柔软的草地上，要梅子坐。梅子问塑料布哪来的。剑说在牛肉粉店结账时顺便向老板要的，他还说他和那老板很熟，只要来华城大学，一般都会去那店里吃牛肉粉。梅子说你怎么不多要一张呢。剑微笑着说店里就这一张多余。梅子知道剑又在与她开玩笑逗她开心了。

梅子一个人坐着，觉得要剑站着很是不好意思，于是要剑也坐了下来。他俩并排坐着，挨得很近，一不小心，两人的胳膊就碰一块了。梅子只觉得她的心在一下一下地跳个不停。

为了打破尴尬与沉默，剑主动讲起了一个故事。故事讲的是一对男女主人公深夜第一次单独出去约会。女主人公说冷，然后男主人公就伸开臂膀把女主人公搂住，用他的体温温暖着她，而不是把身上的衣服脱下来披在她身上……

梅子静静地听着，没有言语。其实这个故事她很早以前就在书上看到过。她当时确实很是担心剑有那样的举动。

“昨晚我为什么不是伸臂拥抱你呢?”故事讲完后，剑说，“如果我真那样，相信你不太好意思拒绝。因为边上全是老乡，好多双眼睛看着呢。你不想当场丢了我的面子。但是，其实那时我也想到了，要是给你拥抱，你拒绝的话，我确实会很尴尬的。”剑后来还说，他不想用所谓的温柔，其实也就是温柔的暴力“强抢”。“我要我心爱的人心甘情愿地投入到我的怀抱。”他说。此时的梅子内心在翻腾着，而她的嘴却像哑巴一样一丁点也不出声，她只是向剑白了一眼，然后两人又陷入了沉默中。

又过了好一会，剑清了清嗓子，指着头顶一对正飞过去的无名鸟儿说：“梅子……你看那一对鸟儿，它们配合得多么默契，它们多么自由自在、多么幸福啊……”

梅子在极力保持着内心的平静，没有回答。她又听到剑好像在自言自语，又好像在对她说：“如果有人能和我在一起像鸟儿一样比翼齐飞，甘愿和我一起经受着这世间的风吹雨打，和我享受着这人间的阳光雨露，那多好呢。”

剑突然偏过头来看着梅子，双手握住梅子的手说，“我俩以后就做一对那样比翼齐飞的鸟儿，好不？”

梅子看见剑的眼睛里满是期待，她心里窘迫得不得了，虽然也好想说几句话，可是那时的嘴就是张不开，就像被胶水粘着一样。剑等了一会，看到梅子只是低着头红着脸一句话也不说，就又急急地摇着她的双手说：“你不说话，就是默认了，对吧？”

梅子还是窘窘地既不点头也不说话。

这回剑不管梅子什么反应了，他抓紧了梅子的双手，微微带些急促的颤音，嘴里的话语就像放鞭炮似的脱口而出：“梅子，你知道吗？从你第一天出现在玫瑰漫步舞厅时，我就莫名地喜欢你了。所以，可以这么说，这些天，我一直都在千方百计、想方设法地见你，和你接近，就想天天和你待在一起……”他说这些话时，深潭样的眼睛先是盯着梅子，然后慢慢地转向远方，好像是沉浸在回忆中，又好像是这些话不知道在无人时自言自语地说过多少遍，这次只是重说而已。不管剑的表情如何变化，但是紧握梅子双手的劲却一直没有放松，好像有种一放松梅子就会逃走消失的错觉。

随着剑的目光，梅子的心也好像飘到了好远的地方去了，乃至当时手被剑抓住时隐隐的疼都没感觉到。她就一直僵硬地坐在那里，直到剑首先回过神来叫唤她好几声，她才好像从时光隧道中穿越回来，茫然地望着面前一脸焦急的剑。

回过神来后，梅子的脸和脖子都是通红通红的，心咚咚地跳个不停。她不禁嘲笑自己的表现怎么会那么不自在：是因为初恋吗？一点也不解风情吗？想想应该都不是。但是什么呢？又蒙蒙然一头雾水。后来，整个那天过的都是晕乎乎的。甚至后来是什么时候、怎么离开那个小山坡，然后离开华城大学回到自己学校寝室的，梅子全忘光了，只知道自己醒来时已经在自己的床铺上躺着了。那时，她的脑子里出现的总是剑的脸、剑的一举一动，甚至他说的每一句话、每一个字都清晰地不停地从她的脑海里蹦出来……

室友们过来问梅子怎么了，可是她却一声不吭的。

阿莉半开玩笑半认真地说：“梅子害相思病了。”

一语中的，梅子的脸和脖子一下又红透了。寝室里一下喧哗起来。

“梅子，是不是那个叫剑的?”

“梅子，是不是那个穿西装的?”

“不能这么便宜让他得了梅子的心，我们得好好宰他一顿。”

……

大家你一句我一句，就像刚沸腾的水，炸开了锅。梅子急得没法，想说句话也插不进去。

阿莉看着梅子想说话的样子，就摆手叫停说：“剑请客吃饭的事我们自己搞定，梅子你就别说了，叫你说你也不好意思。”

梅子无奈，只得由她们随便折腾去。毕竟虽然梅子没有点头答应剑，可心里确实是默认、答应了的。

## 第八章　周六晚上的疯狂

不需要多大的攻关，剑爽快地答应了女生们的要求。

就在那个周六，梅子寝室的人整整疯玩了一个晚上。

那天下午五点左右，剑和他的两个同学小军和阿飞，还有一个叫锁的一块来到了女生宿舍门口接应梅子她们，剑的手上还拿着十一支玫瑰。四个帅帅的小伙子，再加上一大捧鲜艳欲滴的玫瑰，不知道吸引了多少目光，有艳羡的、有不以为然的、有鄙视主人公做作的……梅子宿舍的窗户正对着女生宿舍的大门。室友们一看到剑他们的样子，全都“哇”地起哄开来，并推搡着要梅子赶快下楼。

梅子看那阵势，红着脸不好意思下楼了。于是，女生们就拉的拉、推的推，可梅子还是一直往她们身后站，扭扭捏捏的，走了老半天才走到宿舍门口。

一到门口，阿莉就把梅子从人群最后面拉出来，并推到了剑的面前。

剑举起了他手中的玫瑰往梅子身边送，眼睛亮晶晶的，而梅子连看都不敢看他的眼睛。在众人的催促下，梅子只得低着头把花接了过来，但是她能感受到剑眼中那别样的光彩。

梅子把花拿过来后，又顺手把它给了身边的小云。小云一惊，又把花塞还给了梅子，并说："这是你的花，怎么给我呢?"梅子说："那你和我一块先把花放回寝室，好不?"看着梅子求助的眼神，小云只得无奈地和她上了楼。

梅子和小云上楼时，正是晚饭的高峰时期。端着饭菜来来往往的女生，目光都集中在了她俩身上。而自宿舍大门到自己寝室，梅子却像一个做了错事的小孩子一样，只管捧着花，低着头往前走着。上楼时，梅子的脚尖绊到了楼梯，要不是有小云一直在旁边挽着胳膊，就摔一跤了。

吃饭的时候，阿莉与阿莲还真能喝啤酒。他们几个男同学喝一杯，她俩也同样喝一杯。

"你们俩今天应该喝交杯酒，表示特殊纪念哦……"经阿莉提议后，在吃吃喝喝的说笑中，室友们起哄说要梅子和剑喝交杯酒。梅子的脸又一次涨得通红。"真是一群不知天高地厚的小疯子。"梅子在心里笑骂着。最后因为梅子的坚持和剑的摇头，她们也只好作罢了。梅子记得当时剑说等他和她结婚时一定请大家去喝喜酒。

如果真有那一天，他俩能走到一起，在婚礼上，毫无疑问，那时他俩一定会喝交杯酒的。

吃完饭后就是跳舞。要不说年轻啊真是资本。霓虹灯闪烁的舞池里的人们都在扭动着身体，肆意挥霍着自己的青春。那一刻的人们绝没想到过年轮在一点点推进，时间会一去不复返，青春在慢慢逝去。

那晚剑不仅请梅子跳了几曲，而且还很绅士地请梅子的室友们每人都跳了一曲，作为对她们的感谢，感谢她们给他和梅子当了集体红娘。为了不冷落梅子，使她不"吃醋"，他提前向梅子解释原因，并答应从今以后，他是梅子专有的，只要梅子在舞厅，他就只请她跳舞，除非征得她同意。梅子笑说她又不会专横霸道。不过，在以后的日子中，剑还真说到做到，他不仅仅做到了在舞厅里对梅子专一，在生活中也处处体现着他对梅子的专一、温情与大度。

那晚将近十点舞会散后，剑在录像厅又要了个包间，请大伙看通宵录像，这可真的乐坏了这群青年男女们。录像厅的包间虽然不大，但十来个人在里面也不显得很挤。包间里自己选片，想看什么就看什么，开始时有不同意见，不过后来一致同意看“鬼片”。梅子她们几个大一新生从没看过，一听“鬼片”，心里就直发毛，但好奇心还是很强的。

那晚看的“鬼片”，让梅子一直都记忆犹新，只要一想起来就毛骨悚然，并发誓以后再也不看了，但那次她却不知为啥一定要坚持把它看完。那次在录像厅梅子和剑是挨着坐的，每次看到梅子害怕的表情时，他都悄悄地把她的手握紧。梅子没有故作矜持地挣扎，只静静地由他握着，她能从脸侧感受到剑那温柔似水的目光和时而为她担心的焦灼。

# 第九章　圣诞节“踏冬”

干燥的寒风虽然吹得人有些冷，可圣诞节马上就要来了，校园里到处都洋溢着热闹快乐的气息。梅子也没觉得天气冷，也许缘于恋爱的缘故吧。

阿莲打趣说：“心是热的，外面再严酷寒冷的环境也无所谓了。”

梅子可真期待圣诞节下一场鹅毛大雪，那她就可以穿着白色的羽绒服，系着红色的长围巾，在飞舞的大雪中与雪花一起做个飞旋的公主了。

可是，事情并非想象中的那样，圣诞节那天恰恰是个大晴天，太阳明朗地照着大地。

九点过后，学校草坪上到处都是晒太阳的学生，三三两两的，有的在聊天，有的在背课文，背英语单词的最多了。英语可是各个在校学生的老大难哦，不管是好学生还是差学生都逃不了这一关，因为在毕业前必须达到一定分数，要不学位证就拿不到了。可有的学生天天背英语，月月背英语，就是年年都过不了这一关。有人耸耸肩膀无奈地说，他的大学四年，就是背英语单词，学英语过来的。

这个圣诞节正好又是周末，梅子与剑也相约来到了学校明湖西边的草坪上。本也想坐在草地上晒太阳来着的，剑看着草地上的人特别多，他就问梅子愿不愿意去校外散散心。梅子一口答应了。没下雪，在圣诞节享受不到雪花飘舞带给她的惬意，那和自己喜欢的人去校外“踏冬”也会另有一番情趣的。

“你这样乐观，我真高兴！”剑让梅子在校图书馆前稍等一下，说他一会就回来。

梅子在图书馆门前背对着东方站着，阳光把她的影子拉得很长很长，与倒斜下来的树影重叠着。在微风的吹拂下她的影子与树影轻轻摇曳着，好像它们本就是一体，从没分开过。

梅子很悠闲地一边看着太阳与树影，一边想象着即将到来的有趣“踏冬”，她的神情是陶醉的。这一天，从图书馆前经过的人出奇的少，也许大家都趁圣诞节或好天气去尽情玩耍了吧。

因为人少，在圣诞节这一天去图书馆借书是不用排队的。阿莲与小云借机去借书。她们看到了正在树荫下发呆的梅子后就互相对视一下，然后一起悄悄地跑到梅子身后大嚷：“梅子，又在等你的亲爱的剑啊？”并向梅子做着鬼脸。梅子其实早就看到她们走过来了，她转过身把胳膊一伸，右手做出像要拧她们的样子，左腿同时踢向她们。她们没想到梅子会来“两下子”，差点被梅子的“架势”给吓到了。

嘿嘿，吓人不成反吓了自己。梅子小时候可学了几天拳脚功夫哦。她们俩看被梅子戏弄了，然后都像老鹰一样张着双臂尖叫着向梅子扑过去。梅子灵活的往前一蹿，躲过了她们的“鹰爪”，却不小心撞入了另一个人的怀里。梅子抬头一看：“哦，是剑！”梅子的脸一下又涨得红彤彤的，赶紧把身子挪到一边，不知道说什么好了。阿莲和小云见势趁机往图书馆边走边说：“保护伞来了，不和你闹了，等回了寝室再好好收拾你……”然后向梅子一眨眼，又做了个鬼脸，梅子又向她们挥了挥拳头，看到俩人很快就消失在图书馆的大门里。她们都不知道剑什么时候推着一辆自行车走过来了。

等梅子傻傻地回过神来时，发现另有一人正在傻傻地看着她。梅子上前拍了他一下：“喂，我脸上有脏东西吗？”剑回过神来说：“啊，没！”“那你看我干什么？”梅子笑着好像要刨根问底似的。“我突然觉得我俩好久好久以前就认识了。”剑很认真地说，眼睛里流露出来的真挚就像夏天的阳光一样很炙热，再顽固的冰也该被融化了。梅子掩饰住内心的慌乱走到他旁边的自行车跟前说：“哦，那……走吧，今天想带我去哪个有意义的地方‘踏冬’呢?”“等一会你就知道了。”剑愉快地眨着眼睛神秘地说。

# 第十章　当渔夫

梅子坐在自行车的后座上，由剑带着沿着学校的明湖跑着。虽然是冬天，湖边的树木大都是光秃秃的光杆司令，可是它们的倒影在清澈的湖水里荡漾着一样赏心悦目。特别是那几棵常绿的柏树，在湖水里荡啊荡，就像一个个婀娜多姿的少女在扭动着腰身。在湖心雕梁面栋的“情人岛”上，有好几对情侣在上面不是抱着就是搂着，全然不顾湖四周那些如簧的视线和湖心疾冷的寒风。

剑带着梅子穿过学校东南墙边的一个门洞后，他们就已经到了校园外。这个门洞是校园的一个侧门，要不是剑这次带梅子过来，梅子还不知道这边有门呢。一出门洞，校门外边还真是别有一番天地。

首先有几栋六层的楼房跃入眼帘。以前远远看着，梅子还以为是校内的，现在却全在围墙外。剑好像看出了梅子的疑问，主动介绍说那几栋楼是一个中专学校，后面那几栋是一个成人学校，都是隶属江中师范大学的。

当他们绕过那几栋楼房之后眼前就豁然开朗了。他们正站在一个有着满山松针树的半山坡上，黄黄的松针掉落在地上，就像一床天然的黄色锦缎被子，让人踩着松软舒适。山坡下有几户人家，接着是几丘水田和一个有着十几亩的大池塘，接着又是一望无际的梯田。大池塘虽然没有明湖中心一样的“情人岛”和鳞次栉比的多重倒影，但也有着她自己独有的特色。看，那池塘边垂着的柳树条，虽然没有细长的绿叶衬托，可那细密的长枝条就像美丽女人的一根根长发，柔柔的，一直垂到了池塘的水边后又深深扎入了池塘的深处。而池塘却像一个浑厚的小伙子，用他宽广的胸怀拥抱着他心爱的女人，温柔地呵护着她，给她最营养的水分。与不远处的松针林相呼应，池塘边的杂草也是呈浅黄色……

也许与心情有关吧，梅子一点也没觉得这个冬天很萧条，而是满地的柔和。她还在怀想，这时要是刚下完一场大雪就更好了，银装素裹，当池塘水面上铺上一层厚厚的冰的世界，那将又是一番别样的美呢。于是，她要求剑在下雪时再带她来这池塘边。剑满口答应。

自行车的双轮轧着乡间小路上的小石子发出咯吱咯吱的声响，好像在演奏着一曲田园交响乐，让他们陶醉不已。他们抬头看到池塘边有一群人正在忙活着，于是就往那边走去。走近一看，哦，是在捕鱼呢。剑是喜欢凑热闹的人，把自行车往田埂上一放，他就拉着梅子跑去看捕鱼了。当他们跑到时，渔民正在收网，呵，大的、小的、长的、短的、圆的、扁的……各式各样的鱼都在网里翻腾蹦跳着。池塘与水田接界的埂上放着十来个水桶，有一半水桶里已经放满了鱼。

梅子是在江南水乡长大的，从小就经常看着大人们捕鱼，理应对捕鱼没什么新鲜感了。但自从上初中住校后就很少有机会看人捕鱼了，时隔这么多年，当再次看到捕鱼的场景时，她是那么兴奋，那么激动，好像自己又回到了扎着羊角辫的童年，好像现在就在自家的池塘边，自家的田埂上走着，一心在为鱼塘的丰收雀跃着。看着鱼塘里肥肥的鱼儿，她就自然联想到了餐桌上鲜美的鱼肉……

而剑比梅子更兴奋，生于华中大平原的他是第一次看人这么大规模地捕鱼。以前只在电视电影里看过，当时对江南渔民捕鱼的镜头印象尤其深刻，期待着有天能亲眼看到真正的捕鱼场面，最好是自己也能亲自撒一网，过一回当渔民的瘾。看来积蓄很久的心愿在今天能如愿了。梅子不知道他用什么话语说服了那些渔民，居然答应了剑的要求让他亲自去撒网。

撒网必须站在竹排上，如果在竹排上掌握不了身体平衡就有可能掉到水里去。剑的游泳水平很好，掉池塘里他一点也不怕，可这大冬天的，天气虽然好，可温度也接近零度，衣服也穿得多，掉水里后会浑身湿漉漉的，全身也会冰冷透骨。看着剑信心十足的样子，梅子眼里的焦虑也慢慢减少，甚至要求自己和剑一块上竹排。剑一万个不答应，理由就一条：这不是在游览区，没有救生圈。他知道，虽然梅子长年生活在水边，可却是一只十足的旱鸭子。

梅子只好陪着剑仔细地听渔民们吩咐上竹排之后，脚要如何站才不易摔倒，撒网时手要如何做，网撒的范围才大，收网时又应该如何收……

当剑穿着渔民的靴子上了竹排时，梅子的心还是被揪得紧紧的。她目不转睛地盯着剑。看来她的担心是多余的。剑居然如一个熟练的渔民一样上竹排，然后撒网，收网，他是那么镇定自如，又信心十足……也许他前世就是一个渔民，梅子的神思又飘到了远处。

当剑叫唤着梅子要她去挑鱼时，梅子的脑海中正幻化着剑是渔夫，她是渔妇，俩人在水边过着宁静恬适的日子。

梅子兴高采烈地跑过去挑了一条两斤多重的大鲫鱼。剑问梅子为什么要挑鲫鱼。梅子说她从没见过那么大的鲫鱼，何况鲫鱼炖着吃可有营养了。剑刮了刮梅子的鼻子说她是小馋猫。梅子吐了吐舌头做了个鬼脸作为回报。

用一个大塑料袋盛了些水，再小心翼翼地把鲫鱼放到车篓之后，梅子他们告别渔民继续前行。剑还骑着自行车，梅子还坐在自行车的后座上。恰遇下坡，自行车飞快地向前滑行。因为心里非常高兴，又沉浸于剑捕鱼的画面中，梅子伸出胳膊轻轻地搂了一下剑的腰。剑的身子一僵，但很快又放松了，并回转头来报了梅子一个会心愉悦的微笑。他俩都沉浸在幸福中。

为此，回校后，梅子还写了篇散文《晨幻》来纪念那天及自己向往的日子。

### 晨幻

美丽的玫瑰花在尽情开放，黄鹂婉转动听的歌声随风飘扬。晨曦中，树枝上、叶上、花瓣上处处缀满了晶莹透亮、沁香怡人的露珠。

一轮红日自海天相接的山尖慢慢攀升，光芒穿过云层，透过雾霭，直抵万物的心膜。沐浴着晨光，转瞬间，我仿佛成了蹁跹于花海中的仙子，伸出纤纤红酥手采摘五彩光芒作丝线，织成霓裳，在白云端尽情地歌唱、舞蹈。

沙滩上，小木屋炊烟袅袅。一行脚印自小木屋的门槛弯弯曲曲地延伸，消失在浩渺的大海里。恍惚中，我成了炊烟中的渔妇，而深爱着我的丈夫，渔夫，正在温暖的阳光下，在清凉海水的倒影里，撒起一张由千万丈五彩丝线编织的大网，网住了跃起的千尾金丝鱼儿，也网起了天上红彤彤的太阳。大海澄澈，安宁，碧波微微荡漾，成队的船儿慢慢地、慢慢地绵延至水天交会处。

轻风吹拂，树叶的沙沙声此起彼伏，如热恋情人的悄悄私语，串成了一曲动听的交响乐，在空气中弥漫，经久不息。风儿又送来了远处阵阵悠扬的竹笛声，天籁般传入了五脏六腑，令百骸欢悦不止，回味无穷。

我无拘无束、陶醉地享受着温暖的阳光，闻着沁人花香，吮吸甘露……不知不觉中，和风，阳光，碧水，鲜花，甘露，洁云，源源不断地汇入我的身体，充盈着我，富足着我，填补着我那爱情、亲情、友情的留白，让我瞬间就波光粼粼，碧波荡漾。

我闭着眼睛，张开双臂，酣畅淋漓地拥抱着大海、蓝天，虚无缥缈间，觉得自己就是海天孕育的一滴晶莹，闪动着，跳跃着，一半儿融进母体，为了那恒久的生生不息；一半儿欣然融化，去滋润我头顶的那片蓝天和依附的那个堤岸；仿佛又幻化成了一个精灵，引海水倒流，海出百川，越过高山沙漠，淌过沟沟壑壑，让苍茫大地都布满涓涓爱河，人间不再有干渴。

我驾着如莲花般圣洁的大朵白云，任思想长出翅膀，安逸地在大海上空徜徉；我尽情舒展着四肢，与蓝天、白云、大海融为一体，与思想一起振翅飞翔。

时空置换，万物交融，如梦如幻。

捕鱼、当渔夫充满着诗情画意，可是，接下来发生的一幕，让他们只要一想起来就心有余悸。

# 第十一章　与狼狗搏斗

大约十点了，太阳暖和地照耀着大地。自行车沿着一条左边是各种大树围绕的房屋群，右边是翠竹的下坡小路一直滑行下去。小路上残留着秋天的落叶，自行车的轮胎轧上去发出嘎吱嘎吱的响声，在那个宁静的上午显得异常清脆。一边聆听着耳边稀疏的鸟啼，一边把头轻轻靠在剑的背上，双手也轻轻搂着他的腰，梅子尽情地享受着这冬天难得的安详与浪漫。

当走到一个拐弯处时，剑按起了自行车上的手铃，以提醒来往的行人注意让路与躲避。当时梅子还笑说剑按铃声纯粹多余，那么安静的小路，哪有人走动呢。于是梅子就边用双手搂着剑厚实的腰，边想着和剑在一起时的一点一滴，时不时嘴角还露出幸福与满足的微笑。

当剑和梅子正在安然自得地享受着乡间小路的安详宁静与惬意时，一条黄色的大狼狗悄无声息地从一栋房子里跑出来，然后直朝他们扑来。梅子在后座上最先看到那狗凶神恶煞的样子，紧紧抓住后座，冲剑说："狗，狗，大狗跑过来了，快点……"剑往旁边一瞅，也发现了那好像失控了的狼狗，心神也有些慌了，他赶紧放开了自行车的闸，希望它跑得更快些，以超越那狼狗，并尽量把稳车把以防摔倒。真是怕啥来啥。就在那时，自行车碰到了前方路上一块横躺着的砖头——自行车一歪，剑把持不住车把，他和梅子两人双双从车上摔了下来。

眼瞅着那张牙舞爪的狼狗马上就要扑上来了，剑沉着地拿起刚绊倒他们的那块砖头向狗砸去。狗挨了砖头吃疼，这才打破了好像它天生是哑巴的沉默，"汪汪"地叫起来。

在向狗扔砖头时，剑已经顺势站起来了，他也想就势把梅子拉起来，可自行车还压在她身上呢，他不得不先去搬自行车。可那时的狼狗没有因为吃疼而停止进攻，它停顿了一下后，还是狂叫着朝他们这边扑来。剑没办法，只好边粗鲁地骂狗，边搬起自行车当盾牌……千钧一发之际，正在家和邻居聊天的狗主人闻声走出来了，看那紧张的阵势，他赶紧叫唤着狗的名字要它回去。那狗还真听话，夹着尾巴，掉转头，像来时一样，一声不吭地走了。

好险啊！梅子被吓出了一身冷汗。当剑把她拉起来，她的腿还是软的。梅子在心里骂自己一点胆色也没有，当时要不是剑随机应变用砖头砸狗，恐怕自己只得上医院打狂犬疫苗或住院疗伤了。她揉着腿上、胳膊上青一块紫一块的地方，哭笑不得。她问剑当时害怕不害怕，剑回答说他也害怕。可是他却在本能地用砖头、用自行车防卫着……

挺万幸的。那天，要不是狗主人在家，他们不能想象后来会发生什么样的状况，当面对那样凶猛的狼狗时。

剑的自行车也挂彩了，车扶手上的前车刹被摔坏了，车龙头也歪了，还好，后车刹没有坏……剑一边整理着自行车，一边问梅子还想不想继续玩下去。梅子看着从车篓子里摔出来的，还在塑料袋里活蹦乱跳的大鲫鱼说："我们去老乡店里炖鱼吃吧，好吗?"剑点头同意。于是他们掉头往回走。老乡，是梅子的老乡，她在江中师范大学的校门口开了一家饭店，素菜荤菜搭配恰当，口味极好，价钱却不比学校食堂贵。梅子与剑两人如果不想在食堂吃饭时，经常去那"改善"生活。

# 第十二章　路遇黑店

途中，经过一家商店，梅子觉得口渴，就要剑去买瓶矿泉水。接下来发生的事算是让梅子又上了一堂在教室里根本不能上到的课，学到了在课本上根本没法学到的东西。

因为身上没零钱了，剑不得不拿了一张百元的钞票交给店主。店主拿了两瓶矿泉水给梅子他们之后，就拿着那张百元钞票去柜台后面找钱了。那店主大约六十岁，典型的国字脸上有些皱纹，戴着一副老花眼镜，看上去是那么慈祥，就像邻家的大伯。谁知道，这却是一个表里不一，人面兽心的家伙。

接过水后，因为实在是太渴了，梅子随手就打开矿泉水瓶准备喝水。正在那一刻，那店主突然拿着一张百元钞票递给剑说那票子是假的。梅子愣了一下，吃惊地看着剑，眼神里写满"我们怎么会有假钞呢?"只见剑不慌不忙地接过钞票一看，说："这钞票不是我的。"店主说："这一张怎么会不是你的呢？这明明是你刚给我的！"他的口气理直气壮，并坚持说剑给的就是假钞，原来他脸上的慈祥也早已消失不见，取而代之的是堆集的皱纹上写满着气愤。而剑呢一点也不示弱，他不慌不忙地说出了自己钞票开头的字母与几位尾数，并义正词严地警告店主如果再这样坑人的话，他就拨110，请警察来帮忙解决问题。只见店主脸上闪过一丝不易察觉的尴尬与无奈。僵持一会之后，店主不得不把那真钞票拿了过来还给剑，并说他没零钱找了。

怎么办呢？此时梅子手中的矿泉水瓶已经打开了。剑把他的矿泉水还给了店主。矿泉水一块钱一瓶，打开了的肯定不能再还给店主了。一块钱去哪找呢？梅子与剑把他们自己的背包翻过来翻过去，终于在包里找出了一个五毛和五个一毛的硬币。真是上天保佑，要不，那天他们还铁定走不成了呢。那店主想黑他们没黑成之后，明显的又是在给他们找难堪。人生地不熟的，他们不可能拿着百元大钞到处去找零钱。

当时，假若他俩身上找不出零钱的话，剑就真的只有到处找钱或骑车回校拿钱了，而梅子呢，就只有暂时待那当“抵押”了，当一块钱的抵押哦。其实，那时梅子刚把矿泉水瓶的盖子打开，还没来得及喝水呢。那店主的丑恶嘴脸一出来之后，梅子感觉本来很渴的身体突然就一点也不觉得渴了。她把水递给剑，剑摇摇头，也说不渴了。

自从那以后，梅子在花钱特别是使用大钞票买东西时，都会学剑那样把钞票的首位字母与后几位数记住，然后再交给对方，以防又碰到黑店，让对方使诈。还有就是没有找回零钱或没经卖方允许，不去动物品包装，以免自己处于被动中。直到以后有了孩子，梅子还把这种处事的方法教给了孩子。真是吃一堑，长一智。

那天，梅子和剑本来想两人自己动手做鱼的，但由于买矿泉水一事闹得一点心情也没了，加之确实也太累了，当他俩精疲力竭地到达老乡的饭店时，把鱼往厨房的案板上一放，坐下就不想再动了。他们没想到刚去的路程不到半小时，可回来时却花了他们至少两个小时。为什么呢？原来去的路大多是下坡，他俩骑着自行车不用花费太多的力气。而回呢？却变成上坡了，他俩只得慢慢地费劲地推着自行车往回走。当老乡把他们最喜欢吃的酸菜鱼端上来时，他俩拿筷子的手都觉得是酸软的，想狼吞虎咽也是心有余而力不足。

那晚，梅子和剑两个学校都有圣诞联欢晚会及其他有趣的活动，因为白天实在玩得太累了，梅子和剑对它们都提不起兴趣来了，于是就在梅子学校的荷花池边背靠着背待到九点多下露水时就各自回寝室休息了。

这个圣诞节，酸甜苦辣咸各种味道都有，过得真是多“滋”多彩。

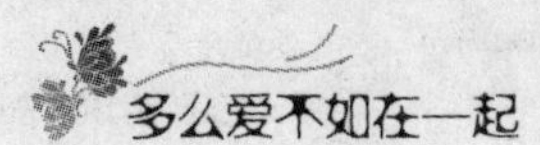


# 第十三章　情义无价

接下来的日子，梅子就得准备期末考试了。每天早晨八点左右，主教学楼206室和208室，如果里面没课或梅子和剑那时刻都没课，在教室的最后两排，总能看到他俩并肩在上自习的身影。那种情形让别人都觉得特别温馨。梅子好希望每天的时间就在那一刻停止，不再往前走。可时间从来都是固执不变的，总是走得匆匆忙忙，不为任何人所停留。

寒假终于还是来了。

剑帮梅子在火车站买了火车票，他在买票时故意把自己的车票时间往后延了一天。

他对梅子说：“我要亲自把你送上火车才能安心回家。”

在离校前，他还在精品店里精心挑选了一个大大的布娃娃送给梅子。

梅子问他：“为什么要送我布娃娃?”

剑说：“就让这娃娃在寒假里替我陪伴着你啊。”

听了那话后，梅子的眼泪在眼眶里打着转，而喉咙也哽咽着一个字也说不出来。

剑说了一声：“傻姑娘!”然后用纸巾帮梅子把快落下的眼泪轻轻擦干净……

在火车开前约十分钟，剑突然把梅子拉到一个背光处，伸开双臂紧紧把她抱在怀里，而他的下巴则轻轻贴在梅子的头上。

那一瞬，梅子的心跳一下加速，同时，她也感受到剑的胸口在怦怦跳个不停。受剑情绪感染，梅子把埋在剑肩头的脸抬起来，眼睛向四周迅速瞟了一下，觉得没人注意他俩后，她踮起脚尖飞快地在剑嘴唇上亲了一下，又飞快地离开，脸变得红彤彤的。

剑愣了一下，接着开心地笑了，他拍了拍梅子的后背，把她搂得更紧了……那时，传来了列车员的声音：“列车马上要开了，没上车的乘客赶紧上车了……”

不得已，梅子与剑互相牵着对方的手依依不舍地往列车门走去。列车员的声音催得更紧了：“没上车的乘客赶紧上车了……”

以最快的速度进入车厢后，梅子把行李放在一边，赶紧把脸贴在车厢玻璃上与剑对视着。火车启动了，由慢而快……看着往后倒退，而又往前边跑边挥手的剑，梅子的眼泪又止不住地往下掉了，她觉得自己举起的手有千斤重。

在座位上悄悄地抹了一会眼泪后，手里抱着布娃娃，梅子闭上了红肿的双眼陷入了沉思。

坐在旁边的一位大哥说布娃娃非常漂亮，问梅子多少钱买的，他也想去买一个送给他女朋友。而梅子当时却处于神思漂浮的状态，根本没听清他说的、问的什么，直到那人又重复了一遍，梅子才缓缓明白过来，她顺口就说：“无价!”那大哥先是一愣，然后马上明白过来，他笑着说：“无价？哦，是男朋友送的吧？确实无价呢！情义无价哦。我女朋友也曾经这样说过的……”

谁会说情义有价呢？

## 第十四章　你是我的年

上了十几年学，梅子从没觉得假期如此漫长过，可这个寒假，不，就是在家过的每一天都让她感觉很长很长。每天只希望太阳出来了就是晚上，只希望月亮出来了马上就天明。用度日如年来形容她当时过的日子一点也不为过。梅子在家里干活时也是心不在焉的，她成天心里想的是：剑在家里干啥呢？正在和他的家人聊天吗？和他儿时的伙伴在闲逛吗？他想过我吗？

虽然城市里的手机电话漫天飞，甚至有的一人就拥有好几部，可是因为梅子的家在江南一个相对落后的山村里，当时电话还没完全普及，梅子家里还没安装电话。整个村庄就梅子邻居家一个公用电话。因为打长途太贵，大家打电话都是长话短说，把主要事情说清楚了就赶快挂电话。梅子牢牢记住了剑与她分开时给她留的电话号码。回到家待不到半个月，梅子实在熬不下去了，就跑到邻居家给剑打电话。那天是农历腊月二十三晚上七点左右，家家户户都在祭灶神过小年，鞭炮声就像大年三十一样噼里啪啦地响个不停。因为是第一次给剑家里打电话，梅子感觉自己拨键的手指一点劲儿也没有，似乎在抖个不停，心也在怦怦直跳。好不容易指尖触到键，拨通电话，电话那头的声音响起时，梅子就后悔了，只盼望着没人接。

“嘀，嘀，嘀……”剑家里的电话铃声一声比一声拉的长，可却一直没人接。当梅子心里在窃喜着但又满心遗憾着没人接电话时，那头的电话却通了，是一个清悦的女声：“喂，您好！请问找哪位？”很地道的普通话。梅子还一直担心如果是剑父母接了电话后，说了自己听不懂的地方方言该怎么办呢，想不到接电话的人说的是普通话，当时，她的心一下就平静下来了，如喝了爽口的静心剂一样。梅子说找剑……对方马上拉长声音用方言叫唤了一句，梅子也没听清她说什么，然后剑就跑来接电话了。

剑的第一句话就说他知道是梅子打过去的。梅子故意说心哪有那么相通啊。剑说他们本来就心有灵犀的。想想以前在学校时当梅子说上句，剑马上就能接着说下句，梅子就笑出声了。剑问梅子笑什么？梅子说等回校再和他说，因为是公用电话，而且邻居家的柜台边有好几个人在呢，梅子可不能让人偷听了他们的“悄悄话”。那时，梅子把满腔的思念都藏起来，只和剑说了几句无关紧要的话，比如问剑家人好，何时回学校等，然后匆匆把电话挂了。当时，梅子可不是心疼手中的钞票哦，只是不想让人偷窥到内心的秘密而已。

从电话里梅子听出剑是记挂着她的。

接下来的日子，梅子脸上都洋溢着幸福的微笑，邻居都说上大学就是不一样，人都变精神变漂亮了许多。梅子无言，只笑笑。

接下来就是准备年货，春节里串门拜年。

初一大早，梅子正准备外出串门拜年，就听到邻居叫她去接电话。梅子边走边想着谁会在初一这一大早给她打电话呢？于是快步跑到电话机旁，一接，哦，是剑，梅子从头至尾都没想过他会打电话给她。她可没告诉他邻居家的电话哦。剑第一句就是祝梅子新年快乐。梅子问他是怎么知道她邻居家电话的。剑笑说要她猜。梅子想了想，猛然想起是小年那天给剑打过电话，剑肯定在那天就把电话号码给记住了。想想他真是个有心人。于是梅子对剑说："你真有心！"剑呵呵一笑说："要看对谁呢！"梅子轻轻地笑说贫嘴。

他说，她就是他的年。

大年初一的天气虽然很冷，而且还有刺骨的寒风，但因为大家都被过年的喜庆气氛渲染着，串门拜年进展得非常顺利开心。在近十一点回到家时，梅子所有的口袋都装满了瓜子、花生。梅子老家串门拜年都有个习惯，那就是拜过年、说过客气话之后接着就是喝酒、吃瓜子和花生、糖及各种小吃，出门了主人还会给每人的口袋里装一碗瓜子或花生带着走，客人是小孩子的话还会给糖或压岁钱。在餐桌上喝的酒一般是主人自家酿制的甜酒和烧酒。甜酒即米酒，是用糯米发酵后酿制的，而烧酒则一般是用纯大米或加一些红薯发酵后酿制的。在寒冷的春节，甜酒酒精度较低，不仅可以暖胃，而且还有美容养颜的功效，女人、孩子和老人都喜欢喝；而男人们则喜欢喝度数较高的烧酒。

初一一天下来，女人和孩子的脸是红扑扑的，而男人们的脸不光红扑扑，更有许多喝得醉醺醺的。在这一天，大家可以借此机会互相品尝各家的酒与小吃，以此借鉴交流学习各家酿酒的诀窍。

# 第十五章　"右眼跳灾"

初二是在母亲的叫唤声中醒来的。梅子睁开惺忪的睡眼，可被屋里耀眼的光线刺得很难受，于是用手揉了揉眼睛。母亲在一边说昨晚下了一场大雪。外面厚厚积雪的白光通过玻璃反射在房间里，把整个房子照得非常亮堂。母亲还说已经八点多了，得赶紧起床，一会还得去市里的外婆家。梅子边答应着边穿衣服，可是老感觉右眼在跳，且跳个不停。

"左眼跳财，右眼跳灾。"大过年的，大家都非常开心，脸上喜气洋洋的，而且晚上睡得又挺香，右眼跳什么跳呢？又哪里会来所谓的"灾"呢？梅子就是削尖了脑袋也想不出自己会遇到什么不好的事。"只要不想着也许就会不跳了。"虽然不相信，可母亲却提醒梅子这几天做事要小心点才好。

信则有，不信则无嘛。梅子还开玩笑说母亲很迷信呢，可是自己心里却惴惴的老想着。梅子当时想如果吃完早餐还跳的话，就不去外婆家了。还好，吃完早餐后梅子的右眼就不跳了。

将近九点时，梅子和家人都坐上了去市区的车，一路上说说笑笑，很平安地到达了外婆家。与外婆、舅舅、舅母几人开心地吃了午餐之后，下午五点多全家人又返回了。一切也是相当顺利。可是到了晚饭时分梅子的右眼又开始跳……

晚饭过后，右眼还是跳个不停，梅子心里很是不安，甚至变得烦躁起来，想来想去之后，最终还是决定找剑聊聊天解解闷，顺便问问他这几天在家过得如何，走没走亲戚。于是在晚上九点多的时候跑到邻居家打电话。

因为是大年初二，邻居家的三个女儿都回家来了，很是热闹。梅子就站在邻居家的小柜台外拨剑家里的电话，可是拨了一遍没人接，两遍还是没人接，梅子原本放松的心一下就悬起来了：难道剑全家都去走亲戚或出去串门没回家？又难道……

梅子提着心试着又拨了一遍剑家的电话号码，在电话铃声快没了，梅子很是失落的时候，终于有人拿起了话筒，还是那个清悦的声音。第一次和剑在电话中聊天时，梅子已经知道那个声音就是剑已经中专毕业，在他们村小学教书的妹妹雪梅。

梅子问雪梅他哥在哪。雪梅犹豫了一会说她哥摔伤住院了……梅子的心一下沉了下去，握在手中的话筒也在不知不觉中掉在柜台上。

那时，梅子终于明白右眼为什么会跳了。于是又抓起电话急急地、一连串地问剑摔哪了，怎么摔的，摔得重不重，现在哪住院……雪梅说剑是在当天早晨骑摩托车去外婆家的路上，因为路窄又滑，再加上一辆大卡车的突然出现，不得已才往一边路基上拐摔倒的，左腿大腿骨粉碎性骨折。当时她母亲坐在摩托车的后座上，因为剑的刻意防护，母亲连点皮肉也没伤着。剑已经住县人民医院，家里现在就她一人，而且她也是刚从医院回来拿东西的……

“怎么办？怎么办？”梅子的心就像刚烧开的水在汹涌翻腾着。因为梅子好久没说话，雪梅在电话那边“喂喂喂”地喂了好几声，梅子才反应过来，她赶紧和雪梅说要剑好好养伤，很快就会好的。雪梅说谢谢关心。梅子多想多问问雪梅，多了解了解剑的状况，但最后还是什么也没说，然后把电话挂了。从那刻起，梅子的心就全飞到了剑身上，她多想立刻飞到剑的身边，看看他的伤口，问他疼不疼……

那一刻，如果可以，她可以替他疼，替他受苦!

# 第十六章　千里探病

因为心里记挂着剑的病情，每天就如坐针毡般，吃什么都没滋没味，去哪都开心不起来。初二之后梅子就不再出门了，熬过初七，在家里实在待不下去了，于是，就做了个大胆的决定，并对父母说学校有事必须提前到校，就坐火车先到了学校，放下行李包，给父母报过平安后，梅子又坐火车，去了剑老家所在的城市。

长这么大，上了十几年学，梅子还是第一次出省，而且是一个人。虽然学校离家也有近二百公里，平时一般都坐火车，一个人也单独坐过，但毕竟是在省内，因而心从没胆怯过。可这一次，当梅子一个人踏上晚上十点半去剑城市的火车那一步开始，她的心一直就平静不下来。

虽然是晚上，但是火车的硬座车厢里却几乎没有人打瞌睡或假寐，简直是热闹极了：有人在天南海北地聊天，有人在大声吆喝着打牌，当然还有人在静静地看书或读报……梅子小心地找到自己的位置坐下后，开始静静地坐在那听旁边和对面的人聊天。

梅子本是坐在三人座的中间位置，因为左右是两个异性小伙，坐着很不自在，梅子坚持了一会儿后就和靠窗的小伙子换了位置。那两个小伙子和梅子同龄，从他们一路的谈话中梅子了解到他们都是去北京上学的。梅子的对面是一个中年人和两个一男一女的年轻人。那一男一女看来是情侣，他俩挨着的手时常是十指交握着，情意绵绵的两双眼睛也时不时地对视。那个中年人年龄和梅子的父亲相仿，看上去憨厚老实。

左看右看，觉得周边的人都不是坏人，梅子的心里就踏实多了，也慢慢地加入到聊天中去，放松了心中开始的那份戒备。他们问梅子去哪做什么，梅子就说去看一个生病的朋友，他们笑说是男朋友吧，梅子没吭声算是默认了。他们聊大学里有趣的事情，还聊社会上的时事新闻。聊到好笑有趣处，梅子就和他们开怀大笑，连日来的阴霾心情暂时被一扫而空。后来，大伙不知不觉的聊起了中医方面的事情。从聊天中梅子发现那个中年男人是一个医生，于是就顺便问了一些关于骨折方面的问题，比如骨折后该吃些什么，不该吃什么，该怎么治疗和保养等。那人耐心地给梅子一一解答。梅子还问了骨折有无后遗症，如果得到有效的治疗，并且后期保养到位的话是否有瘸腿的毛病等。听了中年医生的话，梅子心里踏实些了。

在坐上火车之前，梅子往剑的家里打了好几次电话，可是一直没人接。一下火车，梅子又往剑家打了一次电话，但还是没人接。梅子就猜到剑肯定还在住院。雪梅不是说他住县人民医院吗，梅子就从火车站直接打车去了剑所在县的县人民医院住院部。

曾听说，人要是有缘就会处处相逢。当梅子刚走到人民医院住院部，准备进外科办公室询问时，在门口碰到了一个高挑清秀的女孩，梅子瞧着她非常亲切，就向她微笑了一下，然后才走进办公室询问医生。问到了剑的具体病房后，当梅子刚走出房门想去找剑时，在门口又碰到了那个清秀的女孩。她说她刚听到梅子在找她哥，然后就在门口停下来等梅子了。梅子才知道那女孩就是雪梅。雪梅也反应过来梅子就是初二晚上给她家打电话的那人。

雪梅一边高兴地帮梅子提行李，一边像放机关枪一样快速地说着话。她说梅子辛苦了，谢谢她跑那么远来看她哥，她哥现在状况很好……雪梅说着说着，就到了剑的病房门口。“哥，你看谁来看你了？”雪梅在门口开心地大声喊着。梅子停在病房门口，看着一个右腿打着厚厚绑带，脸清瘦清瘦的，斜斜地躺在病床上的人慢慢地把正埋在报纸里的头抬起来……

剑看着突然站在面前的梅子，本来黯淡无光的眼神从雪梅身上转到梅子身上时，瞬间变得炯炯有神了：“梅子……你……你怎么来了？怎么……怎么知道我在这里？”剑本来伶俐的口齿变得结巴了，并用手撑着床沿想下床，全然忘记自己的右腿打着绑带不方便行动。突然，从剑嘴里蹦出了痛苦的

“哎哟”声，然后他咧着嘴巴，眉毛都皱成一堆了，双手按着右腿的膝盖上方……而他手里的报纸却被可怜地扔在了一边。

梅子赶紧把手里的东西往地上一搁，快步上前。她显得那么手足无措。良久，她蹲下去，然后轻轻地掀开了盖在剑身上的半边被子，一条打着石膏的腿完全露了出来。一看到这，梅子的心里又一阵慌乱，手也不知道往哪放了。

在旁边的雪梅好像猜透了梅子的心思说：“俺哥的右腿因为粉碎性骨折，在膝盖以上约三指远的地方用一根钢筋穿着……”

听着雪梅的话，梅子的胸口好像有重锤在敲，眼泪也不由自主地无声流着，仿佛那钢筋是穿在她自己腿上一般。

疼痛缓过来后，剑看着梅子失神的样子，安慰她说：“没事，我现在一点也不疼了。”眼睛里流露出的是梅子从未见过的坚毅与坚强。

看着剑从容不迫的眼神，梅子觉得自己更喜爱这个大男孩了。

过了一会儿，一位高个、慈眉善目的，脸却显疲惫的中年妇女提着开水瓶走进了病房。

雪梅说那是他们的母亲。本坐在床沿的梅子赶紧站起来问好。

一听说梅子是她儿子的朋友，并且千里迢迢跑来看她的儿子，剑的母亲匆忙放下开水瓶过来拉着梅子的手说：“妞，你太好了，谢谢啊！这一路挺辛苦的吧？来，吃个苹果吧……”

剑的母亲说话比雪梅还快，而且热情得不得了。这让梅子很不好意思。

剑看着梅子的情形，赶紧对她母亲说：“梅子是咱自己人，您不要和她客气了。”

在病房里和梅子拉了一会家常后，雪梅和他们的母亲轻轻地关上门出去了。屋里只剩下梅子与剑两人了。

她们一出门，剑马上拉紧了梅子的手亲昵地叫了声：“梅……”梅子的眼睛里也满是柔情，可是只从紧闭的嘴里哽咽着“嗯”了声。

他们有千言万语，却无从说起。

# 第十七章　陪护与练习走路及医疗费报销

梅子向学校请了一个星期的假，加上假期里的七天，正好在医院里陪着剑度过了半个月。

在这半个月里，梅子亲眼目睹剑他们一家人和睦相处，相亲相爱的样子，心想要是和他们生活在一块应该会很开心很幸福的。梅子在医院也没闲着：端水、打饭、买报纸，给剑说笑话、讲故事，还把在火车上听来的各种趣闻“添油加醋”地讲了出来……

“除了医院门口，其他地方哪还有花店呢?”梅子悄悄地问护士。虽然医院门口的小卖店里有花，但是太贵。那年冬天县城大街上的花店很少，梅子跑了好几条街才买了一束最新鲜、最满意的玫瑰花放在病房里。玫瑰花的到来，使只有白色床单与蓝色窗帘，毫无生机的病房充满了春天般的融融暖意。梅子每天给花换一次水，就像每天要给剑洗一次脚一样。这玫瑰花也是真懂人意的，它一直陪伴着剑，直到出院，也没有凋谢。当病房内没其他人时，剑笑说梅子有小资情调，挺会追求生活品位。梅子调皮地说病房里的空气最适宜养花，而且花还可以养心养眼哦。剑说梅子就是最好看的花，比玫瑰花还高贵、漂亮，比任何花都养心养眼。

一天到晚陪伴着剑虽然不累，但不管白天还是黑夜走廊里都有人来来往往，在病房里休息不好，但看到剑开心快乐的样子，看到剑的脸色一天比一天好，梅子也自然觉得舒心。

假期很快就结束了，梅子不得不与剑分开，依依不舍地回学校了。

归校后，梅子差不多三天一个电话。要不是电话费太贵，她恨不得一天，不，应该是电话不断线，时时与剑聊天，以便知道他的近况。说是打电话，其实也只是问剑情况怎样，说几句主要的赶紧把电话挂了。每天，梅子就那样在等待与期盼中度过。

一个半月后，剑拄着拐棍来学校了。虽然是病假，可是他也不敢再休，因为再休假的话就得往后留级了。剑不想留级，想早点毕业参加工作挣钱给父母减轻负担，所以腿伤还没恢复就来学校销假报到了。

此时的剑，要比梅子在假期去医院看他时气色好多了，而且脸庞稍微胖了些。看来病床上的这两个月他心放得开胃也保养得好。他家里人对他照顾相当不错哦。

梅子只要不上课就往剑的学校跑，有时甚至逃课，帮剑买饭，搀扶着他上下楼梯……几乎吃饭、复习功课都和剑在一块。室友阿莉当着剑和梅子的面开玩笑说："你们俩啊，一天二十四小时，除了晚上睡觉外，差不多所有的时间都黏在一块了……"梅子的脸一下又变成了红柿子，剑倒是若无其事一样，装作没听见。原来男孩子的脸皮是要比女孩子厚得多的，梅子心里想。

梅子到医院看望剑时是春节，那时天气冷飕飕的，到处都是光秃秃的树木和干枯了的草叶，在火车经过黄河大桥时，只见黄河里一条狭小的百转千回的水道，没见水流只见冰面。而当剑回到学校时，校园里满眼都是明媚的阳光，青青的树，绿绿的草，波光粼粼的湖水，还有竞相争艳的各色花朵。当时正是樱花开放的时节，江中师范大学校园里的各色樱花烂漫，游人如织。同学们开玩笑说：人比花多。很可惜，因为剑的腿还是不方便走路，梅子仅仅从樱花园的小路上匆匆经过一次，她看到一对一对的情侣在花丛下牵手漫步，心里还是有一丝丝的失落与羡慕。

"很抱歉哦，我不能陪你去赏樱花！"那天，剑帮刚从樱花园里走过来的梅子拿掉了她头上的花瓣，然后有些伤心地说。

"没事啊！樱花年年开呢。今年不行，明年你好好陪我，补偿我就可以了。何况我对它也不是特别感兴趣。对了，等你腿好后，你多教我跳舞，多带我到外面去郊游就行啦……"梅子掩饰住内心的不快，故作开心地说。

因为天气好，心情也不错，在梅子的陪伴下，剑的腿伤恢复得也挺快。没过一个星期，依靠拐棍，剑自己就能在校园里慢慢地散步，并坚持自己练习上下楼梯，只是每走一步都得费很大的劲，特别是上下楼梯，每一级楼梯都像是一只拦路虎。刚开始练习时，剑的额头上堆满了汗珠，不知道摔倒过多少次……

"来，我扶你起来！"

“谢谢梅，让我自己来吧，我能行的。”

每次看到剑摔倒，看到剑满头的大汗，梅子的心都像刀割一样疼。但剑非常坚强，每次摔倒，他都顽强地爬起来，然后再走，咬牙忍痛坚持着……

剑的腿伤在医院治疗时花了将近一万块钱，这对于一个供养两个大学生（剑弟弟在某大学读大一）的农民家庭来说够困难的了。梅子还听剑说当时因为急着住院一时半会筹不来钱，为解燃眉之急，她母亲还偷偷地跑去卖了几百毫升的血给他垫付医药费。剑说时，眼睛里满含着热泪。梅子听了后很震惊，她太感动了，并为剑有一个这么好的母亲而感到骄傲。

每年新生一入学的时候，大学会给每人都办理相关的医疗保险。当剑拄着拐棍到学校办公室办理报销住院费的相关手续时，主办的老师是剑认识的，对剑态度非常好，所有手续不到半小时就办完了，还对剑问这问那，并要他多休息，加强营养，真是关心有加。

可是后来当剑到保险公司办手续时就不那么顺利了。不知道当时为何那个保险公司对它的“上帝”那么不负责任。

“您好，请问王主任今天来了吗？”

“王主任出差了，找他签字吗？你们改天来吧。”

“他哪天回来呢？”

“具体不确定……”

接待的推说主办的工作人员不是没上班就是出差了，老是告知剑“明天再来吧”或“改天再来吧”，问他们主办的主管哪个时候回来，他们说不确定，还说说不定第二天就回来了。明摆着就是想拖延时间，明摆着就是要你天天跑嘛，他们才不管你拄根拐棍方便不方便行动呢。刚开始时还很热情，到后来看到又是他们，就懒得打招呼了，到后来甚至正眼都不给了。陪同的梅子都有些看不下去了，真想把他们破口大骂一顿。但剑却不愠不怒的，一点也不生气，还劝梅子消消气，他说：“今天找不到他们人，明天可以再去，我就不信他们的人会天天不在。”再说这样正好可以锻炼走路的能力，使腿恢复得更快更好。

要不是住院时把家里的钱全部花光了，家里等着这钱还治病的借款，剑才不会天天那么辛苦那么执着地去“要钱”呢。

为了能碰到那个主办的主管，只要没重要的课，梅子和剑天天在八点以前赶到保险公司，可天天跑天天扑个空。还好，保险公司离剑的学校仅五百米远，要不，剑天天拄着拐棍跑会累垮。终于，在半个月后的一天碰到了那个主管。谢天谢地，当时那人正想背着包出去办事呢，被梅子和剑在门口撞个正着。

说这不合格，那不合理，然后再扣扣这，扣扣那，住院时近万元的花费，保险公司给报销的不到三千块。梅子和剑看着金额面面相觑，但无奈哦。

“办保险时你是上帝，而要保险时你就是孙子了。”“只进不出。”这是当时人们私自讨论保险公司的“丑恶嘴脸”，那时的人们可以说是“谈保色变”。这也是当时保险业不入人心，业绩提不上去的主要原因。不过，还好，经过几年的发展与探索，加上政府的参与，现在所有保险公司的服务态度比以前都有相当大的改观，保险的好处也慢慢为大众所接受，许多人还主动去买保险，保险业的业绩也在一步步攀升。如今，好像到了全民买保险、办保险的时期。这是外话，不多说。

# 第十八章　放风筝

转眼就是五月份了，剑的腿伤已经差不多有一百天了。俗话说伤筋动骨一百天。在这一百天里，剑的身体恢复得真的很快。

刚回学校时，他的右脚根本不能着地。只要脚一碰地，他就会感觉心尖都是疼的。

在这一百天里，他除了养伤，还试着锻炼身体，主要是右腿的活动能力：绝不能让自己成为一个身体有缺陷的人。虽然这个社会现在可以不像原来一样专靠手脚赚钱吃饭养活家人，但如果手脚有缺陷在日常生活中还是有很多不方便的，比如在毕业就业时的工作选择就有限制。何况，还有他最热衷的活动——交谊舞，如果腿不方便，怎么能跳呢？如果只能看别人跳，而自己不能跳，那时的内心又是何滋味哦。

剑在医院里时就试着活动自己的双腿——右腿不能行动，还得让左腿别麻痹失去行动的能力。他每天学着自己按摩自己的双腿，而且看了许多关于治腿伤的书。真可说得上久病成良医。他每次上厕所时都是自己拄着拐棍去，谢绝了亲人的扶持。不过在医院时主要是他母亲和他妹妹雪梅在照顾他，确实有诸多不方便。

后来梅子才弄清楚为什么在医院没有见到剑的父亲了。为了能得到一个好的治疗，尽量少留下一些后遗症，家里人将剑送进了县里最好的医院。刚住院时一次就交了五千块钱，包括家里的全部积蓄和向亲朋好友借的钱及剑的母亲悄悄卖血换来的钱。为了保证剑医疗费的来源，会干焊工活的父亲每天加班加点在镇上给一家钢丝床厂干活。

五月的世界真的很纯净。蔚蓝的天空，温暖的柔风，还有那招人喜爱的七彩花儿和在风中摇摆的各种枝叶，甚至在草叶树干上爬动的各种虫儿，它们都是纯净天空下的宠儿。

梅子和剑也是这个世界的宠儿。

这是一个风和日丽的上午，梅子与剑在他们俩学校中间的山冈上放风筝。这也是剑腿伤好得差不多后第一次带梅子出去散心。走路时，剑的腿明显能看出有点瘸。

“不会影响腿伤的恢复吧？”梅子担心地问。

“没关系！我尽量少跑就可以了。”剑充满信心地回答。

……

“咱们再加根线把风筝再放高点吧？”梅子用手搭凉棚遮着眼睛看看风中飞翔的风筝，再看看剑手中快要到尽头的线说。

“嗯。那我们再加线，让风筝去追逐‘太阳’吧！”剑笑着爽朗地接过梅子手中的线，愉快地说着。

梅子这才发现风筝正朝着太阳的方向飞去。难怪刚才看风筝的眼睛都是疼的呢。而现在线被加长后，风筝飞得更高更远了。

“瞧！风筝看不见了！”梅子一手遮着眼睛，以免被太阳光刺痛，一手指着风筝与太阳的方向。这时，风筝与太阳的光晕重叠了。

“我是风筝，而你，就是太阳……”也许是因为激动，也许是因为不小心，说着话的剑绊着了脚下的石头。

“你再说一遍，我没听见！”梅子的心在怦怦直跳，红着脸假装没听见，她赶紧跑上前，并顺手拉了剑的胳膊一把，剑才免于摔倒。

“你就是我的太阳，梅……”刚站稳的剑深情看了一眼梅子之后，故意把双手放在嘴边，放声向山冈下大喊，好像向全世界宣布特大喜讯似的。

“我听见啦……”梅子向前一手捂住了剑的嘴巴，并咯咯地笑着，她害怕山下有人听见了。太阳光照得她的脸好看极了。

在梅子听来，剑说的每一个字都像是天籁之音。而对剑，也同样如此。爱情是如此令人着迷。

那一刻，剑就势抓住了梅子捂住他嘴的手……

一对正在树上栖息的鸟儿扑腾着向远方飞去……

为了记住这值得纪念的美好时刻，梅子回校后写了一首诗：《天籁之音》。

**天籁之音**

从空气中袅袅传来
钻入耳膜浸透骨髓
炸酥灵魂
这声音，似天籁

我没有理由拒绝这声音
这空气中无瑕的美丽

为了让这美丽永恒
就让我们在空气中
相识、相知、相守吧
也许前有狼挡道
后有虎追赶

在老去的那一天

我们相约一起
再次融入这天使般的美丽
然后慢慢消失在空气中
（本文引自中国文学博客：http：//www. wenxueboke. cn）

# 第十九章　水边玩耍

五月的天说热就热起来了。现在的天气好像就没有春天和秋天似的，只有冬天和夏天。你看，不是嘛，刚脱下厚厚的大棉袄没几天，温度马上就升高到三十度以上，让人不得不穿上夏装，也让人有一种春天就从没来过的错觉。

说人，特别是女人是这个世界最敏感的动物，一点也没错。你看，自头天晚上预报当天温度将在三十度以上后，好像都约好了似的，那天大街小巷里穿梭的，尽是穿着各种各样漂亮时潮夏装的女人。而且，女装店里的顾客爆满，有的店主甚至把头年积存下来的衣服都拿出来卖光了。

梅子是属于女人堆里只要有衣服穿就很满足的那种，对大街上每年流行的服饰一点也不感兴趣。梅子不感兴趣的主要原因之一当然是袋子里空空，不过衣服的式样更新换代也太快了，拿一个朋友的话说："咱坐火箭也赶不上那飞速变化的所谓'时髦'！"对穿着梅子追求的就是：得体大方！当然，买衣服的原则就是宁缺毋滥。所以梅子衣柜里的衣服虽然不多，但每件绝对都是"拿得出手"。

又是五月的一个周末，剑带梅子去校外的乡下小河边钓鱼游玩。河水清幽幽的，水流也不急，河底有带青苔的滑滑的鹅卵石在水中荡漾，不远处有个小瀑布溅出的水花在阳光下变幻出或大或小的彩虹，远处是如黛的、连绵起伏的青山，周边是农民双抢完后刚插上的绿油油的秧苗，空气中好像还弥漫着水稻熟透了的味道……这里的一山一水都像极了梅子的山村老家，所以梅子老央求剑带她来这玩……

这时，梅子把鞋子脱了，光脚小心地走在浅水区的鹅卵石上，一手掂起剑头天刚陪她买的那条淡绿色的长裙，一手正和水里的小鱼儿捉迷藏呢。五月的水是清凉舒适的，舒适到你一刻也不想离开它。有时候小鱼儿游着游着不小心碰到了腿上，有时小鱼还主动过来在腿上、脚背上、脚趾上轻啄，那滑腻的感觉顿时让全身都痒痒的，还有摩挲着脚底的鹅卵石……

剑坐在旁边柳树下，温暖的阳光透过柳叶斑驳地照在他身上，他的脸一会儿暗一会儿明，使得他看上去非常神秘而有趣，他正在深水区旁边优哉游哉地躺着钓鱼。不过他的腿上却摆着一本《人生兵法》，眼睛还不时地往梅子那边瞧，他担心梅子一个不小心滑倒在水里了。因为梅子不会游泳，他开玩笑说梅子是长在水乡的旱鸭子。要不是腿伤刚好，他也会和梅子一块在水中戏水捉鱼了。不过梅子也坚决不让他下水。梅子刚才还俯在他身旁，一边抚摸着他大腿上因钢筋穿透，而留下的蚕豆大的两块伤疤，一边一本正经地对他说之所以现在不让他下水，是为了他的腿伤完全复原，复原到受伤以前的样子，然后再来好好陪她玩水。

剑想起梅子一本正经说话时脸蛋红扑扑的样子，就自然地扬起嘴角微笑起来。他早意识到自己已经深深地爱上了眼前在水里玩耍的，有时认真，有时调皮的可爱姑娘。

不想钓鱼，不想在水里玩耍了，他们就平躺在小河边的草堆中晒太阳。那深深的、厚厚的草就像一块天然的柔软的绿色垫子。头顶是蓝天白云，身边是虫鸟啾鸣，还有丝丝温柔的春风拂过脸颊，好像整个碧空下就他们俩……一直到太阳没过西边的翠绿山顶时，他们才开始起身慢慢返回……

回到寝室时，室友们问梅子她与剑钓了几条鱼，梅子卖关子要她们猜："6 条没头，9 条没尾，8 条只有半个身躯。"这是梅子从一本书上看到的小学智力游戏，可却让室友们猜了老半天也没猜出来。

能猜想得到，在河边待了大半天，剑一直是"姜太公钓鱼——愿者上钩"的态度，心完全没在钓鱼上，他的鱼篓里别说大鱼，肯定一尾小鱼的影子也没有了。

# 第二十章　舞厅遇“情敌”

腿伤好后，只要学习不是很紧张，剑都带梅子去舞厅跳舞。在剑的指导下，梅子的舞技进步得非常快。刚开始时梅子连最简单的四步也走不太好，当时，要不踩了剑的脚，要不就是踩了旁边人的脚，而现在，只要一进舞厅，她和剑就是整个舞厅的聚光点。

凭着自己的口才与组织管理能力，以及在学生和老师中的良好印象，在江中理工大学学校的学生干部竞选中，剑受到了广大师生的支持，以全票竞选上了学生会会长。别看学生会虽小，但事情却特多。因为事务多的影响，梅子和剑待在一块的时间少多了，但不管多么少，周末剑总会带梅子去舞厅跳几曲。

因为剑自遇到梅子后，除了与梅子一起，几乎没有和其他女生一起跳过舞，梅子成了舞厅聚光灯中的焦点。而在学校里，特别是在剑的学校里，因为梅子经常和剑成双成对出入，梅子更是成了女生中回头率最高的对象。因为大家都想看看他们心目中完美的学生会会长的女朋友到底是何方神圣，以致会长对她一如既往的一心一意。

今天又是周末了，剑照常带梅子在玫瑰漫步舞厅跳舞。六月的天已经很热了，加之舞厅小人又多，连续几曲紧张的快四过后，梅子又热又累，剑于是拉着她在舞池旁边的休息室休息。他们早就是公开的一对了，所以梅子和剑在外面也不再拘谨。这时，梅子正微闭着双眼，把头轻轻地靠在剑的肩膀上。而剑呢，身体尽量放松，让梅子靠在他身上尽可能感觉舒服，而他挨着梅子那边的手也轻轻地搂着梅子的腰。

“这不是咱们的会长嘛，正和女朋友在这儿尽情陶醉享受呢……”正当他俩边听音乐边陶醉的时候，有个刺耳的女声响起。

“大庭广众之下说话怎么会那么不懂礼貌呢？好像打翻了醋坛子似的。”接着是一个沙哑的男声。男声似在责备那女声。男声与女声形成了鲜明的对比。

剑一听声音，身子马上坐直了，但手还是搂着梅子的腰。梅子极不情愿地把眼睛睁开，闪闪烁烁的霓虹灯把她的眼睛刺得很难受，她不得不用手揉了揉眼睛。

露出肚脐的吊带T恤，短裤的裤腿齐到大腿根……站在他们面前的是一个穿着很“露”的女孩，脸上还化了很浓的妆，在灯光下，嘴唇红得会令人想起恐怖片里的女鬼，整个脸就看不出到底是个什么样。而边上那个男生，声音虽然不太好听，可不论五官还是穿着都让人觉得很舒适熨帖。

剑和他们打了招呼，然后向梅子介绍说女生是他们学校的文艺部部长芸，而男生是他们的体育部部长刚。是剑的“同事”呢，梅子赶紧起身向他们打招呼问好。看上去，男生倒是和他的名字一样充满了阳刚之气，而女生的气质和她的名字却一点也不相符。

自梅子睁开眼睛上下打量他们开始，女生芸就没再正眼看过梅子，可以说连斜视都没有。梅子心想今天可能遇到劲敌了。

果然，在梅子念头一闪之间，那女生芸一把拽住剑的胳膊就往外拉，并且嘴里说着：“干坐在这里干什么？和我一块跳舞去！”她的表情及其动作都非常霸道、夸张，好像梅子是局外人，或者是介入的第三者，而她是剑地地道道的女朋友。

梅子看得瞠目结舌，身体里感觉冷冷的，而头却快爆炸了。和女生芸同来的男生刚却愣了，不知所措地站在那里。剑本来是坐着的，突然冷不丁地被人拽起来后，没站好，一个趔趄差点摔倒。不过，还好，他的平衡性不错。

待站稳后，剑的手巧妙地从芸的胳膊中挣脱出来，说：“干吗呢！哪有人像你这样蛮横的？没看到我女朋友梅子在吗？别吓着她了。”剑说着就退到了梅子身边，用双手搂着梅子的肩膀，并且用歉意的眼神看着她。

梅子这才感觉到一丝温暖，想张嘴说点什么，但最终还是闭着嘴什么也没说。她觉得现在自己真成了局外人，如果“打抱不平”的话，只会自惹麻烦自讨没趣。想清了这一点，她就微笑看着发生的一切，好像事不关己一样。

看着梅子一点也没怒意，还微笑着的冷静态度，这回轮到芸吃惊了。她挑着眉看了又看梅子，想说什么，可话到嘴边又咽回去了。这时完全能看出来她的内心极不平静，很想生气，但最终憋住了满腔的气愤，再也没说一句话，然后拉了下还在继续发愣的刚，拨开围观的人群，匆匆离开了舞厅。

芸走后，大家都说梅子真沉得住气，并且让他们见证了沉默是金，沉默也能当武器的至理名言。

梅子在舞厅的“沉默”让大家刮目相看，也让剑的心更向着她，平时也更爱护她。比如虽然他们平时的生活过得很节俭，可在吃饭时，剑老把肉啊、鱼啊往梅子碗里夹，他说，梅子太瘦了，该多吃点鱼、肉补充营养；又比如，走路时，他总在梅子的左边，一如他们第一次见面那样时刻保护她。

有天剑突然问梅子为什么不问他的过去。梅子微微一笑说：“我喜欢的是现在和未来的你，又不是过去的你，何况你也没问起我的过去，是不?”接着，梅子调皮地做了个鬼脸，“何况我对你和那个芸的故事一点也不感兴趣……”剑马上用手指去戳梅子的脸，可梅子早就咯咯笑着逃开了。

后来，他们以应该怎样对待双方的过去进行了讨论。

他们都同意应该尊重彼此的过去，无论是爱人还是朋友，既不要在对方的伤疤上撒盐，也不要过分看高对方的成绩。因为不管是伤疤还是成绩，都是过去时了。有人会把伤疤当崛起的动力，而有人的成绩却成了人生的拦路虎。对于真正的爱人，特别是恋人，他们应该是不在乎对方的过去的。他们仅仅能从伤疤中看出对方的坚强、勇敢和机智；从成绩中看出聪明与才华。但无论坚强、才华及其他，那些都是对方本人的。对于如何评判对方对自己好与不好，最主要的是，对方对自己的大度与包容，对方对自己的温柔与细腻。

## 第二十一章　备赛

剑当上学生会会长之后，干了几件很漂亮的事，不仅让本校的师生对他好评如潮，而且令华城市其他五所高校的师生对他的评价也特别高。干得最漂亮的事就是他发动了首次华城市六所高校的学生会联合起来搞了一场轰轰烈烈的交谊舞比赛。最让人高兴的是，这次比赛，令芸消除了对梅子的敌视与怨恨，还和梅子以姐妹相称。可谁能想象得出，在备赛阶段，她们那似针尖对麦芒的样子？

自要举行交谊舞比赛的通知一贴出，江中师范大学全校就有约一百学生报名参加，大大超出了八个人的标准。剑所在的江中理工大学的报名人数也大大超出了预期。依梅子不与人争，随遇而安的性格来说，什么比赛都不想参加，可在全寝室人员及剑的说教下，她还是报了名参加此次的比赛。他们的理由是：梅子的舞步走得正，舞姿也优美。在他们眼里，梅子的舞蹈水平在全校都没几人能及的了，不去参加比赛的话真是太浪费人才了。还有，室友们一致“威胁”：如果梅子不参加比赛，梅子以后休想要她们“陪舞”了，甚至有人说半个月拒绝与她说话。为了梅子去参加比赛，室友都使出了各自的“绝招”。梅子无奈，为了不辜负大家的一片好心，只好“赶鸭子上架”了。

经过几轮筛选，梅子与另外的七名女生和八名男生正式编成了江中师范大学交谊舞舞蹈队，由梅子任队长。

为了造最完美的队形，编最好的舞姿，梅子除了和队友们商量，请教老师外，她还买回专门的交谊舞录像带并从网上下载交谊舞视频观看，以便吸收它们的长处编入自己的舞蹈中，常常是饭忘记吃，晚上熬到十二点还不睡觉，真说得上是废寝忘食了。室友们私下讨论：梅子这人做事情，不做则已，一做就太投入了，而且非做最好不可。她们用“九头牛都拉不回”形容梅子做事的极度认真。

经过将近一个月的紧张排练，梅子他们无论是从队形，还是舞姿，甚至服装上，让人看上去都是相当专业与完美的了。剑看了之后也是啧啧称奇，他根本没想到平时看上去简单不爱动脑的梅子，有那么好的舞蹈细胞及组织编排能力，能编出这么好的交谊舞及组织那么好的交谊舞队伍出来。文静柔弱的梅子在舞台上更是热情奔放，活力四射。拿他自己的话说，台上台下，梅子简直就是截然相反的两个人。

因为忙着编舞，梅子早就把芸在舞厅挑事的事忘光了，脑子里甚至没有了芸这个人的印象。有天单独相处时，梅子与剑又聊起了舞蹈比赛的事情。

“你们学校的队伍及舞蹈组织与编排得怎样了？”梅子突然好奇心很重

地问。

“都是芸在负责，我太忙，没空过问这事。”剑回答。

“芸是谁，跳舞的水平怎么样?”梅子顺口就问。

“芸，就是那次在舞厅硬拉我跳舞的那个女孩。”剑听了梅子的话后大跌眼镜。他当时真弄不清梅子到底是假糊涂还是真糊涂了。看到梅子那一脸认真的样子，他完全相信梅子不是装的，“你真是忙糊涂了。”

“今天已经周一了，而周六晚就比赛了，到底谁胜谁负呢?别人肯定早就对自己了如指掌了，而自己却只顾排练而没有关注其他的参赛方……”梅子的心提了起来。虽然说友谊第一，比赛第二，但对于每个参赛者，有谁会不在意比赛结果呢，除非是圣人。可梅子不是圣人，只是一个普通得再普通不过的女孩与参赛者。

在比赛中，女人要是较起真来，会比男人的好胜心更强、更令人出乎意料。

那时，梅子真想知道别人都准备得怎么样了。但后来静下心来想想，别人做得如何又怎么样呢?只要自己做好，做到问心无愧就行了，太在乎结果的话说不定会适得其反。想通了，梅子的心就不再乱，就又以满腔的热情投入到排练当中去了。人们不是常说，台上一分钟，台下十年功嘛。他们真得好好努力准备的。

# 第二十二章　赛前挂彩

冤家路窄，这个词真说得一点也没错。上回在“台下”“较劲”，梅子赢了。看来这回在台上，梅子和芸又有一拼了。

交谊舞比赛在江中师范大学的学生活动中心举行。星期六晚上，梅子他们早就化妆完毕，装束整齐地在后台休息室等着出场。因为他们今天是第一个出场，不到十分钟的比赛可一点也不能懈怠。现在是六点半，七点整是各学校派来的学校领导讲话，七点半比赛准时开始。约九点半颁奖后各学校老师和同学将一起举行联欢。

对有所期待，有所渴望的观众和参赛者来说，领导的讲话无论多么短暂与精简，多么铿锵有力，多么振奋人心，总被认为是拖沓冗长且多余的。除非只有一句“比赛现在开始”，才会让越来越快餐化的时代特点所欣然接受。

梅子他们一点也不能免俗。从坐到后台等待开始，队员们就进进出出，一直在问几点了，埋怨比赛为何还不开始。梅子只微笑着静静地听着、等待着，并不发表任何评论。她只交代队员们别走远了，别耽误了出场比赛。时间过得真的比蜗牛还慢。

好不容易，好不容易等到只有最后一个校领导讲话了——离比赛约只有十分钟的时间。那时，每个队员心里虽然紧张，但也开始欢声雀跃——漫长的等待终于快结束了。

正在主持人交代要梅子他们排好队准备上舞台的时候，坐在最边上的一个男队员传话，说刚有人来叫梅子，说是剑在休息室的后门外面等她，而且有急事要和她说。

“剑昨晚不是说好了今天比赛前不打扰我的吗？即使有事找我为什么不亲自来呢？”梅子心里纳闷着，于是带着疑惑问那个队员是不是弄错了。队员指着一个快到后门边的背影说是那人来叫的。背影好陌生！

不到十分钟就得上场了呢！怎么办呢？队员们都以焦急的表情看着梅子。“到底去还是不去呢？”梅子心里充满着矛盾。

“说不定剑真有急事找你而不方便来呢！你赶紧去去就回，应该来得及的。”主持人在旁边劝说。

梅子点了点头，边急走边大声吩咐队员们自己先把入场队排好，她马上就回来。

梅子三步并做两步，匆匆忙忙地来到休息室的后门，开门准备走出去。“这里什么时候多了个‘门槛’呢？”梅子来不及细想，先跨出去的右脚已踢中了“门槛”。由于“门槛”太高，又由于惯性，一个趔趄，梅子控制不住，整个身体随即朝前重重地摔了下去……

听到后门门外的响声，休息室里一个参加比赛的志愿者跑了出来，他想看看到底发生了什么。周围没有剑的一点影子。那时候的梅子已经站起来正在整理自己的演出服装与鞋子，并试着活动身体。她的左右膝盖、胳膊肘以及两个手掌都血肉模糊，血液正在慢慢地往外渗。“还好，鞋子没摔坏，我的胳膊、我的腿还能动！”梅子高兴地自言自语。鞋子没坏，胳膊、腿还能动，就代表她还能参加比赛。

出去察看的志愿者吃惊地跑到梅子身边问她怎么回事。梅子无奈地用嘴努了努躺在一边的那些个被叠加垒起来的约 40 公分高的，此时却东倒西歪的砖头们，即所谓的“门槛”。后门本是没有什么“门槛”的，它一直和地面一样平。那志愿者立刻明白了怎么回事，他也纳闷那砖头是何时跑到那里去当的门槛呢。

# 第二十三章　带伤比赛

主持人把节目报过之后退场了，音乐也已经响起，可迟迟不见梅子他们这个队伍登场。

时间在一分一秒地流逝，观众的等待是没耐心的，何况本就有一些好事的人在，这不，三十秒都没过，台下就一片骚乱：有人交头接耳；有人大声乱嚷；有人乱吹口哨；有人站起来往四周扔瓜子果皮……

剑心里一紧，感觉到应该是梅子出事了，起身就往后台跑。可还没有跑到门边，音乐就停了，台下一下就鸦雀无声。剑止步，扭头看到节目主持人又来到了台上。主持人说梅子突然受伤了，但为了不让大家失望，也不让自己留下遗憾，梅子决定带伤参加比赛。主持人还提醒并鼓励大家以热烈的掌声欢迎梅子他们上场……

随后，梅子他们从幕布后鱼贯而出。

随着音乐起舞，梅子他们时而像翩翩于花间的蝴蝶，时而奔放如汹涌的大江大河，时而收敛如涓涓细流，时而又如静止在大海上的一叶扁舟……特别是梅子，虽然腿上手上都是伤，甚至连后排的观众都能看见校医简单包扎后伤口渗出的条条醒目的血迹，但不管是伸还是缩，不管是进还是退，不管是旋转还是倾斜，身体的各个重心都在不露痕迹地交换着，每个动作也都非常到位，甚至比排练时表现得更加出色，更加洒脱自如。

虽然一伸一缩、一进一退、一旋转一倾斜，举手投足间的动作都牵扯着伤口，甚至痛得撕心裂肺，但梅子脸上露出的始终是那种令人快乐开心的迷醉笑容。

也许是梅子他们的表演实在是太精彩了，也许是感动于梅子的坚强与忍隐，自他们舞起，台下一直掌声不绝。

下场后，队友们有的在兴奋地回想，并讨论着刚才自己或大伙在舞台上的表现，更多的队友都跑到梅子跟前询问她伤口要不要紧，更有女队友去查看梅子的伤口……在那时，梅子又碰到了一件进退两难的事。

而当时芸他们也在后台紧张地做着准备，他们是第三个上场。为了表示对芸的抗议和不满，有的队友看到芸时还撇了撇嘴。

看来芸他们对比赛也是全力以赴了。特别是领队芸，脸上精致的化妆，身上穿的短裙既妩媚性感，又不乏端庄大方得体。老百姓常说的一句话就是"咋看咋好看"。

当芸他们正排队准备进场时，也许是太紧张太兴奋了，芸一个不小心，脚一歪，只见她身子向前一倾，就听到她一声尖叫："啊，我的鞋子！"原来她的高跟鞋鞋跟掉了。

"'好人有好报，恶人自有恶报'，'害人之心不可有'。这些都是前人总结的经验。"小云在梅子身边小声嘀咕着，"她的鞋子突然坏了，就是得恶报了。想不到报得这么快，真是上天有眼……"

当时在后台的每个人都露出了表情，只是表情各不相同而已，有的同情，有的幸灾乐祸……还好，芸的脚没扭伤。

见芸闪闪的长睫毛上挂着泪珠，梅子想也没想，就把脚下的鞋子一脱，叫一队友给芸送过去，而自己却光着脚坐在凳子上……

看到梅子那样做，所有人的眼光又集聚到她身上了：有赞赏的，有不可思议的，也有鄙夷的……

接过鞋子后，芸朝梅子送来了歉意又感激的一瞥，梅子微笑着朝她点了点头……

“梅子，你这不是很傻很傻吗？为什么要把自己的鞋子脱下来呢？这不是很好的战胜他们的机会吗？”等芸他们上台后，有人问梅子。

“把鞋子借给她也无所谓了，谁叫我们两队所穿的鞋子碰巧一致，我和芸的脚大小没差多少呢！”梅子笑嘻嘻地回答。

只有闺蜜小云看穿了梅子的心思：一个人不能做损人利己的事，看到别人有困难，不能袖手旁观，哪怕是对手，自己做到问心无愧就可以了，何况这只是一次舞蹈比赛而已。又恰好芸和她的脚大小也一般，不帮芸，梅子的心恐怕一辈子都会不安的。

# 第二十四章　扯平

比赛结束后，在医院里，剑心疼地、小心翼翼地协助医生帮梅子把已经红透的纱布取下来，又重新包扎好伤口后，他埋怨着她为什么要那么折磨自己，执着地带伤上场比赛。

梅子看了一眼剑，眨眨眼狡黠地说：“我们学校不能输给你们学校，不是吗？”

剑咧嘴一笑，说：“我早就猜中了你心里的那点小九九。因为你明白，比赛不是一个人的事。你带伤上场了，伤痛只是一阵子，可那时如果仅仅因为一点小伤而放弃上场，放弃整个舞台，放弃大家的期望，让整个江中师范大学在这次比赛中前功尽弃，那么你的伤痛，可能就是一辈子也无法愈合的了。”剑的双眼定定地盯着梅子，“梅，我说得没错吧？”

“梅子没有那么伟大的思想，最主要的还不是不想输给她吗？还不是全为了你？”在旁边帮忙的小云笑嘻嘻地故意挖苦、抢白了一下剑，然后转头面向梅子，“何必呢，把自己整成这样，说不定有人还不买账呢。梅子，你这样值吗？”

“梅子的肚量怎会那么小呢？她是为了你们学校，为了你们整个集体，而完全不顾自己的身体好坏出赛的哦。”剑白了一眼小云，接着又心疼地看了一眼梅子说。

“呵呵，懒得和你斗嘴了，”小云毫不示弱，也向剑翻了一下白眼，“你知道梅子的好就行。但是，”小云话锋一转，好像豁出去了，“梅子在这事上不为你，难不成别人不是为了你?”梅子使劲向小云使着眼色，可小云却装作没看见一般，“梅子为什么在出场前会受伤？明眼人一看就知道。”

“我会查明到底是谁在那里使坏的。”剑脸色有些难看地说。

“没事了。过去的就让它过去了，没必要计较那么多。何况是我自己心太急，不小心、粗心大意才受伤的，不关别人的事。”梅子漫不经心地说，“假若，这次在膝盖上或胳膊上留下几个伤疤，我还得感激那人呢！”这时，梅子的眼睛又调皮地眨了眨。

“为什么还要感激?”剑和小云异口同声地问，他们的眼神里全是疑云，而心里却有些堵，他们真没想到梅子会那么看得开。

“呵呵，这是我的一个秘密，恕不奉告。”梅子故作神秘地说。

“不告诉就不告诉，懒得理你。”小云撅起嘴巴扭过头，假装生气地说。

“我已经知道你的秘密了，那就是如果你也有了伤疤，那和我的伤疤就扯平了。”在小云扭头时，剑快速地把嘴附到梅子的耳边轻轻说道……

# 第二十五章　庆祝

第一个上台参加比赛的，在分数上十有八九会吃亏——这是老百姓一致的心理现象，也好像是一种潜规则。

可这次梅子他们好像一点也没受到影响。

他们得了第一，他们满载而归。剑他们学校只得“屈居”第二了。

小云他们欢呼雀跃，并嚷嚷着要请客吃饭。梅子欣然答应了。

饭局就在当天晚上六点开始，设在校门口梅子老乡的饭店。

至六点整，舞蹈队的队友们全体到场，再加上梅子的室友阿莲和小云，总共十个人，满满的一桌。他们这次只是“内部小聚”，没有邀请其他人。

正当梅子他们边等菜，边意犹未尽地在小包厢里聊着那天比赛的情景时，隔壁包厢里也传来了一些兴高采烈的声音，其中有一个声音特别熟悉。居然是芸的声音。老乡饭店的几个包厢是由木板把一间大房隔开来的。木板不厚，隔音效果不太好。

听到芸的声音，好像突然遇到一个灭声炸弹，嘈杂的包厢立刻安静了下来，隔壁包厢好像与这边有心灵感应，居然也突然安静了下来。

梅子看着大家尴尬的各种表情，笑着轻声说：“挺巧哦，不过，没关系，大家继续随便说，不要有任何顾忌……”

几秒钟后，大家调整了心态，又随心所欲地聊起来。接着，紫云牛肉、酸菜鱼、红烧排骨等一盘一盘菜被次第送上了桌子。这些色香味俱全的菜，马上就被大家风卷残云般地消灭掉了。因为梅子等女同胞不会喝白酒，大家就以红酒代替白酒。

吃得差不多，喝得差不多了，他们就玩游戏，比如“猜拳”、“老虎、杠子、鸡、虫”……

正当他们肆无忌惮地喝着、吃着、闹着的时候，有人敲门进来。

随着人影闪现，喧嚣的包厢顿时又一次安静了下来。

进来的是芸，穿着白色旗袍，端着一高脚酒杯，脸上有着甜甜的微笑，头发扎成一个漂亮的髻，还别着一个亮晶晶的淡粉的水晶卡子，显得特别高贵典雅，与梅子那次在舞厅碰到的打扮判若两人。不过，她进门时，眼疾心细的人肯定能看到她眼里一闪而过的尴尬。

一进包厢，面对安静的众人，面对细针掉地都能听见声音的环境，芸嫣然一笑说：“我一来大家都不说话了，是不是不欢迎我啊？”听她这么一说，本来集中在她身上的目光，一下又都聚焦到正想站起身来的梅子脸上了。

只见梅子也是嫣然一笑：“贵客来到，哪有不欢迎的道理呢！呵呵，大家鼓掌哦……”话还没说完，梅子就带头鼓起掌来，并亲热地拉着芸坐在自己身边。

大家对视一眼，不约而同地想起了比赛时发生的一幕幕，包厢里响起了稀稀拉拉的掌声，有三三两两还交头接耳，低声议论起来。

刚坐下的芸轻轻地清了清嗓子又站起来，梅子赶忙摆摆手示意大家安静。只见芸理了理额前的刘海，然后真挚地说："真的是挺巧的，想不到我们吃饭只是一板之隔。这也许就是缘分……我现在是特意来致歉，并表示感谢的，一是对我之前对梅子所做的表示深深的歉意，二是感谢梅子的宽容与大度。希望我们以后冰释前嫌，不要有任何芥蒂。"在灯光的照耀下，大家看见芸的眼睛里有东西在闪烁着。

"不会又是'黄鼠狼给鸡拜年'吧?"旁边的小云撇着嘴附在梅子耳边说。梅子拉了拉小云的衣袖，示意她不要多心。

"来，梅子，我先敬你一杯!"

梅子赶忙端起杯子站起来，"你只是无心之过，不要记在心里，我也只是做了自己应该做的。相信你及在座的各位遇到类似的事情都会像我一样做的。"

芸又深情地凝视了一下梅子，然后就把杯子里的酒一下全喝干。梅子一仰脖子，她的酒杯也来了个底朝天。

接着，芸不顾梅子挤眼反对，自己不好意思地讲起了比赛前在舞台休息室后门设"门槛"，并故意诱使梅子出去摔倒受伤的事。她说她自己太小肚鸡肠了，不应该随意吃醋，不应该容不得别人比自己好，更不应该去做伤害梅子的事。她想不到梅子的心会那么仁慈，那么宽容大度，更想不到在上舞台前自己的鞋子坏了后，梅子还会主动借鞋子给她……

梅子说，她很感谢芸主动前来冰释前嫌，如果芸不计较，她愿意与她姐妹相称。

芸高兴得不得了，立刻跑上前去拥抱梅子。结实的拥抱触动了梅子的伤口，疼得她咧嘴哭笑不得……

芸又和大家一块喝了几杯，才不舍地回到了自己的包厢。

随着芸的离去，大家又是一阵感慨和唏嘘。大家都为梅子的大度与包容折服，更佩服芸主动道歉的精神。

那晚，有两个男同学喝多了，还没回到寝室就吐了个一塌糊涂。其他人特别是女生的脸都红艳艳的，就像他们喝的红酒一样，或像极了一个个熟透了的大红苹果。

# 第二十六章 “隐居”

比赛过后，梅子照样和剑一起成双出入。只不过，他们在校园里成了更抢眼的一对。

他们在食堂吃饭时，有人会拿着啤酒、端着菜围过来，然后七八个、十来个人在一起划拳猜对；在舞厅时，全体跳舞的人会在某一人的带领下全体退到一边，然后留下中心舞厅让梅子和剑尽情表演；去图书馆看书时，有人会主动把位置让出来给他俩坐……

对于这些，梅子总是感觉很不适应。她太喜欢安静了。

“谁要你是‘跳舞皇后’，谁要你是‘大众情人’呢?”剑调侃她说。

“我不就表现一次嘛，就成‘皇后’，就成‘大众情人’啦?”梅子故意举起拳头，撅嘴说，“你不理解，还故意调侃我，怀的什么好心呢?”

“好啦，亲爱的，逗你开心呢，别当真。听你的，从明天起，我们开始‘隐居’。我们不要这些特殊，要安静。你知道的，朋友们都喜欢和我在一起。从明天开始，我就拒绝一切不必要的……”剑拉下梅子举起的手，并顺便在它背上亲了一下。

真的，从第二天开始，只要他们俩在一起，他们就改变了学习和生活方式。吃饭时，他们尽量在食堂角落的桌上，尽量不让人注意，晚上也减少了去舞厅跳舞的次数，自习时一般都要去比较僻静的教室。而当剑有事时，梅子就独自去他们常去的教室，在那边看书边等剑。他俩所在的教室，从来都不超过十个人。这是他们的两人生活，较之热闹，他们更喜欢安静。他们觉得这样很温馨、很自由，也很满足。期末考试时，他俩各科成绩都得了优。真可谓是爱情与成绩双丰收。

当然，日子并非每天都是平静的。在期末考试前的一个晚自习上，梅子和剑像平时一样并肩坐在“老地方”学习时，遇到了一位不速之客。那时，这个教室还只有他们俩。教室在走廊的最里头，很少有同学会走那么远到那里去。当他们俩正在讨论一个微积分题目时，有人推开门进来了，一股浓浓的酒味随之扑鼻而来。进来的是芸。

也许是梅子他们坐在靠前面门边的角落，芸没有注意到他们，也许她以为教室里就只有她一个人吧。她把书本拿出来，然后用双手往后拢头发，抬头的瞬间她才看见了坐在前面的梅子他们，当时梅子和剑也正回头凝神看着她。

芸一怔，然后不好意思地笑笑，和他俩打了个招呼，她脸上因喝酒产生的红晕还没消失呢。她说："晚上朋友过生日聚餐，我刚和他们在外面喝了点白酒。聚餐还没散场我就跑出来了，因为马上要考试了，我必须来教室好好看几天书，要不，到时挂科肯定好没面子，也没法向父母交代……"然后她不容梅子他们回话，就低头安静地坐在后面自顾自地看起她的书了。

梅子和剑相对微微一笑，也低头看书，全心投入到他们的期末复习中去了……

# 第二十七章　双抢

暑假了，梅子约剑去她家中帮父母搞双抢。在梅子的家乡江中，一年中就属双抢时节最忙了。

剑毕竟是华中省人，对江中的农村生活不是很适应，虽然，他已经在江中生活了近三年，可那毕竟是学校生活。学校里什么东西都差不多应有尽有，特别是饮食方面，想吃面条有面条，想吃馒头有馒头，想吃大米饭也有大米饭。在农村就不一样了。

剑去梅子家遇到的第一件事就是饮食问题。梅子家的菜一般都要主张辣，可以说没有辣椒的菜是不成菜的。因为剑不太爱吃辣椒，为了照顾他，在做饭时，梅子还特意少放了些辣椒，有的甚至一点也没放。剑吃的第一顿饭还勉强凑合着过去了，但是第二顿他就有些受不了了，那次他仅仅吃了一点米饭。到第三顿时，他把梅子叫到一边，问有没有面条。一听说有，他就自己拿锅下面条去了，还亲自到边上的菜园子里摘了些青菜回来拌面条吃。以后的几顿，梅子就特意照顾他的饮食习惯，专门给他做不放辣椒且爱吃的菜，或者，问他想吃面条还是米饭，让他自己选择。

剑在江中的梅子家饮食很不习惯，可是在田里、地里干起活来一点也不逊色。

这年的双抢，梅子四姊妹，除了在长沙上班的大妹秋子没回来之外，大伙都在家中。这回又加上了一个剑，家里可热闹了。小妹盈子在家负责做饭菜和翻晒稻谷，其他人都随父母下田收割稻子。

虽然现在是二十一世纪了，可是江中的活，无论是田里，还是地里，一般还都得要靠人工。割水稻用镰刀，插秧也还是用手一下一下插入泥土里的。打水稻是半自动，即用柴油机或电机带动打稻机的转轮，喂水稻时用手。虽然只是半自动，但比用脚踩省力多了。耕翻地时大多用的还是锄头、牛和犁耙，很少有用自动化机器的。

为什么都到现代化的二十一世纪了，江中还是基本上在用手工耕地呢，好像还在几千年前的原始农耕社会？这是由这里的地形决定的。那狭窄的梯田啊，庞大的现代化收割、播种机器怎么能进来动作呢？即使进来了，那仅能容下一双脚走路的田埂也承受不了它巨大的重量。

以前，插秧的方式都有过许多的改良，比如有人发明了抛秧的方式，可是那抛的一点也不均匀，而且因为粘地不牢固，成活的概率低，加之秧苗不成行不成列，更不利于后期农民在地里洒农药化肥、除草等的管理。还有人引进了一种插秧机，那机器体积小、轻便灵活，还可自由决定插几行，可是它和抛秧一样需要田地非常的平整，那样才能使秧苗粘地牢固，成活率才能高……这样下来的成本也不低，甚至远远高于人工的。所以后来经过一些试验后，人们干脆还是用老办法——手工插秧法。

梅子有的时候真的挺羡慕北方的农民，他们无论是播种还是收割庄稼，都是用现代化的机器，他们不必再早出晚归，脸朝黄土背朝天地累死累活地在地里干活，即使农忙时节也是这样。这也许就是南方的某些农村仍然处在手工业时代，仍然很落后的原因。

梅子给剑找了一套父亲平时不常穿的衣服给他当工作服。剑虽然有将近一米八的个子，但身材不是很胖，正好和父亲的身材相仿，衣服穿在他身上，好像就是父亲穿着一个样。

江中的田是水田，人进去之后，那淤泥一般会覆盖至膝盖，行动起来不是很方便。剑刚进入水田里割稻的时候不是很适应，但是没一会儿，他就找到了在里面行走的窍门了。只见他的双脚配合着拿着镰刀的手，缓慢前进，那沉重的谷穗在他的身后很快就堆成了一堆又一堆。在旁忙着的梅子的父母给他投去了赞赏的目光。要知道，剑长到二十多岁，可是第一次下水田哦，华中地区很少有水田，一般都是旱地。剑家的地恰恰全是旱地。

水稻割了相当多后，剑就帮梅子的父亲用打稻机打水稻了。现在梅子家的打稻机是用柴油机传动的，不像以前一样用脚踏才能转动，但是，送稻穗还是得用手送，不过，这样也省了很多的力气。要不，像以前一样，手脚都要用，一个上午下来全身都会酸疼得要命。而且用柴油机，比用电机省了拉电线的不方便，且不必担心人会触电，安全多了。剑用手送稻穗的熟练程度好像他从小就经过训练的一样，他打的稻谷既干净又少杂物，稻穗的叶子与秆很少有进入后面的机舱里的。后来梅子问他为什么会干得那么漂亮时，他说他从小就在家里打小麦，而打小麦的方法和打水稻的方法差不多。

虽然天上的烈日很晒，但田里忙碌的人们却只顾挥洒着汗水。农忙时节，赶的就是一种天气，一个好日头，要不，一场大雨下来，把正在晒的谷子淋透，或一场风，一场大雨，把刚插好的秧苗全刮倒冲跑，辛苦也就白费了。

这次双抢，因为有了剑的加入及大伙的齐心协力，家里七八亩稻田里水稻的收割时间比平时少用了三天，而插秧的时间也少用了两天。

剑毕竟从没插过秧苗。他试插了一下，觉得他插的秧苗有大有小，而且歪歪扭扭的，不像梅子他们插的均匀成行后，他就只好自告奋勇地请求到秧苗田里拔秧苗了。

在秧田里他遇到了一件麻烦事，就是被一条蚂蟥叮住了。当时他被吓了一大跳，因为从没见过蚂蟥哦，心里有点慌，不过他很快冷静，问梅子应该如何处理。梅子要他别动，然后用手掌照着蚂蟥的背部拍下去，那蚂蟥就自动掉下来了。蚂蟥滑腻得很，梅子把它捏起来，顺手就丢到旁边的小河里去了。梅子告诉剑，如果不小心被蚂蟥叮住了，千万不能用手去拉它，那样做，只会让那吸血鬼越叮越紧的，因为它有一种自然的反抗意识，而轻轻一拍，它的吸盘就会脱离皮肤……

剑感慨地说，江中农忙时节的景色太美了：那弯腰忙碌的农人，那一浪高过一浪的水稻穗，还有在低空中飞来飞去的燕子，晒谷场上那金黄色的谷粒，还有在那轻轻流淌的小河边上洗衣的女孩，远处连绵起伏的青山，近处弯弯的石拱桥……到处都是收获的味道，到处都是美的享受。

剑说如果可以，他好想一辈子都住在这青山碧水中……

一个星期的双抢终于完成了。一个星期前田里到处都是金黄的稻浪，而现在，到处都是绿油油的，可爱极了的禾苗，那禾苗都是成行成列挺立在水田中，就像一个又一个翩翩起舞的水中仙子，或整齐排列的绿色士兵。当然，还有少数的稻田没有收割，那在微风吹拂下摇摆不定的沉甸甸的谷穗，好像在向人们奋勇相告：我成熟了，我成熟了，快来收我回家吧，快来收我回家吧……

有一天，当梅子全家结束了一天的劳动，收拾工具，行走在夕阳西下的窄窄田埂上时，大伙看到了前方的田埂上有位村民，虽然肩挑着两箩筐的谷子，但是两箩筐上还各坐着一个两三岁的孩子，孩子的身上沾了许多的谷粒与草叶。那村民不嫌肩两头的沉重，而是很高兴地边走边哼着山歌，那两个箩筐在金色的夕阳下嘎吱嘎吱地一荡一晃，好像在为他伴奏。而他的妻子，两个孩子的母亲，也肩挑着满满两箩筐的谷子在后面开心地一路跟随。他们的倒影，就在旁边的小河里晃晃悠悠……

这触人心弦的一幕，勾起了梅子父母的回忆，父亲说：“你们小的时候，也常常那样坐在箩筐里回家呢!”

这动人的一幕，也触动了梅子的诗情。还没到家，她心中已经有了以下的《丰收》。《丰收》，不仅仅是描写丰收的一幅画，更是浓缩了江中农民的喜与忧，悲与欢在里头。

**丰收**

晚霞
早已湮没了夕阳

又窄又软的田埂上
满载稻谷的箩筐
在母亲的
有着厚厚茧子的双肩上
吱呀吱呀地荡着秋千

一对顽童
嬉笑着跳上
父亲那充溢的箩筐
身上沾满谷粒
和早已干枯的草叶

在五彩斑斓的霞光里
在父亲粗犷的山歌声中
青蛙忘记了歌唱
小河停止了流淌
拉长了的影子
也得意地跳起舞来

# 第二十八章 路上

在家里劳累了一个星期，双抢终于完成了，梅子和剑互相看看对方被太阳晒黑了的脸和胳膊，都开心地笑了。这一天，他们决定去爬东边横贯南北、连绵起伏的鸿界山。

这次去爬山，除了梅子和剑他们俩，还有梅子的弟弟龙龙、小妹盈子、堂弟根子和一个叫骄骄的堂侄。正在读职高的根子比梅子小三岁，比小妹盈子大一岁，他是梅子四姊妹儿时最要好的伙伴。根子小时候最爱和人打架，特别是和小妹盈子，他们经常动不动就在家门口的菜地中打起来，把菜地弄得一团糟，当然，他俩少不了遭大人们好一顿打骂。根子还有一个“绝技”，就是他的“二指弹功”，这是他从关于少林寺的电影中模仿来的。小时候最大的理想，就是长大后要当个真正的武林高手；骄骄呢，和比梅子小七岁的弟弟龙龙同龄，正在上初二，虽然有 14 岁了，可是骄骄当时的个子显得很矮小，让人觉得他就是一个小学生。

那天八点半，太阳大约升起一竿高的时候他们就出发了。

鸿界山看上去不是很远，但要从梅子家出发实地直线测量，到它的山脚下，却有至少三公里的距离。再加上江中那纵横交错的田埂和那弯弯曲曲的山路，实际走起来就远远不止三公里了。

梅子他们一点也不急。“是去爬山，又不是去赶集，大家不用急！”剑风趣地说。他们一边悠闲地在田埂和山路上走着，一边聊天，一边欣赏着路边的风景。

梅子的家乡应该属于山地多丘陵地区。他们那里不像剑的家乡一样有一望无际的平原。剑家乡居民的房子，大门都会朝南方整整齐齐地集中在一块，中间是一条一条的小弄隔开。而梅子家乡的房子杂乱无章，毫无规律可言，它们是这户的大门朝东，那户的朝西，也许那户朝南，那一户又朝西北了。这主要看一座房子的风水了，哪边风水好就朝哪边。朝向都是在建房子前由风水先生决定的。房子的地势也不一样，这家临河，那家傍山，这家离最近邻居家的距离只相差几米，而那家离最近邻居家的距离却相差几公里，孤孤单单地立在一个山坡上。

这就是江中的村落。参差不齐，高低错落，大多房子都被竹林或树木围绕，屋前屋后一般都有自家绿油油的菜园子；几只或十几只大鸡或小鸡，会在大门口的草丛中或树荫下刨食吃；有忠实的家狗眼睛炯炯有神地守在大门口，好像在时刻防止盗贼进入家门，也有的狗儿蜷缩在大门边的窝里，也许正在做着啃骨头的美梦呢。

最可爱的应该数那只纯白的小猫了，它本来在路边溜达的，一看见梅子他们走近，一溜烟儿蹿上了旁边两米多高的墙头，然后站在墙头上喵喵地叫着，好像在向梅子他们说："你们看，我能一下就爬上这么高的墙，很棒吧?"好像感应到了它的思想和语言，调皮的根子向它打了几个响指，并附和它喵喵的声音吹了几下口哨。而接下来更有趣的是，骄骄拿起地上的一个小石子往旁边的桃树上一投……那可爱的小猫咪就在倏忽间跃下墙头，又一溜烟地爬上了桃树，去追赶小石子去了。

梅子家乡的田地属于梯田性质，它们大多是被开发在一个山丘的山坡上，而一个山丘连着另一个山丘，另一个山丘又连通着另一个山丘。祖祖辈辈开发出来的，在低处的、能引水灌溉方便的，用来种水稻的叫田；高处的、不方便引水灌溉的就叫地，一般种小麦或大豆、花生之类。田地间阡陌纵横交错，一级一级地像梯子一样一直往上升，所以叫梯田。

一条小河自鸿界山下的水库一路流下来，延绵几十公里。这条小河就是这方圆几十公里的生命之河，它一旦干涸，庄稼将会颗粒无收。

当梅子他们走过这条小河时，小河清澈的水在潺潺流动，河边柳树和水草的影子正在里面荡漾着。小河是忙碌的。看嘛，那嗡嗡叫着的潜水泵正欢快地从它的身体里往高处的田里、地里抽水灌溉呢。

"你要是早个十多年来我们这里，还能看见水车呢!"梅子向正用心观察着周边一切的剑调皮地说。确实哦，在十多年前，那时村里还没通电，田地的水就主要靠水车从小河里抽出去。那时的农忙时节，不论白天黑夜，都能听见水车吱呀吱呀伴着虫鸣鸟唱的叫声。梅子记得有一次自己趁父母下来休息的空隙，还亲自爬上过水车，不过，那时的她，小脚丫才刚够得着水车的轮子……

在田地里干活的村民大多都认识梅子，他们都很热情地问候梅子他们去干吗，梅子说去鸿界山看看。村民都笑说鸿界山有什么好看的，天天盯着都要盯烦了，还说大学生就是不一样，爱游山玩水……梅子报之以微笑。其实这就是民众普遍的心理。自己觉得很普通很一般的地方，也许在外人的眼里就是天堂。梅子还曾听父辈们说，如果不是因为缺水，水源不够，鸿界山的脚下，早在"文化大革命"时期就会建立一座大学。最差，这里也会成为人们的旅游胜地。

一路上都弥漫着稻谷成熟的味道和禾苗的清香。

快到鸿界山脚下时，梅子他们还经过了一座茶山，漫山遍野都是茶树。可惜，现在的茶山没人管理，茶树周边都是杂草丛生。最晚到二十世纪九十年代，茶叶，曾经还是村里人们主要的经济来源哦。“这里，曾经还有一个茶场的……”梅子把途经的风景一一介绍给剑，有现存的，也有回忆的。

“如果现在要是有人投资，我们这里至少可以搞个农家乐什么的，比某些地方的要有滋有味多了。”根子突然冒出这样一句话，“可是谁又愿意花大钱来这里投资呢?”

也许是好久好久没走过这么远、这么久的路了，到鸿界山脚下时，梅子跺了跺有些酸疼的脚，她看到小妹妹盈子也在擦额头上的小汗珠。

这路真的很远。大伙都感慨着。

好久没来过这了。梅子记得自己还是上小学的时候，和祖父、父亲一道到这儿植过树，后来就一直没有机会来，虽然家离这里仅仅几公里远。但是梅子看到剑，还有根子、龙龙和骄骄他们几个一点累的迹象都没有。

“呵呵，山还没爬呢，就觉得累，怎么行？以后得多加强锻炼，别老是躲在屋里看书了。”剑在旁边打趣说。

梅子对他翻了个白眼：“双抢的时候都没觉得怎么累呢，爬山就更小菜一碟了，当然能坚持下去。”

# 第二十九章　鸿界山

他们选择了一条稍宽点的山路往上爬，这样，也许山路就不会那么陡，就会容易走些了。而且，路宽，证明人走得多，安全性会强些。

太阳越升越高，空气的温度也越来越高，也越来越觉得燥热。可一走上山路后，一股清爽的凉风迎面袭来，整个身心畅快极了。山里山外，两重天哦。

他们一边不快不慢地往山上走，一边感受着山风轻轻拂过脸颊的快意，一边听着耳边各种虫儿鸟儿的啁鸣。“要不是有你们几个同行，我还以为自己与世隔绝了呢。”梅子说出了心中那刻的感受。大家都一致赞同。山里实在是太幽静了。

山路两旁绝大多数都是一些松针树，它们都笔直地挺向天空，好像在奋力争取更多的阳光，以给自己更多的养分去成长、壮大自己。路的两旁也有一些蕨类植物和另外的叫不出名的灌木丛，那是梅子小时候特别是在过年前经常割的柴火，用来给父母酿酒、制作豆腐、杀牛宰猪时烧火用。山路上铺满了陈年的松针，再加上一些枯草，让走的人就有一种轻飘飘的感觉，就如走在棉花堆上一样。这简直就是一种极致的享受。

刚开始时，山路上的牛粪或羊粪，还能让梅子他们觉得山路上最近有人走过的痕迹，可越往上走，山路越陡，也越觉得好久没有人走动过了，别说是山路两边，就是山路中间也长满了杂草。也许是中途走岔路了，远离了主干道，还好，梅子他们今天是有备而来，都穿了长袖长腿的衣服裤子，脚上穿的也是专门用来登山的运动鞋。他们一边走，一边互相帮忙把黏附在衣服裤子上的，不知名的毛刺球球给去掉，可到了后来，他们也懒得去管了，因为那东西山路上到处都是，好不容易去掉了旧的，可新的又马上粘上来了。越往上走，路越窄，挡道的灌木丛越来越多。当快到山顶时，居然分不清哪是路了。

梅子他们只得自己开路。根子和龙龙的力气大，他俩从一边各找了一根大的松针树枝当作工具，用来劈开挡路的灌木。剑和骄骄在后边帮他俩的忙。梅子和盈子两人也不甘示弱地用手、用脚把挡道的障碍物往旁边又扔又踹……边开路边往上走的困难真是难以言说。梅子他们这才真切地感受到开路者的艰辛了。他们这段开出来的路不到整个山路的五分之一，却花了走前五分之四的路程所用的时间，甚至还要多。

互相帮忙，提携着，好不容易到达山顶了，大伙都累得气喘吁吁。感受着山风吹拂的凉爽，看着山下美好的风景，觉得刚才爬山过程中遇到的困难和所受的劳累都值。

山上到处都有奇形怪状的巨石，有的像站立山中的巨人，有的像从地底突然冒出的宝剑，有的像凶猛的狮子……当站在山顶最突出、最大的，像一只千年老龟俯视大地的那块岩石上时，梅子他们的心灵被四周的景色深深震撼了。他们很是后悔为什么不早点来山上观看，他们最后悔的一点就是忘记带相机了。要是能把山下四周的美景拍下来该多好啊。世上没有后悔药，还是赶紧用眼睛、用心仔细记，把家乡的美景全部装进脑海中吧。

山的西边是一个盆地，它是由鸿界山和另一座叫花山岭的山脉阻隔、围绕成的。盆地中有好几个掩映在绿树丛林中的村庄，有两条好像正在舞动的绿色飘带横贯其中。这两条飘带，一条是从鸿界山下的一座像绿宝石一样的水库飘出来的，其中经过杨村和梅子他们的梅村，另一条是从花山岭下的一处像翡翠一样的水库里流出的。这两条飘带经过几个褶皱后，在梅子家的水田边上汇成一条更大的小河往西南方向流去……飘带的几个褶皱就是两条小河中间的水坝，水坝落差造成的瀑布泛起的白色水花隐约可见。每家每户庭前屋后都种有树，不要小看了这些树哦，在这山顶看来就是一片片浩大的树林哟，这就是以小积多的力量，这就是团结的力量，它们能在风暴来临时组成一股巨大的力量，保护村庄少受损失。值得一提的是，梅子家水田边上的那棵要四五人才能合围的大杨树，在山顶看来就像是一个绿色的蘑菇立在绿飘带的旁边，点缀衬托着它的美丽。

盆地中的低洼处泛着水波的绿色梯田，是刚插上秧苗的稻田，视线再往上移，看见的就是山坡上黄色的，还没来得及收割的黄豆地、玉米地，绿色的地是花生地或红薯地……大小水库和池塘如棋子般、星星般点缀其中，有像小蚂蚁一样的农民正在地里忙碌着。梅子他们好像还听见了汪汪的狗叫声和哞哞的牛鸣声，它们来自绿荫深处的农家小院。有几缕若有若无的白色烟雾在绿荫深处露出的屋角升起……哦，抬头一看，日头不知何时已经升到了头顶，那白色烟雾是不知谁家正在准备午饭了呢！

“有开阔的土地，有肥沃的良田，有浓荫掩映的房屋，有绿宝石一样的池塘。”

“田间小路阡陌纵横，交错相通，村落间能听到鸡鸣狗叫牛哞的声音。”

“人们有悠闲有忙碌……”

梅子、剑、盈子、龙龙、根子、骄骄，他们无一不感慨万分。这地方简直比陶渊明描写的桃花源还要漂亮许多呢。

而鸿界山的东边比梅子他们家这边要开阔些，不过再远处隐约也是大山横贯。在山脚下不远处有几辆挖土机正在忙碌个不停，听说那里正在修建高速公路呢。十公里以外，就是梅子姑姑的家。小时候梅子他们去姑姑家都必须要翻过这鸿界山。透过那层层的山峦叠嶂，梅子好像看见姑姑正坐在她家的梅树下择菜，准备做午饭呢……

山上、山下的风景怎么看也看不够，他们多想就此留在山上，把大石当床，让蓝天黑夜为被，与绿树虫鸟为邻……可是，因为多次想到午饭，梅子他们感觉肚子已经咕噜噜叫唤了，而且，暑期太阳当空照也不是很好的感受，虽然还没到一年中最热的时候。于是他们准备返程。

# 第三十章　返程

当他们想按来路返回去时，却再也找不到原来的路了。他们只得重新开辟新的返程路。还是像上来的那样，根子和龙龙两人拿着大木棍在前面开路，剑和骄骄在后面帮忙，梅子和盈子两位女生就在后面跟着，偶尔把突然横过来的荆棘等杂物拨开，或灵巧地躲过还未除掉的障碍。上山时他们还担心回来时能用得着所开的路，回去时就不用顾忌那么多了——只要不被剐伤、刺伤或摔伤，能安全到家就万事大吉了。

越往前，他们经过的地方就越潮湿阴暗。眼前的树比之前所见到的有至少两倍粗，头顶全被浓密的树叶和树枝所遮挡，一丝阳光也透射不到地面，石头上的青苔一层叠着一层，地面上堆积着的腐烂树叶发出一阵阵刺鼻的霉味……过了好一阵才发现，他们已经来到了一处人迹罕至的地方。

当他们捂着鼻子小心翼翼地走过树叶腐烂的地面时，又来到一块长满青苔的大石头旁边，在后面的梅子和盈子突然尖叫起来，吓得前面的四个男生毛发都要全竖起来了，骄骄被吓得还差点摔倒往山下滚去，还好有大石头与大树挡着。

“发生什么事了？”剑在前面心有余悸地问。

“这有好大的蜈蚣呢！”梅子的眼神里含着惧意。

哦，原来啊，是小妹妹盈子看到了两条正在爬动的，比小手指头还粗的蜈蚣。那蜈蚣居然通体墨绿，还透明，背部隐隐地透着血气，让人看了不寒而栗。梅子想起了在南岳衡山的幽暗石梯上看到的黑蜈蚣，这两条完全可以和那里的相媲美。根子想把两条蜈蚣带回家，开玩笑说卖钱，梅子知道根子的玩心又来了，他是想把它们带回家养着玩的，她劝他放弃了，因为蜈蚣可是有剧毒的，一不小心被它们咬一下麻烦就大了。那叫它们自生自灭吧。根子最后不舍地看了一眼蜈蚣又奋勇当先去当他的开路先锋了。

在来时还没感觉到路上会有什么潜在的危险，自从他们看到蜈蚣后，他们各自都想得很多了。首先他们想到的就是蛇，即剑他们华中地区说的“长龙”，可是很奇怪的是，居然他们一路上都没碰到过一条蛇，在上山时没碰到，在回去时更没碰到，虽然他们既害怕又期待。根子说现在每个村都有许多捕蛇的人，不管是村里还是山上的蛇，差不多都被那些人逮光了，连蛇洞里的蛇蛋都被他们掏光了。听说一条蛇能卖到几百块钱，用毒蛇泡酒的药用价值无法估量，所以城里有专门收蛇的人，有钱人都买蛇吃，大饭店里都有专门的蛇宴，有的人甚至还买蛇当礼品送……

梅子想起了小时候害怕床底下有蛇而不敢上床睡觉，上厕所怕厕所里有蛇而不敢去，晚上不敢走夜路，也是因为怕路上踩着蛇。有好几次，上小学的梅子早晨起床时，总能看到自家的葡萄架上有蛇刚蜕下的蛇皮挂在上面的情景，上学路上因碰到横路穿过的蛇而不敢吱声的情景。哦，现在的蛇都快被消灭光了。难怪现在地里的老鼠灭也灭不掉，就是因为它们的天敌蛇快被灭绝了的原因。在路上，梅子他们又期待能碰到一条蛇，哪怕是一条不会伤人的小蛇也行。可枉费了他们一路上的睁大眼到处搜索，从山上到山下，连块小蛇皮的影子都没看到。

路上虽然还是杂草丛生，灌木挡路，他们的肚子也饿得咕噜咕噜地直叫唤，可是他们却一点也没觉得累了。他们各人都讲起了自己曾经听到过的一些关于鸿界山或生态的事情。

梅子首先讲起了小时候听大人说的。原来鸿界山上什么动物都有，什么狮子、老虎、野猪、豹子……要什么动物有什么动物。就是在“文化大革命”刚闹起来那阵，村里有妇人戴斗笠（南方一种遮阳挡雨的帽子）上山采竹笋，还被老虎给吓得神经错乱的事情。听说要不是因为戴了斗笠，她恐怕早就当了老虎的饭菜了。人们说因为老虎怕狮子，才误把戴斗笠的她当成了狮子而仓皇逃跑了。而她却因为突然看到老虎，当场被老虎吓倒了，回来后经常性神志不清，脑海中老是出现老虎向她扑过来的情景。

龙龙说他曾听爷爷讲过，就是他们家现在住的地方原来都是荒芜一片，几人深的荒草和灌木丛，很少有人烟，倒是经常有野猪、狐狸、獾子等动物出来偷鸡鸭，甚至把村民的大肥猪都偷吃了。什么野鸡等各种鸟类就不用说啦，那里是动物的天堂。村里那个时候每家每户都有猎枪，男人们逢年过节，或家里有客人来时，或闲不住时，都会出去打猎，家中的锅里经常会有野味出现……

梅子记起了小时候翻越鸿界山去姑姑家时，老担心山路上会突然冒出一只野猪来的情景，那时传闻经常有野猪偷走山里村民的猪或牛。那时，在山路上经常能碰到匆忙穿路而过的野兔，在田野里还能看到正在偷鸡吃的黄鼠狼呢。那可怜的鸡留下的一地鸡毛啊……

梅子去姑姑家翻越的是鸿界山的大坳或小坳，如果再往南绵延几个山头，山头下住的就是梅子外婆家了。小时候的梅子最喜欢跟着外婆去山上采蘑菇。特别是雨过天晴后，采的蘑菇又肥又大，又鲜又嫩。采蘑菇要早些出门，最好是在太阳升起之前，要是去晚了，蘑菇就会像花儿一样谢了。每年，外婆家都要晒好多的蘑菇，吃不完的全部送亲戚朋友。

在外婆家还有一件有趣的事就是去山里捡野栗子。秋天栗子成熟时，栗子会自然掉落到地上，梅子就和外婆或表姐到栗子树下捡栗子，有时候甚至去老鼠洞里掏现成栗子呢。在老鼠洞里掏出来的栗子只要到水里一洗，然后在太阳底下一晒就没事了。

“那可是老鼠们过冬的粮食哦。”梅子不忍地说。

“就让这些坏家伙冬天没东西吃，谁要它们平时老偷吃咱的东西呢。”表姐面无表情地说。

在回去的路上，诗《写给鸿界山》，又在梅子的脑海中跳跃。

**写给鸿界山**

盘古开天辟地
造就了你的巍峨挺拔
秀丽多姿

你悄悄一躺
就把世界分成了两半
从此，母亲在北边，外婆在南边
母亲在西边，我在东边

日日夜夜向着西方顶礼膜拜
洞穿你的身体
看着地里挥汗如雨的母亲
我，接过了母亲手里的锄头和镰刀

一群思乡的大雁
在你的头顶久久盘旋
它们引吭高歌
高歌它们回到了家
回到了永久的故乡

# 第三十一章　剑找工作

大四的日子，是既紧张又轻松的。轻松是因为大四的课程没前三个年头那么多了，紧张是因为在准备毕业论文与毕业设计的同时，还得找工作。在这一年里，工作没着落的话，以后的日子会很不好过的。

和许多毕业生一样，一进入大四，剑就开始准备他的个人推荐函，以应对单位来学校招聘或出外参加招聘会。在推荐函上，每个毕业生都是花了一番心思的。推荐函不仅内容要全面丰富、有专业特长、相关从业的经验，而且封面要独具一格，要在一秒之内就能吸引住招聘者的眼球，给他留下一个好印象，能去看你推荐函除封面外的其他内容。招聘会上应聘者成千上万，有的招聘者一个上午就能收到几千份推荐函，谁会一个一个把封面翻开去看你里面的内容呢。当然有招聘者在收到应聘人的资料后，会一个一个地仔细打开来看。但在这个应聘与招聘严重供大于求的时代，恐怕只是沧海一粟了。

为了把推荐函的封面做得别具一格，有的还花重金请专业人士来做，纸张要多好就有多好，一般都是精装的，只差没用金子装饰了。当然，里面的内容也不能是纸糊的，既不能夸夸其谈，更不能弄虚作假。金玉其外，也不能败絮其中。

剑很实在，他的推荐函封面当然也免不得好好地精装了一番。他说："应聘时，给招聘者的第一印象最重要。如果给人的第一印象都不好，别人还用你干什么。"因为四年来，他的各种经历都很丰富，所以他的推荐函里面的内容按实际情况填都是相当充裕的，最后不得不精简再精简一些。

他说制作推荐函和写投稿文章是一回事。要想命中率高，就必须吻合对方的意愿，一般是宜短不宜长，宜精不宜繁。如果繁杂冗长，招聘者肯定瞧都懒得瞧一眼，或者他们看了好长一段，还没看到想要的或最有实力的东西后，顺手就把稿子或推荐函往一旁一放，纳入了不予以考虑的范围。应聘成功与否，"衣装"与实力同样重要。

在一个全国大型招聘会现场，西装革履的剑成了"吃香的主"。你看，不是嘛，只要他往招聘桌前一站，把推荐函一递，人家招聘者拿着他的推荐函只用眼睛简单一瞥，有的甚至连推荐函里面的内容都不看，就一个接一个问题问上他来了。剑应答如流，脸不红心不跳。在旁边的许多应聘者都在盯着看他的精彩回答。那招聘者当场就拍手叫好，要与剑签订合同。那天，剑去了五个地方应聘，五个地方都想与他当场签约。可剑却都回答要考虑一下。他的考虑是对的。因为那五家公司各有各的长处，有的福利好，有的工资高，有的离家近，有的发展前途好……剑却还没有确定自己最终想要的是什么。

两个学期下来，剑仅参加了那次招聘会，其余时间都在学校搞毕业设计或写毕业论文，或陪梅子学习。那五家公司一次又一次地打来电话，催他早日签订就业协议。剑考虑来考虑去，最后选定了他家乡华中省城中州的一家国有企业。梅子问他为什么这么选择，因为其他几家都在沿海，不管是从工资、福利，还是前途来看，都要比这家好得多。剑说，那些都离家太远，华中人都恋家，他想回到生他养他的地方去。

梅子后来才知道，其实这家国有企业离他的家也有四五百里。一个在华中省的最东边，一个在华中省的最西边呢。华中省东西南北拉得都长。剑说的回到他的家乡，也只是一个大的地理或思想概念而已。这就相当于在国外的同胞回到了中国，不管是回到中国哪个地方，都说是回到了祖国是一样的道理。

# 第三十二章　挽留

虽然剑的工作已经基本定下来了，可是梅子的父母总是希望剑能留在江中省的华城工作，他们的理由其实很简单：梅子回家容易。

“我非常理解你父母的想法，其实，天下绝大多数的父母都希望把孩子留在自己身边的。‘不管孩子有多大，孩子永远是他们的孩子。’”毕业前夕的一个傍晚，剑和梅子依偎在江中师范大学明湖边的一块草地上，周围除了细细的虫鸣，就是偶尔能听到附近其他情侣低低的说笑声，还有就是能看到天空中眨个不停的或明或亮的星星。听了梅子对他传达她父母的意思后，剑善解人意地说。

“那你能不能再考虑下留在华城工作呢？其实我的父母早就发动所有亲朋好友给你物色好工作呢！”梅子试探性地问。

“我已经签约了，再毁约的话恐怕不好。要是签约之前征求一下你父母的意见就好了。可是现在后悔也来不及了。华城其实也是一个不错的地方，我也喜欢它的。”剑懊恼地说，“就怪自己当时签约时没考虑周全。没有太多地想过你将来的去处。”

“既然这样，那就不毁约了。两年之后如果你还觉得我很好，那我到时一定会克服一切困难和你在一起。”梅子的眼神很执着，“父母那边我一定会好好去说的。”

“以后的交通会越来越发达，列车的速度会越来越快的，听说现在在研究一种快速列车，成功之后，从江中的华城到华中的中州，只需三个小时就足够了，到时我们早晨八点可以在华中的家吃早餐，在十二点以前就能赶到华城吃午饭呢！时间比坐飞机还快。最主要的是省去了烦琐的安检手续。”剑充满信心地说。

“真比乘飞机还快吗？那好值得向往哦。这样一来，我的父母也不会那么反对我和你在一起了。”梅子也充满憧憬地说。

“梅，你放心吧，让你父母也放心，我将来一定会对你好的，我们的未来也一定会很美好！相信我！距离不是问题！”这会儿，剑拉住梅子的手，看着她的眼睛深情地说。

“好吧，我完全相信你！”梅子把头靠到剑的肩膀上，把视线投向遥远的天空。

“你在看什么？”剑看梅子转移了视线，也朝她所看的方向瞧了瞧，可是除了天空中眨眼的星星，就是黑黑的夜空了。

“我在看我们的未来……”梅子笑着转头向剑眨了眨她星星般的双眼，然后又把视线转移向遥远的苍穹……

恍惚中，她真的来到了未来的某一天，那天是她母亲的生日，她早晨六点起床做早餐，和剑一块吃完早餐，然后准备东西去火车站坐快速列车赶往华城给母亲过生日。那列车快得就像一阵风，把沿途的风景在一瞬间就全抛在了后头，在列车上的人们根本无法辨别它的优与缺在哪里。到中午 11：30 时，梅子与剑就在华城的弟弟家吃午饭，给母亲过生日……

其实，梅子又何尝不想把剑留在华城呢？因为她知道，如果以后她真的还想跟剑在一起，她就必须到华中省去。除了路途的原因，华中省与江中省有千里之遥，气候与风俗习惯各不相同。梅子到了华中省，她就得重新适应那里的气候与习惯，就得背井离乡，入乡随俗。这些都是困难，梅子本想与剑说的，可最后想想还是没说了。因为她想到了剑在江中也是在背井离乡。"与其让剑背井离乡，让他天天受着思乡之苦，还不如到时让自己受这份罪……"将心比心，梅子就是这么想的。

# 第三十三章 "丑媳妇"见公婆

剑毕业了，要回家乡参加工作了。

梅子有些依依不舍。

剑邀请梅子和他一块回老家，如果可能的话，到家休息几天，然后去他工作的单位看看。

梅子欣喜不已。

经得家里人同意后，梅子和剑一块先回到了他华中省东部的家。因为没有直达的火车，他们辗转换了几次车，才到达剑家的那个小村庄。

虽然不是第一次来华中省，但却是第一次来剑的家。

虽然到家的当天是艳阳当空照，可是头天刚下过雨，天不是很闷热，没有铺过沥青或水泥的路面满是泥泞。剑的家离马路还有一段距离，虽然这段没铺水泥、没铺沥青、没有石子的路的距离不远，仅有约五百米，但他们还是走得很艰难。看看梅子和剑的鞋子及裤腿上粘的泥水就知道了。两大包的行李，再加上剑在路上买的香蕉与甜瓜，让这一段本来就很不容易的路程难上加难。一大包行李剑扛着，另一包他与梅子一块拎着。

正当梅子感到自己的手与胳膊都酸疼的时候，前面路口有一五十多岁的老人骑着自行车过来，然后在他们身边停下了。他的青色的裤腿被挽上了小腿，而脚没穿鞋子，赤脚踩在泥地上，衣服也是那种农村老人常穿的青色 T 恤衫，头发不到一厘米长，应该是剃光头没多久长起来的，双鬓的几根白发在阳光的照耀下很是显眼，但脸是那种让人看上去很温和的国字脸。他双脚立住，双手扶着自行车车把，眼睛很慈祥地看着梅子他们说："回来了？"然后把自行车立住。梅子问询的目光由老人身上转向了剑。剑叫了一声“爸”后，微笑着对梅子说：“这是俺爸，”对他爸介绍梅子，“这是梅子。”梅子赶忙轻声叫了声：“伯父好！”老人边微笑着应了声“哎”，边首先把梅子手里的行李往他的自行车后座上放。

老人是中国农村最典型的父亲形象，她想起了远在几千里之外的父亲，梅子的眼睛顿时湿润了。她第一眼就对眼前的这位老人充满了亲切感。

老人用绳子把行李都绑在自行车后座上了，梅子和剑的手里就只拎了刚买的水果。身上突然被解放了，好轻松啊。

当梅子他们来到村口时，梅子差点被那场面弄得眩晕了。剑村里的七大姑八大娘，还有很多的小孩子全在那站着……这是什么欢迎仪式啊？老人自己说那是村里人知道你们要回来，所以来看看的。梅子的脸一下红了，她知道他们都是来看她这个剑从远方带回来的未来媳妇长得什么样子的。剑看向梅子无奈地笑了笑说，他们那里就那风俗习惯。梅子说没事，然后她用手把头发往后拢了拢，再拽了拽衣服的下摆，然后抬头挺胸地往前走去，就像自己正在参加一场重要的面试一样。还好，下车之前把头发梳了下，上身穿了件红色的T恤，下身穿的是一条七分的藏青色牛仔裤——衣服也还得体大方，要不现在可尴尬了。她边微笑着往前走，边在心里暗暗为自己庆幸着。不过，梅子心里还是有点埋怨剑为什么不早点提醒她一下，这样她会有个心理准备。剑后来向梅子歉意地说是他忘记提醒了，但又笑说梅子不必要什么特殊打扮，清水出芙蓉的梅子最令人喜欢。

快来到穿得花花绿绿的一大群女人孩子前面时，剑主动和他们摇手打招呼。

还没到跟前时，有个臂弯里抱一个大胖小子，身旁还站一个四五岁小男孩的，穿花格子上衣的胖女人首先就扯起嗓门儿对剑说：“剑啊，回来啦！嫂子要吃喜糖呢，你媳妇好漂亮哦。”剑说：“嫂子，吃喜糖没问题的，不过梅子现在只是俺朋友，来看看咱们，你别吓着她了。”“现在的朋友，就是将来的媳妇啊……”旁边有人笑着附和。这些毫不遮掩的话让梅子的脸颊有些发热。而其他人的眼神也在上下不停地打量着梅子。剑看出了梅子的窘态，他轻声说：“不要太在意，梅子。我们这地区的女人就是性格开放爽朗，说

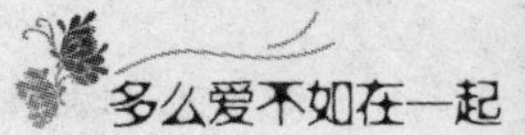


话做事一点也不顾忌什么。”

来到他们跟前，剑向梅子介绍说这位是某某嫂子，这位是某某大娘……介绍了一个又一个，剑说是什么梅子就叫什么好，到最后，梅子的脑海里把她们都混淆不清了，一个也没记清。

剑怎么那么多的嫂子大娘啊？梅子觉得叫得嗓子都快要干了。不知道过了多久，好不容易介绍完了，梅子他们往前朝剑家走去。嫂子大娘们有的在前面领路，有的笑着说着在后面跟着，孩子们更是在旁边打闹嬉戏个不停。梅子刚才还纳闷着村里怎么有那么多孩子呢，突然想起原来正是学校放暑假的时候，孩子们正在村里随心所欲地疯玩哦。好让人羡慕的儿童时代。更有十三四岁的半大小姑娘小伙子使劲往梅子身上瞅。十三四岁，一个情窦初开、非常敏感的年龄哦。少女时代的光景在梅子的脑海里一闪而过。

又是一个令人激动不已的场面。

偶尔的走神，梅子跟着人群往前走。只觉没走多远，再抬头时，梅子只见前面又有许多人站在一个院子的大红门前。哦，剑家就在村口边的第二幢小院里头。华中的农户人家就是和江中的不一样，每家每户的房子都被一个或大或小的院子包围了，院子一般是用红砖或外加水泥砌成的，然后再有扇铁门把守着，铁门上都贴着驱邪避鬼的门神。门口有十几个人围着一个五十多岁的女人在说笑着。这次虽然绝大多数是女人，但也有几个中年男人站在旁边。看见梅子他们出现，他们的眼光全朝他们看过来……

剑悄悄说，那站在人群正中的是他的母亲，而边上的是他的三位姨，还有几个表弟表妹，今天可能听说他们要回来，所以全来他家了。梅子看见了正站在剑母亲身边的妹妹雪梅。这场面可真像迎接重要客人或要办大喜事哦。梅子曾在医院见过剑的母亲与妹妹雪梅的。

看见他们的眼光都朝向他们，梅子和剑加快了脚步，那边的人也往前走了几步，就那样，他们两堆人就碰到一块了。剑喊：“妈，姨……”梅子喊：“伯母，姨……”那边说：“回来啦？来，妞，快进屋……”“梅子姐，哥……”“雪梅……”然后剑的妈妈和一个姨就各拉着梅子的一只手往院子里走去，就好像拉着一个新娘。

院子的左边贴着院墙的是粮仓，那里装满了麦子玉米等粮食，接着是一个大院子，院子里栽了各种果树，有柿子树、苹果树、石榴树，还有几棵花椒树。花椒正成熟了，梅子闻到了一股刺鼻但又不反感的花椒味。右边是厨房和杂房，杂房里关着几只咯咯叫的鸡，好像在欢迎梅子的到来。厨房的橱柜是用白色的大理石铺成的，旁边还有一个烧柴的大灶，灶上面放了一个大铁锅，是用来蒸馒头或熬汤的。后来听剑说他家的橱柜是最近才重新做的，这样显得干净整洁些，目的是迎接梅子的到来。中间有一条水泥路直达正房。正房是五间房立成一排组成的，由红砖砌成。这不像江中的房子有堂屋（主屋），外屋之内还有里屋，即平常说的客房和卧室是连在一块，横竖都有。而剑家房屋的主屋和卧室是横着并列，一字排开。总体来说，整个院落简单大方。

梅子被她们拉到了正中的主屋。主屋里早已摆好了一张桌子，桌子上放着苹果、梨子等水果，还有些瓜子、糖，一个二十多寸的彩色电视机正在那里播放着豫剧，里面常香玉老人正气势激昂地在唱《花木兰》："刘大哥讲话理太偏，谁说女子享清闲，男子打仗到边关，女子纺织在家园……"

大伙都要梅子坐桌边饮茶、吃水果瓜子，梅子对他们说别客气，她还说来这里觉得很好，感觉一切都很亲切，就像在自家一样。听了梅子的话，大家都很高兴，除了雪梅和一个姨陪着梅子外，其他人都出门忙去了。剑回到家后，只在主屋里和梅子说了声要她放松，像在自家一样外，就跑得没影了。

过了不多大会儿，桌子上的水果瓜子撤了，然后上来了一个又一个的菜……哦，就到午饭时间了，已经中午一点多了呢，时间过得可真快。这时，剑也回来坐在梅子的旁边。梅子记得他和剑在华中省的省会华州下火车时是凌晨五点半，然后在火车站对面的长途汽车站坐的班车回的老家镇上……感觉应该还在早晨，可一晃就五六个小时过去了。

桌上的菜是典型的华中菜，最明显的就是凉菜多于热菜，而且每个菜里几乎都找不到辣椒的影子。其中有一盘菜，看上去特别新鲜，那就是蚕蛹。当时梅子还不知道是什么呢，是悄悄问了旁边的剑才知道的。哦，我的老天，蚕蛹也能吃，梅子还是第一次听说并目睹。剑说这蚕蛹营养价值很高，含的蛋白质特别丰富，几个小蚕蛹就能顶一个鸡蛋哦，而且还含有人体必不可少的各种维生素，钾、钠、钙、镁、铁等微量元素，有促进婴幼儿生长的功效，还能降低血液黏稠度，改善血液微循环，增强细胞活力，增强记忆力和思维能力呢……哇，这也太神奇了。梅子不由得对那小小的蚕蛹投去了敬意。但是，说实在，要她把它们放进嘴里咀嚼再咽进肚子里，她做不到，因为她看到蚕蛹就想到了那白白胖胖的昂头啃食桑叶的蚕。不敢吃蚕蛹，也或许是一种人们对初见的外来物，或新鲜事物的本能抵制，梅子自己也不得而知。

就像剑在江中梅子家饮食不习惯一样，梅子在剑家一样饮食不习惯。不过，令梅子很感动的是，剑的母亲居然在蒸馒头时用搪瓷碗给梅子蒸了一碗大米饭，虽然大米里面的水还没完全干，米也没熟透，但这是他们家第一次蒸干米哦，太难为他们了。第一次蒸大米饭，是梅子后来听剑说他家在梅子来以前从来就没有蒸过大米，只有在早晨或晚上用大米熬米粥喝的，里面掺上红枣、葡萄干或红薯等杂粮。还好，梅子的适应能力还是很强，没几顿饭，她就学会了啃馒头，喝大米粥，或玉米、小米粥。大家都说，也许是因为这个地方干燥，多喝些粥类，会大大有益于身心健康，就像在江中那种潮湿地方要吃干米饭，吃辣椒菜才觉得身舒气爽。

在接下来的几天里，剑带梅子把他们家附近的区域都逛了个遍。给人印象最深的就是到处都是绿色的玉米地，整个村庄都被包围在一片绿色的海洋里。

# 第三十四章　“不是一家人，不进一家门”

“梅，你先在家里待几天，等我在单位稳定好了，你再过去……”

在家还没待几天，剑就要到单位报到了。走时，剑只带了一张床单和夏天的几件换洗衣服。他要梅子先在家里和雪梅玩几天，等他在单位安置得差不多了，再联系她过去。梅子答应了，然后她乖巧地待在剑的家里，虽然心里有一千个一万个不愿意，她害怕在他家里没事干，天天会无聊乏味。但是接下来的日子没有想象中的那么无聊，因为雪梅的性格很快就让梅子喜欢和她待在一起了。

很清秀很温和的雪梅是一个很讨人喜欢的女孩，而且她做事不拖泥带水，非常利索。雪梅比梅子高出半个头，梅子觉得和她一起自己倒成了妹妹，而雪梅是姐姐了。

“姐，我们去镇上赶集吧，今天那里非常热闹的。”剑走后的第二天，雪梅就对梅子说。

“赶集？那是干什么的？”梅子疑惑地问。

当时的梅子还不知道赶集是什么意思。因为在江中从没听到过这个词。

于是，雪梅就给梅子讲了赶集是什么意思。

在雪梅的解说下，梅子才明白过来，原来赶集就是十里八乡的人们在一个规定的时间聚集在一块买或卖。一般一个镇或几个镇一个集，相邻的几个集市会错开时间在固定的日子开。集市上的东西比较齐全，而且物美价廉。因为“集”要隔一段时间，不是天天有，所以人们赶一次集，一般都会把家里所需的东西置全，至下次集会到来。否则要跑到远一些的集市去，可那是一件很麻烦的事。当然也有喜欢赶集的人，今天在这集上买点小吃，明天跑到那集上购点衣物……

“在农村有‘集’真好！”那天，当雪梅带着梅子赶到集市上，看着那人挤人、琳琅满目、目不暇接、忙碌的巷子后感慨。

经过左挑右选后，两人各挑了一条漂亮的连衣裙。雪梅说，那两条裙子，如果在城市专卖店买的话，至少得花三倍的价钱。

“那边有自行车，我们去看看吧？”买过裙子后，雪梅又把梅子带到了一个摆放好多自行车的摊位前。

在那里，雪梅挑中了一辆新的自行车……

在剑家的十几天里，雪梅差不多天天骑着那新自行车带着梅子赶集，还走亲访友。

在走亲访友的日子里，梅子印象最深的是去了他们的三姨家。三姨有两个女儿两个儿子，每一个孩子都只隔了一岁，有的在上初中，有的在上小学。对于梅子的到来，他们全家都表示热烈欢迎。让梅子最吃惊的是三姨养的小动物，它们居然和母亲当年养的一样，十几头猪、十几只羊，还有数不清的鸡、鸭……雪梅说三姨他们还种了几十亩地呢。勤快的三姨和三姨父哦。

“孩子多，每个孩子都要穿衣、吃饭、上学，不想方设法多弄点家庭副业，多赚点钱，那怎么过日子呢？”三姨的感慨居然和当年梅子母亲对别人说的差不多一个样。天下父母一条心哦。

“雪梅，今天去地里干什么活？”

“去棉花地里拔草呢。姐，天太热了，你就在家里歇着吧。”

“你们都出去干活了，我一个人怎么能在家里待得住呢。我也跟你们一起去吧！”

“外面好热的呢！”

“没事，我一点也不怕热。”

……

八月其实是一年中最热的了，八月也正是地里棉花成长最旺的时候，不出去赶集与走亲访友时，梅子就和雪梅及其父母一块下地给棉花洒农药、拔草，给棉花整枝……

“枝子多了，结的棉花不就更多吗？为什么要把它们摘掉呢？”当大家在摘棉花枝节时，梅子不解地问。

“把棉花一些多余的枝节去掉，会使整株棉树通风透风足，而且不容易生病生虫子，也能合理调节养料的分配，减少养分消耗，起到保护花蕾，减少花蕾脱落的作用……”雪梅像个棉花专家一样给梅子讲着。

“啊，弄个棉花枝子都有那么多的学问……”梅子感慨万分……

“这里有这么多的小甜瓜啊！”在棉花地里，梅子发现了许多白色的小甜瓜。

“给，姐，你吃！”不知道什么时候，雪梅已经摘了一些甜瓜用地头水井里的水将它们洗干净了，“这是我爸今年自己特意种的，吃起来比从外面买回来的还甜还好吃。”

“没撒过农药的，是真正的绿色水果呢。我们平时用手一抹就拿来吃的。”剑的父亲憨厚地说……

总之，在那些日子里，梅子和谁都相处得很好，过得比想象中的要充实有趣多了。剑走时还担心梅子在他家过得不好呢。看来那担心真是多余啦。

剑的父母看到梅子勤快、性格随和温柔，对她也特别喜欢。梅子与他们已经像是真正的一家人了。他们说："不是一家人，不进一家门。"显然，他们已经把梅子看作一家人了。

# 第三十五章　农民工

一天一天地过，时间很难熬，但是等一切都过去了的时候，回过头再来看，原来难熬的时间其实过得挺快。

半个月的时间就如一阵风一样一飘而过了。

"梅，你挑个时间过来吧。"走后半个月，剑从他单位打来电话。

梅子也确实准备去剑的单位看看，然后返程回家上学。

剑的单位虽说在省城中州，但却在一个偏远的山村——在大山脚下的一个小镇边上，距离剑的家还有三四百里呢。一个在华中省的最东，一个在最西哦。

没有直达剑单位的车，梅子只得坐了一辆过路的长途汽车。

"不知道那里的治安情况怎么样？小偷小贼多吗？"一路上，梅子心里一点底也没有，好像有一面鼓一直在敲打着。毕竟那又是一个完全陌生的地方，完全陌生的环境。虽然以前剑腿受伤的时候，也单独坐过车，可那时坐的差不多全是火车，没有坐过长途汽车。

对于陌生的地方，梅子总是怀着一丝丝恐惧，总有些忐忑不安。

因为很无聊，刚上车那段时间，梅子老是回忆着雪梅在县城送她上车时的情景。雪梅像个长辈一样，再三地嘱咐梅子在路上一定要注意安全，好像梅子就像一个刚出远门的孩子。车快驶离车站时，雪梅还站在原地向她直挥手呢。

"雪梅真像自己的亲妹妹。"梅子心里想着。

华中省的道路一般都是直的，要么是南北方向，要么就是东西方向。梅子很少见到有在江中山区一样的，一直都是拐弯拐个不停的道路。

长途车上坐的绝大多数都是去外打工的农民工兄弟。他们携带的一般都是麻布袋或蛇皮袋，日常穿用的衣服被子都装在袋子里面。有的还带着大锅小锅的。

他们大包小包地带着，好像要把整个家都带在身边。

“这样，我们在外面生活的时候就会方便多了，想要什么，就拿什么。何况如果不自带的话，这些东西都必须掏钱重新买的。这又有多麻烦呢。”

“自家都有，还浪费那个钱干什么哦？倒不如节省下来给家里的老婆孩子多买一件漂亮的衣服呢。”

“但是说实话，在外打工再苦再累，也赚不了几个钱。不多节省点，家里孩子的学费，家里其他一切人情开支从哪来呢？”

当梅子问及他们为什么带那么多东西的时候，他们你一言我一语地回答。这是一种无奈的办法，更是中国农民代代流传下来的勤俭节约的好传统。

他们还和梅子说，正因为农民们，特别是年龄在五十岁以上的农民外出时，一般都是用麻布袋或蛇皮袋当旅行包，这让旁人一看就知道他们是从农村来的。因此，城市里用麻布袋或蛇皮袋当旅行包的农民兄弟被人简称为“麻布袋”或“蛇皮袋”，在被人称呼时，就被唤作“那个带麻布袋的”，或“那个拿蛇皮袋的”，好像他们从没有名字似的。有的人嫌他们脏或嫌他们粗鲁或没文化，就尽量离他们远点。在城市里坐公交车时，有人还不愿意与他们共坐一排座位呢。有时候坐车时，有的售票员还故意不怀好意地刁难他们。在人多的地方，有人丢了东西，在没确定谁是小偷时，首先怀疑的也是他们，好像他们天生就是小偷小贼似的……

“当农民真难啊！不过，还好，现在国家对农民与农村的政策越来越好了。”有个五十岁左右的，在大热天穿着帆布胶鞋的农民说。

梅子也是从农村出来的，她的父母祖辈们都是农民，所以她对这些人一点也没反感，只是同情他们年少时受的教育太少，见的世面不多，最主要的还是他们都还在穷困线上挣扎着，尽管那些人身上散发出了一股股异味，还在车厢里随便吸烟吐痰。他们都是当父母、当兄弟的，虽然他们受的教育少，可他们外出打工赚钱，都是为了让自己的后代享受更好的教育，让自己的父母亲人生活得更好。

这时，梅子想到了自己的父母，那两位忙里忙外，早出晚归，天刚蒙蒙亮就起床，而到半夜三更还忙得休息不成的双亲。这些农民兄弟不就像自己的父母双亲，兄弟姐妹吗？但愿他们能赚到足够理想的钱，让自己及亲人过上好日子。

一路上，梅子和他们聊了很多，知道他们是要到剑所在中州市北边的一个城市去打工，那是一个山城，但是矿石，特别是煤很多，他们要去那里采矿或挖煤。现在采矿或挖煤所赚的工钱相对其他行业来说还算比较高，但那些都是高危行业。特别是煤矿，全国各地每年都会有煤矿发生瓦斯爆炸或泄漏事故，许多没来得及逃出，又不能被救出的人们就被深埋在地底下，永不见天日了。

虽然现在的科技越来越发达，但是每天都有好多负面的事情还是不可避免地要发生。为了以最少的时间赚更多的钱，为了自己和家人能过上好一点的生活，农民兄弟对于这些还是敢冒险的，何况事情不是天天会发生，即使发生了也不一定降临到自己头上哦。每个人的侥幸心理还是有的，谁也不会相信自己就是最背运的那个。但如果倒霉事真的被自己意外碰上了，那就只能听天由命了。最后拿到的政府抚恤金，也够家里一家老少花一阵子的了。

“其实，无论走到哪，要数农民最憨厚老实。你看，他们那一脸毫不做作的真诚的笑容，他们在你下车时毫无虚假地、积极地帮你拿行李、递东西的身影……”梅子在后来的日记中写道。

## 第三十六章　问路

所坐的长途大巴车只经过市区的边缘，梅子不得不和那一车的农民工兄弟挥手告别了。她被售票员引到了另一辆开往市区的公交车上。这辆车比来时坐的车要干净整洁多了，也许是市区的公交车吧，那可是一个城市的形象代表哦。你能想象，如果一个外地人第一次坐的市区公交车是又脏又破又乱的话，这个城市再怎么干净漂亮整洁，好长一段时间也改变不了它在这位外地人心目中的坏印象。

坐的公交车宽敞舒适，虽然外面的阳光还是很火热，虽然车内没空调，但梅子一点也没感觉到空气的燥热。也许是这个城市刚下过了这一夏天以来的第一场雨，给这炎热的天气带来了凉爽。梅子一边享受着迎面吹来的清风，一边欣赏着车窗两边快速滑过的景色。

宽阔干净的马路两边都有很整洁的护栏，人行道外是一排排高大的梧桐树，路上行人很少，但过往的车辆很多，道路两旁整齐地矗立着一般都在十层以上的崭新建筑物……

“这是这个城市新近建立的市区，也就是人们平常所说的新区，市政府已经搬过来了，其他的政府、行政机关也会陆续搬迁过来。”

“再过大约十年，新区就是这个城市的政治、经济、金融中心。”

“以前这里可是农村的，周围到处都是菜地。”

“现在这里虽然有些冷清，没有老城区热闹，可是以后就是这个城市最热闹最繁华的地方了。”

公交车上一位六十多岁的老市民热情地向梅子介绍着。

越往前行，越觉得道路没有先前的宽敞，两旁的建筑物也没那么崭新了，也觉得路旁的梧桐树的年龄明显要比以前的大多了——看那粗大的树干和那往路中间弯曲着伸着的、遮蔽着阳光的遒劲枝头就知道了。

公交车在城市的旅游汽车站外停下了，司机要梅子下车。

梅子掂着沉重的包裹在路边左看右看，想寻找剑说的直达他们厂区的公交车，可是过了好几辆车，也没看到预想中的那辆，同时也没有看到路旁的公交站牌。这个城市好陌生哦，梅子觉得胸口有一种莫名的空虚猛地袭击过来。剑说他当天要上班，班中休了好几个同事，不好请假，不能亲自来市区接梅子了，要她自己坐公交车去他厂区的宿舍。

眼看着日头越来越偏西，梅子只得向旁边卖水果的大姐问路。水果摊边除了一个在挑水果的中年女人外，就是旁边的一个坐在三轮车上的、三十岁左右的男人，看来他也是给别人拉货做生意的；还有两辆摩托车，摩托车的边上有两个戴头盔的、二十多岁的年轻人。这两个年轻人在和另一个留着平头的矮个子年轻人闲聊着。看来是那两个戴头盔的是两摩托车的主人。

梅子先上水果摊前问了水果的价格，并买了几个苹果，虽然她的包里当时并不缺水果。

梅子早就听别人说：如果你要是想找别人问路，你就得先给别人好处，比如，要是问路旁的老人，你就得先好声好气的叫人家一声大爷，是男同志问路，男同志得恭敬地递给老人一支烟，开车的话，还得先下车；女同志问路的话，至少态度得非常恭敬；如果去路边摊点或小店问路，你就得先买人家一点东西，哪怕几毛钱的也行，要不，别人或干脆不理你，或给你故意指错路。

因为是边挑水果边想问题，在挑水果的时候梅子没觉得旁边多了一个男人。那个男人正手捏着一块刀片，在梅子身上搞小动作。那刀片，好像男人们平时用来刮胡须的刀片。

“横过面前这条马路，到对面再向东转，再往前走五十米……”水果买好后，那大姐还是很热情地给她指了路。

很郁闷哦，她这个方向迷，一到北方的城市就分不清东南西北。什么往东、往南，还倒不如直接说往左走或往右拐呢，因为在南方说到关于方向的问题时，从没有人对她说过哪是东，哪是西。她不好意思再要那大姐改说往左或往右，于是站在水果摊旁，琢磨着怎么样走才好。

“你是第一次来这里吧？拿着这么多东西，走路不方便，我送你去坐车吧？”看到梅子手边的大包裹，那三轮车司机自告奋勇地说。

梅子看了看包，再抬头往前瞧瞧那未知的公交车站点，然后就坐上了三轮车。那司机还很殷勤地帮梅子把包裹搬上了车，并说要梅子放心，他收的车钱肯定不贵。

也许是对陌生城市的不放心与恐惧，梅子一坐上摇摇晃晃的三轮车，就有些后悔了，她的双眼一直看着路旁的人与建筑物，她害怕这三轮车司机会故意给她多拉一些路程，然后多要她一些钱。不过，这不是她最害怕的，她最害怕的是，他会把她拉到一个没人的地方抢她的东西，或行不轨，或甚至把她给拐卖了。她心里一直在提防着，如果车要是偏离大路，往小胡同拐，她马上跳下车……

还好，感觉没过多大一会儿，司机就告诉她到了。也许是自己在车上想问题想多了，所以没感觉到到底走了多久。

“这么快就到了?”梅子有点啼笑皆非的样子，心里在嘲笑自己的胆怯，还在心里责备自己把他人想得太坏了。“但是，出门在外，每个人都得有一点心理防备是没错的。”过后她又安慰自己。

“多少钱呢?”把行李拿下车后，梅子问司机。

“两块。”司机微笑着说。

“哦，两块钱啊?”这又出乎了梅子的意料。

虽然这路程确实不长，但只要两块钱的司机确实很少见。大街上的三轮车一般起步价都至少三块呢。梅子很感激地把两块钱双手递给了三轮车司机，并连续说了好几个谢谢。

这个世界上“不宰人”的好人还是有的。

# 第三十七章　新包被划破

等了不多大一会儿，公交车来了，梅子走了上去，她害怕错过了站点，告诉了售票员她要去哪儿，又再三嘱咐售票员到了站点后，及时提醒她下车。因为这是她第一次到这陌生的地方来，实在不知道哪里才是她要到的地方。

找到座位坐下后，她无意识地感觉到旁边有乘客在看她的小挎包。

“难道包上沾了什么脏东西?”她于是用怀疑的眼光看了一下自己的包，“哦，老天，挎包居然被人划开了一个大口子。”她心疼地用手抚摸了一下包包的“伤痕”，那时，她的心口好像也被突然划了一道口子，在滴着血。那可是剑送给她的生日礼物，是剑省吃俭用一个学期后积攒下来的生活费，是在他们来华中省前才在江中市场新买来的。

“闺女，快看看你包里的东西丢了没有?”好心的乘客提醒着梅子，“如果需要，赶快拨 110 报警。”

“是哦，快看看包里的东西有少的没？”又有好心的乘客说。

翻了一遍包包之后，梅子确认自己包里的钱一分不少，东西一样也没丢。唯一遗憾的是新包被划了一道长长的口子。这还得感谢包的质量太好了。

要不是包包皮质的外皮里还有一层像油纸一样的、不易被刀一样的锋利之物划破的布的话，梅子包包里的近千块钱和其他值钱的东西肯定早就不翼而飞了。

车上的乘客在为梅子惋惜的同时，也在为她庆幸着。梅子心里虽然也在痛骂可恶的小偷，但看到贵重东西没丢，心里也稍稍安慰了点。

那时已经到了一天的近六点了，太阳西斜到了那山坡的尖顶上，太阳周围红霞满天。

那山青翠滴绿，连绵起伏，就像一条俯卧的巨龙，给人一种横贯万里的汹涌气势。梅子从旁边的乘客那里得知那就是驰名中外的太行山……从车窗外欣赏着太行山的旖旎风貌，梅子本来不愉快的心情似乎减轻了许多，她坐了一天车的疲惫身心也好像被充入了一股清凉气息，让她的心神为之一振。

但是，虽然有车外的美丽风景，可梅子无心多观赏。她的心里还一直想着剑在电话里提醒她，要她在车上不要睡觉的事，他说公交车上有很多小偷，要她多提防点。

“为什么不提醒我一进这个城市就要提防小偷呢？”梅子心里一边埋怨着剑，一边又责怪自己对这个社会的防范心理还是不够，自己还是太单纯。“这和剑提醒没提醒有什么关系呢？自己本来就应该主动学会一些防范手段，好好保护自己的。这个城市虽然算整齐漂亮，但治安还是不太好，以后一定得多加强防范。”梅子又心疼地摸了摸包包的“伤口”。

“可恶的小偷去死吧！最好下十八层地狱，永世不得超生……”从不会骂人的梅子心里居然会出现一连串骂人的话语，这让她自己也有些吃惊，这也许就是大家所说的，人一到伤心时，什么不会做的事情都会做，甚至会走极端的缘故吧。

“人的潜力是无穷的。潜力有发奋图强的潜力，力大无穷的潜力，还有骂人的潜力，打人的潜力……我这次是把骂人的潜力给充分发挥出来了。”

梅子自嘲。这个城市刚开始时在她心中的好印象一下全消失殆尽。

车子颠簸不停，梅子的心也在上下波动。买水果时的情景时不时地跳入梅子的脑海中。

当时，梅子向那卖水果的大姐问完苹果的价钱后，就接着挑选苹果，那时，她的身后已经多了一个人，就是那个在和那两个摩托车司机聊天的矮个子年轻人。梅子说的是普通话，还带着南方的乡音，也许刚下车的她还给人风尘仆仆的印象。这些，在华中省这个城市的地摊边的人们一看就知道她是一个外乡人。

如果多一份小心与谨慎的话，在挑苹果的时候，梅子应该能感觉到身边的异常情况。可是她粗心地忽略了很多细节。

那时，那个卖苹果的大姐好像面露难堪地看了看梅子，然后又看向梅子的后面，并把身子伸长，再把手也伸长到了梅子的包包边，试图去拉住或者遮拦什么似的。可是梅子只顾挑苹果，脑子里只顾想着待会如何开口问路的事情了。

想想那大姐当时的举动，也许是在阻止那矮个子年轻人不要割梅子的包包吧，但当时她又不好开口阻止。她和那矮个子年轻人肯定是相识的，她应该也讨厌那男人干那些不耻的勾当。可梅子的包还是被那锋利的刀口给割破了，也许，没有那大姐的阻拦，说不定包包的里层也早已被割破，包里的东西已一无所剩。哦，也许，还有，那大姐和那矮个子年轻人或许就是同伙呢，她的身子和手伸长，就是为了挡住梅子的视线，以便同伙行方便……

事到如今，一切不得而知。

# 第三十八章　一路噩梦

剑的单位虽然说是在省城中州，可是却是在中州下辖的一个小镇的边上，也就是在相对偏远的山村。梅子坐的虽然是公交车，可这公交车是由市区通往山村的。

车子出了市区后，一路颠簸起来，所过之处还灰尘滚滚。乘客们把车窗全关上了，可还是觉得车内灰尘弥漫，甚至像烟雾一样的呛人。从车玻璃透进的太阳光线里能看出，那粗大的灰尘颗粒在阳光里上下翻飞，好像在向人们宣誓："这是我的世界，你们休想全部占有……"梅子想到自己在这种环境中居然有这种滑稽的想象力，不禁自嘲地笑了笑。她看到车内有许多乘客都戴上了口罩，他们明显是有备而来。可梅子没有准备，她也不知道有这种情况，所以，只有用自己的肺使劲消化这些肆虐不停的"异物"了。这条马路正在扩建。

车窗外的山脉紧随着车走，好像是车走它也在走一样。依着太阳的位置，梅子仔细分析了一下山脉的走向。这段山脉应该是南北走向，而这一路驰过的、正在修建的公路也是南北走向，山与公路几乎形成了一条平行线，所以给初来者一种车走，山也走的奇妙感觉。

车内很安静，也许是灰尘太多，人们害怕张嘴说话后，这些灰尘全跑到自己的五脏六腑里去了吧。因为小偷的事情，梅子的眼睛虽然看着窗外，但无心多欣赏车外的风景，她甚至不敢闭着眼睛，更别说闭目养神、睡着了，她在警惕地观察着周围的动静。她害怕自己再一个不慎，小偷把自己怀中的包包都全拿走了，那样自己可就真倒霉运了。"一朝被蛇咬，十年怕井绳"啊。

梅子头疼欲裂，她不想去想那些已经过去的不愉快的事情，可越不想，那些画面却一个一个接踵而来，它们在脑子里碰撞，互相撕扯着打架，好像自己又在重新经历一次又一次。

为了减轻头疼，梅子不得不从她已"受伤的"包包里拿出一瓶风油精出来放在鼻子边闻闻……风油精的盖子一被揭开，那股清凉刺鼻的味道立刻弥漫至了整个车厢。这风油精的质量也太好了。那时，绝大多数乘客都把视线转到了梅子的身上。相信那些昏昏入睡者闻到这清凉味后再也没有睡意了吧？有几个人还向梅子投来了不满的目光。与那种不友好的目光相遇后，梅子赶紧回以歉意的视线，然后把风油精的盖子盖紧，以防它再冒出一丝丝的"不良"气味遭人厌恶。那些人应该是很讨厌风油精这种异味的，也许并不讨厌，但是在怪罪梅子打搅了他们的"美梦"吧。

车子在满是坑洼的公路上一路颠簸个不停，人们就好像坐在一艘漂浮在大海上的船一样，有海浪在底下摇啊摇，虽然是一会儿高，一会儿低，一会儿重，一会儿轻轻地摇，摇得一点也没海浪舒适……实在是太累了，公交车已经成了催眠的摇篮。一段时间的紧张后，梅子昏昏入睡，她早已把要提防小偷的事情抛到了脑后。

梅子不知何时睡着了。她一会儿梦到了剑在烟雾弥漫的地方，满头大汗地拿着一把大铁锨往一个大火炉里扔东西，那东西有着煤一样的黑色。刚开始时，剑是一铁锨一铁锨地往火炉里扔那黑色的东西，后来，那些黑色的东西不再听话，它们主动地像一股洪流一样向火炉内涌去。因为害怕剑被黑色洪流卷走，梅子想去拉剑逃离现场，可是她的双脚却像被胶给粘住了，一步也不能向前，她伸出去的胳膊也软弱无力，而张大嘴拼命喊出来的声音却是无声的……然后又看到一个蒙面人拿着锋利的、在阳光下闪光的刀子在一个黑影后面割着什么，她急着往后退，可不管她后退的速度有多快，退得有多远，就是看不着蒙面人在干什么，她好急，好急，急得整个胸腔都快爆炸了……

“到站了，下车了，快下车了……”售票员的声音把噩梦中的梅子吵醒了。她不知道她的额头上已经是湿汗淋漓。她只感到额头上黏糊糊的不舒服，于是用手掌顺手一擦，那是满手的汗水。“我的包！”想起刚才梦中的情景，梅子的心都提到了嗓子眼，她赶紧去找自己的包，还好，包还在座位旁边，她又赶紧拉开拉链看了一下包里面，发现里面什么东西也没丢……此时，售票员告诉她已经到终点站了，叫她赶快下车，说他们的车还得马上往市里赶……

# 第三十九章　进厂

梅子茫茫然地提着她的行李走下了车，放眼向四周观察之后，这才发现所在之地只是一个小镇的停车点而已。这停车点正临着一个菜市场，也许是到了下午卖菜的时候吧，几十米长的马路边全是卖菜的摊点，一个紧挨一个的，没有一点空隙，让梅子都不知道从哪走到马路上去叫车。她记起剑说过，到他单位还得坐两块钱三轮车或摩托车才能到达。

好不容易走出了菜摊点，梅子找了路边的一辆三轮车，叫他送到厂区去，那人倒是很爽快地帮梅子把行李放到了车上，然后就颠簸着上了路……从两块大石头的“缝隙”中走过后，接着走上了一条左边是村庄的柏油路，大约二三百米后，又是经过两块大石头的“缝隙”之后，就走上了一条约有五六米宽的大路……后来听剑说这两块大石头的缝隙最多只能过一辆小轿车，而像公交车、货车之类的车是过不去的。其实以前并不是这样的，这条村中公路什么车都可以过，公交车也可以通到厂区的门口，是后来出了几次车祸之后村里人就不再允许大车过了，他们就想法用大石头把路给堵起来，只留那么一点点缝隙让小车过。而通往厂区的另两条公路正在紧张修建中，约一月之后，公交车就能直达厂区大门了。

三轮车走上大路之后，大路的右边是一座有三四人高的围墙，围墙上爬满了绿色的藤类植物爬山虎，左边先是村庄，然后就是一个有几十栋六层楼房的小区。小区门口人来人往，很是热闹，这应该就是厂里的生活区，而右边高墙里应该就是有着烟囱林立、机器轰鸣的厂区了。

三轮车一直往前走，因为剑住在厂里的单身楼……

也许是看着梅子提着被子等行李，检查行人很严格的厂区门岗居然问都没问梅子一声，只是瞟了她一眼，随她自己走进去了。剑住的单身楼就在进厂区的左边第一幢楼，很好找的。他就住在那楼里的219房间。梅子和在楼门口推车卖东西的老大爷打了声招呼，就直接上楼了……

虽然219房间的门是打开着的，可是里面一个人也没有。那时，梅子真的好想剑就在楼门口或在房子里等着她。梅子把行李放到屋里之后，就又到隔壁房间问了问。那房子里有五六个年轻人正在打扑克牌呢。他们说剑还在厂里加班，要梅子在房子里再等等。梅子无奈地回到房间，那是一个有四张单人床的房间，最里头靠窗户的床上有剑的衣服和床单，梅子就把门一关，半躺在床上等剑。也许是实在太累了，很快，她又像在公交车上一样睡着了，尽管隔壁打牌的吆喝声很大……

坐了近一天的车，虽然在公交车上打了个盹儿，但还是不解乏，还是觉得累极了，再加上终于到达了目的地，吊着的心完全放下来了，梅子这一觉睡得很沉，丁点儿梦也没做。

不知道过了多久，梅子被人推醒了。她艰难地睁开了惺忪的睡眼，突然看见剑带着微笑站在她的面前。她的睡意一下全无。而那时外面已经漆黑一片。

“下班了？”梅子擦了擦眼睛兴奋地问。

“嗯，下班了。”剑带着歉意的表情说，“不好意思啊，我没能去市里接你。辛苦了……”

“没事啊。一切还算顺利。只是你上班辛苦了。”此时的梅子已经坐起来了，她用手把头发理顺了，对剑满是怜惜，“每天都这样吗？”梅子对剑暂时隐瞒了她的新包被小偷划破的事情，她不想在这高兴时刻打扰了剑的好兴致。

“没啊，这几天厂里生产紧张才这样的。一个月才轮到那么几天，可却在这一天被我碰上了……”

“现在几点了？”梅子看着窗外漆黑的天空问。

“快九点了，挺晚了，来，我们去外面吃饭吧，你肯定早饿了……”

“我还真饿了。”听剑提吃饭，梅子就感觉到她的胃在“咕咕”地叫唤了。

看着剑一脸关心的样子，白天心中的不快早已被梅子抛到了脑后，她兴高采烈地挽着剑的胳膊和他一块往食堂走去……

## 第四十章　“一滴水融入大海”

第二天，剑用自行车带着梅子在厂区转了一个大圈。厂区真大啊，他们转了近一个小时，还是没有转完，剑说东边西边太远了，改天再去看。

这是一个现代化的工厂。各种现代化设施都比较齐全，人工控制的比较少。看那一百多米长的窑体像一条巨龙一样在厂房内轰鸣着，那几百米高、直入云霄的烟囱正向外源源不断地冒着白色的烟雾，主控室内那一台台不停变化着数字的控制电脑……最让梅子高兴的是厂房内到处都是绿树、草坪，给人一种很清新的感觉。如果不去看那高高的烟囱，就会让人觉得是在公园里散步。

“浓烟滚滚哦，这么多烟囱对环境的污染也太严重了吧?”梅子忧心地说。

“梅子，你不要看见烟囱在不停地冒烟，就会对环境有多严重的污染。冒出来的烟都是经过特殊处理了的，排出去后对空气的污染很小。此外，咱厂里还有专门的污水处理池，经过处理的水也是全部回收利用了的，没有排到地下去污染水资源……”剑说。

“不过，不管怎么样完善治理，厂区还是有污染的。看草地和树叶上的一层层灰尘就能一目了然了。”梅子说。

剑不置可否。有些人，喜欢一个地方和喜欢一个人一样，不管它有多少缺点，他都能包容。剑就是这样的一个人。他喜欢他的工作，喜欢他工作的地方，虽然免不了脏，免不了累。

在剑的感化下，梅子也喜欢上了这个地方。爱屋及乌哦，只要剑喜欢的，梅子也喜欢。

为了欢迎梅子的到来，那天晚上，剑与他的几个同事、朋友，一起在一家餐馆里聚餐。

“来，剑、梅子，我们干杯!”剑的好友兼同事小王端起他手中满杯的啤酒向剑和梅子说，“我很佩服你们的痴情与专一，祝你们早结连理，比翼齐飞!”

“谢谢啊!”梅子看了看自己杯里的啤酒，又看到小王一仰脖子就把杯子里的啤酒喝光了，用眼光征询了剑的意见后，她和剑都一口气把酒喝了个底朝天。

看到梅子巾帼不让须眉的情怀，大家鼓起了热烈的掌声。

接着，同事小周也端起杯子向梅子敬酒。梅子也喝光了杯里的酒。

可是接下来的情况却让梅子傻眼了：大家一个接一个地劝梅子喝酒。

梅子酒量实在有限，三杯之后，剑就把其他人劝她的酒全接过来喝了。

大家对剑直竖大拇指，夸他是个体贴人的好男友。

后来，大家就不再针对梅子与剑，而是互相劝酒，到后来还开始行起酒令来，谁输了谁喝酒。刚开始时，梅子听不懂他们说的是什么，后来在剑的解说下梅子懂了。她觉得行酒令这个游戏非常有趣，于是，她边偎依在剑的身边，边加入了他们行酒令的行列中……

那晚，大家尽兴而归。

有人说："一滴水融入大海，就像一个人出门远行。"而经过这次暑假从南到北，再从东到西的旅行，梅子在这里要说："一个人出门远行，就像一滴水融入大海。"只有真正融入了社会这个大海，人才会感觉自己真正的渺小与卑微。

## 第四十一章　一日不见，如隔三秋

自剑离家到单位报到那天算起，到梅子来到厂里与剑相见，他们分开才半个月的时间，可他们却觉得好像相隔了好几年。真的应了那句"一日不见，如隔三秋"。

与好朋友、同事聚会，去小区的文体中心跳舞，骑着自行车郊游，去游览风景名胜……除了剑上班的时间，梅子和剑两人差不多时时刻刻都待在一起。可时间总是过得飞快，简直有如光速般，一个星期犹如就在一眨眼间过完了，好像他们才刚刚见面，又要分开了。

他们不得不分开，因为马上就到了秋季开学的时间。梅子还得回家看看父母，向他们"汇报"情况。当然，最主要的是，她得回家拿一年的学费。

剑刚参加工作，他们单位给他们提前发了第一个月的工资，还不到八百块呢。梅子这一趟去他那里，花销不少，他的手里应该没剩多少了，有可能还向别人借了些。梅子不忍心，在一起的时候尽量让剑少花些，特别是当剑要给她买衣服买首饰时，她都一概不要。她说她衣服挺多的，没必要花这个钱，她也不喜欢戴首饰，她喜欢全身都清爽，简单，没有一点累赘的感觉。

“梅，以后你的伙食费不用再向你父母要了，我每月定时寄给你。”临行前一晚，剑双手搂着梅子，在她耳畔轻轻说。

“我会去搞家教或打工赚点的，尽量减轻家里和你的负担。”梅子很感激剑的慷慨大方，“你家中的负担虽不重，但也不轻的，何况，你还得攒钱买房呢。”

“攒钱买房，那是大事，只能慢慢来的。”剑坚持说梅子上学后每个月的伙食费他全包了，毕竟梅子的父母还得供着一个大学生，两个中学生的费用呢，何况小妹盈子也进入高三，马上要上大学了，他还要梅子尽量不要出去打工，他要她专心学习。

剑的坚持，让梅子无语。那一刻，她背过身子，用手悄悄地把眼中快溢出的泪水擦干。

离开的那一天，剑特意提前请假把梅子送到了火车站。他俩在候车室的那种依依柔情就不用说啦。在进入站台后，趁火车还没到，他俩站在一根大柱子后面紧紧地相拥着，好像这一别就又是海角天涯了。

这一别，确实又是天各一方了。他俩不知何时才能再见面。当火车嘶鸣着进入站台时，他们俩抱得更紧了……在站台上的人越来越少，火车开车时间进入倒计时。当列车员最后一次催促着旅客赶快上车，否则就要关门时，他们才深深地吻了吻对方，然后不舍地分开……

火车徐徐启动。用手快速地把车窗玻璃上的雾气擦掉，然后把脸颊紧贴着它，梅子看见剑在跟着火车跑，在和她挥手再见。梅子也举起了手，但随之她的眼睛一下湿润了，眼泪跟着掉下来了，掉在了衣服上，也掉在了车窗玻璃上。

男儿有泪不轻弹，只是未到伤心处。其实，列车启动，看见梅子在车厢里挥手，那时剑的眼睛也是湿润模糊的。

# 第四十二章 除却巫山不是云

寝室里和剑同届的阿莲与阿莉毕业了，又增加了一个小燕和小珊，她俩是比梅子她们低一届的同系学生。她俩和阿莲与阿莉一样，活泼好动，与人友善。“有难同当，有福共享”，整个寝室照样一团和气。她们俩在梅子她们的熏陶下，也爱上了跳舞。特别是那个叫小珊的，除了上课之外，简直与梅子形影不离，她们无话不说。

梅子与小珊她们去舞厅跳舞，梅子跳男步，而小珊跳女步。为了避开一些不必要的麻烦，梅子尽量在舞曲刚开始时，就与小珊一起进入舞池开始跳。但是，尽管那样小心翼翼，还是有男生提前走近她们，抢在她俩滑入舞池之前邀请她们，有的甚至在舞曲没开始之前就过来故意与她们聊天……江中理工大学有一个土木系的叫华的男生更是主动，每次一看到梅子进舞厅，他和她的同伴就走过来问好聊天，并顺便递上来一些果汁饮料等，甚至有时就在舞厅门口等着，看着梅子她们来了，就预先把她们的舞票给付了……梅子觉察到了阿华的热情。为了断绝阿华的念想，她以后去舞厅的次数越来越少。并在又一次阿华请她跳舞时，她委婉地告诉他她已经有男朋友了。后来同系的一个男生也对梅子又送花又送学习用品的，还有物理系的一个才子还托她的老乡来邀请梅子去吃夜宵……梅子很是弄不清楚，为什么剑一走，就有那么多的优秀男生来追求她……可他们一个一个的却都被梅子婉言谢绝了。

她的心里只装有剑一个。

从大一下半期到大二，约一年半的时间，梅子在校的每一天，差不多都有剑的陪伴。因为适应了剑的陪伴，当坐在教室里晚自习时，虽然偌大的一个教室有其他同学在，但梅子就是觉得它异常冷清，总觉得身边空荡荡的，脑海中也时常浮现出一些她和剑在一起的情景。

一个晚上在教室里坐两三个小时，梅子差不多有一半的时间在想着剑，想着他们一块儿骑车郊游，一起碰头吃饭，一块儿并肩学习，一起在舞厅旋转飞扬……

想着往事时，梅子有时眉开眼笑，有时又泪流满面，有时又冷峻严肃，有时又温柔陶醉……想极了，实在安不下心来学习，她就跑出去给剑打电话。有时，他们俩一聊就是一两个小时。剑的耐性真好哦，梅子讲她的思念，讲她的委屈，讲她在学校里发生的一些有趣或无聊的事情，他都认真听，和梅子一块乐一起忧。如果梅子讲累了，他就让梅子听，由他讲。那时，他会讲一些有趣的见闻给梅子听，或讲他们未来的计划，或和梅子商量解决一些问题的方法，就像他俩在学校一样，让梅子觉得他们其实一点也没分开，即使分开了也是暂时的，他们很快又会在一起……

不过，这样过了大约两个月的时间，梅子就想明白了，也就适应过来了。

“不能再这样浪费了，一个月花三四百块钱的电话费，是剑差不多大半月的奖金，是自己一个月的伙食费呢。剑上班时多辛苦啊，我们得为未来做打算……”梅子想她应该化思念为动力，应该抓紧时间好好学习，以回报剑的痴情与爱护。因为电话打得多，费用加起来就多了。她这样想着，就把注意力主要转移到学习中去了。大三的两个学期，通过努力，她的期末课程考试门门都得了优，计算机等级考试和英语四六级考试也顺利过了关。

在此期间，梅子为了减轻父母和剑的负担，也为了转移对剑的过分思念，她还找了两份家教的工作，在周末时，分时间辅导两个初中学生的数学和语文，虽然剑担心她的安全，极力反对她做家教。

在大三这一年里，同学们也曾预言，说剑和梅子是不可能走到一起的。他们议论，现代社会的感情都很脆弱，经不起风吹雨打，何况剑比梅子早毕业两年哦，加之梅子的普通、平常，剑工作后，不知道他又会碰到什么样特别、出色的女人，谁能保准他不会变心呢？梅子毕业了又何去何从呢？到剑工作的地方去？现在的工作多难找啊！要是一个在南一个在北，肯定就是劳燕分飞的结局了。

只是大三的第二个学期，梅子最终没有忍住满腔的思念。因为剑快要过生日了，梅子决定悄悄地跑去给他过生日，给他一个惊喜。在筹划去之前的半个月，梅子去市场买回来了最好的毛线后，就着手赶时间织毛衣。她想织一件“温暖牌”的毛衣送给剑做生日礼物。

在这半个月里，为了织毛衣，梅子逃了好多节课，能不去上的课，她尽量不去，有时也不得不让室友们打掩护，在老师点名时帮忙签到答到。

“这是初春哦，织一件毛衣给剑当生日礼物最恰当不过了。”室友们都赞成。她们能帮梅子的全力帮，比如陪梅子去市场选购毛线；在梅子织毛衣的那段时间，在老师点名时帮梅子签到答到；为帮她节省时间出来打毛衣，帮梅子到食堂买饭、打开水，甚至其间的日常用品她们也帮忙代购……

仅用半个月的时间，梅子真的就把毛衣给织成了。她把对剑满腔的思念和爱都织进了毛衣的每一针每一线里。

而梅子不知道，“除却巫山不是云”，这几个字，是剑在下班后练习毛笔字时经常写的。

# 第四十三章　惊喜

坐了一个晚上的火车，再在汽车上颠簸了大半天，近二十小时的时间内，梅子好几次都想给剑打电话，告诉他她想去看他，并且已经在路上。可她最后还是忍住了，一直到剑的住所外，她才给他打电话，并且神秘地要他猜她现在在哪里。

“梅，你不会到了我这吧?”剑沉思了一下说。

“你怎么这么聪明啊!”梅子欢愉地差点跳起来。

“梅，你真来了?”剑掩住满腔的兴奋说。

“我真的来了呢，就在你们生活区门口的。你现在在哪里?”马上就要见到朝思暮想的人了，那时梅子的心已经怦怦直跳。

接电话时剑正在图书馆看书。当梅子看到戴着深度近视眼镜的剑从图书馆门口出来时，她心里激动极了，好想一下就扑到他怀里，诉说这许多日来的思念，但她最终只是微笑着静静地站立在路边，看剑用眼睛到处找寻她。她不是在故意和剑捉迷藏或故意装矜持，而是那时她的脚已不听使唤，她害怕一提脚，一走路就跌一跤。

当剑最终看见梅子的身影时，他三步并作两步，小跑着来到了梅子身边，毫不犹豫，一手提着梅子的行李，一手拉着梅子就往宿舍走去。谁都能看得出他内心也异常激动。

“你给的惊喜也太大了吧？怎么不提前和我说一声就来了？”剑问梅子，眼睛里有如炙的火焰。

“我就想给你一个惊喜，给你一个特别的惊喜，特别的生日礼物。”梅子抿嘴微笑。

哦，这时，剑才想起第二天就应该是他的生日了。要不是梅子的到来与提醒，他这个生日就可能在他毫不知情的情况下悄悄过去了。听着梅子的说话，他的眼睛往四下里扫了一圈，然后用手和嘴飞快地给梅子送了一个飞吻。梅子的脸上立刻飞起了红云，眼睛亲昵地对他眨了眨表示回应。

梅子的感觉还是相当不错的，她给剑织的毛衣正合剑的身材，不大也不小哦。而且淡灰色正是剑最喜欢的颜色。穿上梅子织的毛衣，剑觉得全身都暖和极了。他用穿着梅子织的毛衣的胸膛紧紧贴着梅子，让梅子感受到里面那颗滚烫的正急促跳动不停的心……

后来梅子问剑怎么能一下就猜到她的到来，是不是室友们透露了她的行踪，剑说梅子说话的口气他早已铭记在心，那神秘的口气哦，正显露了她的心事。梅子只得做了一个无奈的鬼脸表示同意，同时她很感动于剑的用心。他早已把梅子的脾气个性铭刻在心底了。

以前在一起时，梅子说上句，剑能猜到下句，有时，梅子只要一个眼神，一个动作，他都能知道梅子想干什么，想要什么，现在快分开一年了，当再聚时，剑还是当年的剑，还是能轻易地猜到梅子的心事。这让梅子再次感动。是哦，一个人只有完全进入了那个人的内心，她才能在他的心底扎根、发芽，并生长，最后长成一棵葱葱郁郁的大树，完全占据他的心，风吹不动，雷打不垮。

这次的相会，梅子和剑在一起讨论了梅子毕业后何去何从的问题。剑要求梅子到他的身边工作。梅子也同意了，并承诺回去尽量说服父母，让她毕业后和他待在一起。她记住了剑说的，她是他一生中那片永远不能缺失的图案。如果缺失，他的生命将会永远残缺。其实，剑又何尝不是她生命中那片永不可缺失的图案呢。

### 那片永不可缺失的图案

还记得老家门前的那片山坡吗
春天的早晨，人们都在甜美的梦乡
你却为我摘了满篮的杜鹃花
在晨曦中傻傻地等待

还记得老家屋后的那片池塘吗
夏天的正午，人们都在静静地午休
你却为我采了大捧的莲子
在烈日下傻傻地等待

还记得山那边的枫树林吗
秋天的黄昏，人们都在悠闲地散步
你却为我拾了最美的那片红叶
在晚霞中傻傻地等待

还记得山那边的梅树林吗
冬天的夜晚，人们都在屋子里取暖
你却为我剪了最俏的那截梅枝
在冰雪中傻傻地等待

昨天去了，今天又来了
日子就像一张又一张拼图
拼成了一幅又一幅美丽的画卷
而你，是其中最美
那片永不可缺失的图案

# 第四十四章　准备面试

大四的上个学期，学校课程不多，好多学生都开始外出找工作。

有的同学北上北京，南下广州，东去上海，西去成都……找工作可是一年比一年难。一天到晚东奔西跑，人才交流市场跑了几十个，简历投了一大堆，大大小小的面试超过上百场，在路费、用餐、住宿方面的花费也注入了一大把，可是最后还是没有得到一个理想的职位。为此，对前途一片渺茫，意志变得异常脆弱，有的甚至极度消沉，最后天天和朋友酗酒，通宵上网玩游戏，白天看录像晚上跳舞，日子得过且过。

梅子锁定了一个找工作的范围，那就是剑的所在地方圆二百里地的地方。

梅子在这边努力，剑也在那边为她忙着。他为她出谋划策，有时，他也去人才交流市场为她投简历，及时为她沟通消息。两个人找一份工作总比一个人找强。

梅子去参加了几次招聘会，但结果不是很理想，因为所选的地方要不是离剑太远就是单位不是很理想。家里亲朋好友也为梅子选了几家单位，但那都是家乡的，离剑太远，都被梅子好意推了。

那时候，梅子的心处于极度的焦虑中，最主要的就是担心最终不能和剑在一起。

当剑知道了梅子的忧虑时，他说："梅子，你不用担心啦，找到好工作只是迟早的问题。在没有找到理想工作之前，最多到时你先管家里，我在外赚钱就是了，相信我有那个能力……"

这只能宽宽梅子的心而已。他没说那句"到时，我来养活你就是了"，因为他知道梅子的自尊心很强，不愿待在家里吃现成的，而且，在家里待着只能上网、做家务，偶尔出去转转……那会是多么无聊的一件事啊。

"我们单位要去华城参加人才招聘会，这几天你好好准备一下，能争取

的话，就尽最大努力争取进我们单位。”到将近十一月份的时候，剑传过来消息。两个人的合作就是比一个人效率高多了。

听到消息后，梅子兴奋了好久，甚至几个晚上都没有好好睡觉。

“你若能进剑的单位，上班时与剑同出同回，这是一件多么令人惬意和圆满的事啊。”室友小云说。

在去面试前，梅子把自己的简历重新审视、修改了好几遍，确定确实再无纰漏后才放心。她还像许多同学一样，到商场挑选自己最满意、最适合面试的衣服和鞋子，又试想着面试方会问哪些问题，要剑或室友们当面试方人员，她自己当被面试者，双方进行一问一答，她甚至把剑单位的简介都背熟了，还到图书馆和网上查了很多相关的资料。

梅子这一次真的是要全力以赴去应对面试了。她真的非常希望这次面试能成功。因为如果成功了，他和剑就可以近距离地、近乎完美地相守在一起了。

# 第四十五章　面试

到了那一天，梅子早早地起来把自己精心修饰了一番，她还要室友们帮忙再次检查，看全身上下有哪儿不顺眼，并央求她们帮忙整改。

“梅子，你这是去见公婆呢?”室友们被她极度认真的态度给逗得哄笑起来。

“这可比见公婆严肃多了，招聘人员的意见完全能决定一个人职位的去向。可以说，他们的一句话，就能决定一个人的饭碗哦。而公婆的意见呢?却只是一个方面，或大或小对两人都没多大影响，因为，那主要在于‘老公’的态度呢……”又有室友补充说。

梅子被她们一闹，本来紧张的心情一下放松了许多。她要室友们在学校等她消息，如果成功了，她就回来请大家吃大餐；如果失败了，她们请她吃大餐……

“预祝马到成功，凯旋而归!”室友们欢呼着送梅子出门。她们是真心实意的期待梅子能找到她理想的工作，能和她的剑在一起。再一个啊，呵呵，她们也想吃大餐哦。

吃大餐也没什么不好的，这是她们自入校以来就定的“规矩”——谁有喜事谁请客啊，这样，她们就又可以借此机会从无聊，也可以说紧张的大学生活中放松一次，欢闹一次了。她们之间的情谊也会在这一次次的欢闹中再一次次得到加深。当然，说归说，但这样的费用并不要全是当事人出哦，她们会这几个买舞票，那几个出K歌的钱，尽力让聚会更热闹、更丰富、更开心。这就是室友之间、同学之间毫无私利、纯真烂漫的情意。多年之后，这些欢闹的情景一次又一次地在梅子脑海中回放，有时还让她感动得落泪。

带着室友和剑的牵挂，梅子很自信地出发了。

到了人才交流市场，因为是有目的地寻找，梅子很快就找到了剑公司所在的位置。当时，那里已经围满了很多应聘的学生。梅子好不容易才找了个空挤到应聘人员的跟前。那会正有一个学生在回答招聘人员的问话。

梅子在耐心地等待着他们的问答完毕后，就趁机恭敬地把自己的简历递给了主管招聘的人。那人接过简历后，首先看了看梅子，然后再翻开梅子的简历——那时梅子极力控制着自己心潮澎湃的情绪，让自己的脑子清醒，并等待着对方的问话。从对方认真翻看简历的态度，梅子的心里升起了一颗希望的火星。

也许也就是一两分钟吧，可梅子觉得好像等待了漫长的一个世纪。终于，对方抬头了，开始问梅子一些或简单或深刻的问题，梅子都一一认真回答。四五个问答结束后，对方向梅子点了点头，并告诉她要她回去等消息。当时，梅子一颗充满信心的心又忐忑不安起来，刚燃起的希望之星又在心中慢慢地熄灭。

人家要她回去等消息，她就只能回去等消息了。其余，她能有什么办法呢?

在回校的路上，梅子打电话把所有的情况告诉了剑。剑的回答是，有可能是他们单位偏重于要男生吧。但是，如果特别优秀的女生，他们肯定会考虑，绝对不会错过的，毕竟他们单位的工作性质特殊，每年招收的男女比例一般在10∶1……

梅子甚至沮丧地对剑说："只要能让我进你们公司，和你在一起，就是让我扫地我也心甘情愿……"她知道剑是在安慰她，她算什么特别优秀的女生呢，招收比例那么悬殊，她能有机会进去吗？她又有些埋怨剑为什么不早些告诉她这些。但后来想了想，她明白了剑的良苦用心。剑之所以事先没有告诉她男女招收比例，主要是为了增加她的自信心，为了让她不至于过早地胆怯，甚至打退堂鼓。

"能进我们努力争取，不能进的话，咱们还想其他办法嘛，办法多得是呢，职位也多得是。"

"车到山前必有路。梅，不必忧虑哦，何况，我们已经努力过了，也不用后悔。"

"还有啊，现在最后结果不是没出来嘛，说不定会有惊喜出现的……"

剑一次又一次地安慰和鼓励梅子。

后来梅子才知道，其实，在她参加人才招聘会之前，剑已经提前给她做了很多的工作。

他曾经拿着她的简历去见过他单位负责招聘的人员，并如实介绍过她和他的情况。

为了及时见上出差回来的人力资源部主管人员，他曾在风雪中等待了整整三天。有一天，他的鞋子不知道在何时开裂了，还进了不少冰冷刺骨的雪水，因此回去后又发高烧、又流鼻涕、又打喷嚏。这场病，拖了至少一个月才好……而那时，正值春运期间，梅子所在的江中省也遭遇了一场百年难遇的雪灾，无数电缆线被大雪压垮，通信被中断，很多在运行中的列车因被风雪所阻而寸步难行，从而在车上的人们也难以回家，还得忍饥挨饿，耐寒受冻。

此情那景，让梅子的内心无法平静，一首《那年的冬天》悄然在心中滋生出来。

**那年的冬天**

那年的冬天

北风呼啸着刮在脸上比刀割还疼

不知怎么回事

漫天的大雪就像一个不通事理的很任性的孩童
日复一日纷飞个不停

山被封了，路被封了
甚至，天空也被封了

在你急急赶赴站台的途中
鞋底悄悄豁开了嘴
雪花趁火打劫一样哧溜钻了进去马上消融了
而你，却浑然不觉
长途跋涉的双脚早已感觉不到冰水的透骨

透视你疲惫又焦急的双眸
有心的人们早已
先知先觉——
春天在下一刻就将来临

（本文引自中国文学博客：http：//www. wenxueboke. cn）

大四的寒假，梅子回到家。有一天晚饭后与父母聊起了她找工作的事情。

父母说："在江中省找工作吧。这样会离家近些，你想回家或我们去看你时也会方便点。"

"爸爸，妈妈，我必须去华中找工作。"梅子听出了父母心中的意思，他们不希望她离家太远了。

其实她又何尝想离家远呢。可是剑在华中省，为了他，她选择了远离父母，放弃在江中省内找工作，目标直接对准剑所在的城市或他周边的城市，何况剑正在积极地帮她找工作呢。

"难道剑不能来江中吗？"

"爸、妈，前年他毕业的时候都没有留下来，现在再要他回来肯定是不现实的。再说，如果我要是不去华中，那我们近四年的感情就都白费了，何况，他确实是我遇到的男孩中最好的，他对我很好，我也确实喜欢他。”

“说实话，我们真不想让你去那边受苦的。华中省的经济不如我们江中省，再加上他家的情况不如咱家的。还有，这边潮湿，那边干燥，你去那边的饮食、生活习惯肯定都会不适应的。”

“爸爸、妈妈，饮食、生活习惯都不是问题的，我会慢慢适应过来的，至于经济问题，我和剑会一起努力的，你们当年不也是白手起家的嘛……”

听梅子这样说，父母不再劝说了。从此，他们只在心中为她祈愿。

# 第四十六章　难忘的非典

大四的第二个学期开学没多久，就迎来了全国范围的非典大流行。刚开始，学校还允许大四的学生外出参加各种人才招聘会。随着全国非典感染人数的增多，感染范围的扩大，学校下达了校内人员禁止出校门的规定，校外人员也禁止返校，特别是有发热症状的人员，即使没有发热症状，回来了，也必须被隔离观察一星期至半个月，没有任何异常才被允许在校园内走动。如果要是哪个寝室的人有发热情况，全校都会紧张起来。

那个非常时期，每个人每天都必须在起床后第一时间测试体温，然后往上汇报，各班、各院系和学校都有专门负责师生体温的人员。在那个时期，梅子和所有没确定工作的同学一样，心中对未来充满了彷徨甚至是恐惧。他们不知道这场突如其来的非典会何时结束，他们要何时才能脱离禁锢得解放出去自由地找工作。

为了心安，也为了给父母与自己一个交代，没顾及到未来，有的同学对单位没经过仔细的考察与了解，就草草地与某些不是很称心如意的单位签了约，以致后来不是上当受骗就是对所在单位很是不满意，然后了解后或到单位没几天就不得不辞职了事。梅子寝室的红就是这样一个典型的例子。

红在年前曾参加过某名不见经传的单位的应聘，当时对方没给她许诺什么，只是说要她等消息，几个月过去了，对方一点音讯也没有。红其实也一直没对它抱任何希望，她当时参加应聘只是为了增加自己的应聘经验而去参加的。可却在非典最肆虐的时候对方打来了电话，说如果红愿意，可以立刻把就业协议书邮寄过去与他们签订协议。

室友们提醒红对这个单位应该慎重考虑下，最好是去实地考察了再做决定。可是红因为家里父母对她工作的担忧，再加上非典期间不能自由活动，她狠了狠心就把自己的协议书给寄出去了。

签订了协议就相当于把自己卖给了对方。红说，以后的路就走一步算一步了。当真，非典结束后，红去了与她签约的公司考察，真是让她大失所望，她不得不与对方毁约，然后重新四处寻找工作。

梅子其实有和红一样的心理，但还好，她有剑在为她出谋划策。剑总在电话里劝她要她放宽心，不要心急，更不要随意与某些不了解的单位签约，那样只会增加自己以后更多的麻烦。他要她耐心地等，他说非典很快会结束的。

其实梅子当时差点就与在网上找到的一家单位签了约。那单位负责人说，只要梅子愿意，她随时都可以与他们签约，他们单位随时都欢迎她的加入。这家单位虽在华中省，可却离剑所在单位还有将近100公里的距离。梅子当时想，只要和剑在同一个省，只要离他近些就可以了，即使两地分居，一周见一面也行。

还好，在剑的坚持下，梅子没有贸然行事，她决定再等等。

冬去春来，时间如飞梭般跃过，那时，已经过了五一节了，天天艳阳高照，非典的恐惧在慢慢消散，可梅子的心里却没有阳光，阴霾笼罩了她的整个天空，她非常失落，异常沮丧，因为从年前等到年后，她从剑那没有等来好消息。“六月底就要毕业了的，如果还不给自己确定一个位置，难道还真等剑来养活自己不成?”

“咱必须有预备对象，不能吊死在一棵树上。”

“东方不亮，西方亮哦……”

在全体室友的开导下，梅子调整好了心态。她准备参加人才招聘会，四处投简历，重新找工作。不过，目标，还是对准剑所在的城市及周边地区。

“我们单位准备接收你了，你尽快把就业协议书在学校盖过章后寄过来……”在非典即将消失，全国人民快迎来曙光的一个上午，正在书桌前整理推荐函的梅子接到了剑的电话，那时，太阳正和煦地从窗外照进宿舍。

听了剑的话，梅子兴奋得跳起来，她手里的推荐函也差点掉到了地上。她连剑的电话都没挂，就非常激动地给正要出门去图书馆的莲来了一个大大的拥抱，并告诉了她的喜讯。

“皇天不负有心人。”莲开心地放弃了去图书馆，留下来陪着梅子分享这特大喜讯，“梅子，我们宿舍终于又有一顿‘大餐’吃啦。”

后来，事情进展得相当顺利。不管怎么样，这辈子梅子与剑是完全可以相守在一起了。他们再没必要去过那种两地相思如牛郎织女般的日子，也没必要再去考虑，如果两地工作后，可能最终闹个劳燕分飞的结局。

梅子的工作终于定了下来。剑说，他要去梅子家亲自把她接过去。

# 第四十七章　一封情书

梅子与剑成了这个世界上最幸福的人儿。

为此，在那年的七夕，尽管马上剑就要来接她，就要和他一起去单位报到，然后和他在一起了，可梅子还是忍不住内心澎湃的思潮，在家里给剑写了一封信。

信的内容如下：

亲爱的：

你好！

最近我老回想着我们初识时的点滴。那时的你温文尔雅，彬彬有礼，让人觉得非常可亲。曾想，你要是我哥哥就好了。因为我没亲哥哥，小时候看到有哥哥宠着护着的小姐妹特别羡慕。

那想法只是一闪而过。因为那很不现实：在我看来，你是那么出色，简直就是人中蛟龙，而我最多只是灰姑娘一个。童话中王子与灰姑娘的故事虽有，但那仅仅只是存在童话中而已，在现实生活中微乎其微。

我俩不可能有交集。觉得自己的想法很幼稚，于是一笑了之。

真想不到上天真的会把你赐给我。

我觉得自己是世界上最最幸福的人了。

我很满足，很珍惜现在的拥有。

周围的人都说我成天微笑着，好像从没有不开心的事一样。

呵呵，我为何不笑，不开心呢?

有的人天天粗茶淡饭、简衣陋室，仍然过得很充实，很满足，很幸福；而有的人天天山珍海味、名车豪宅，过得却是混乱不堪、憔悴不已的日子。

这辈子如果天天粗茶淡饭、简衣陋室，我也心甘情愿。

只要有你相伴，我心足矣。

一个人的满足感、幸福感，只有内心的完全充实并协调才能实现，它与物质的丰富、金钱的多少无关。这也就是有人一无所有，却让很多人羡慕的原因。

因为拥有你，我就拥有了全世界。

有一点值得我俩必须特别注意的是，上天只赐给了我俩在一起的机会，对于我们的未来只是祝福而已，没有指明如何走才会是最佳的幸福路。因为上天他只是月老哦。常人不是笑说：“月老只管‘牵手’，不管‘抱孩’吗?”虽只是玩笑话，但确实如此，人与人都不同嘛。何况各人有各人的生活方式。说句开心的调皮话：月老要是把全天下男女之间的大小事全都管下来，不把他累趴才怪呢。

以后的路得靠我俩自己走，以后的幸福靠我俩自己去创造。这是铁打的事实。

我相信，我俩的心会一直在一起，会齐心协力披荆斩棘，携手走向更加幸福、更加美满的明天!

想你、爱你的梅

# 第四十八章　与亲人离别

在梅子去单位报到的前一个星期，剑如约来到了梅子的家，也可以说这次他是来接梅子去上班的，或者他是来向梅子父母表态的，毕竟梅子这一去就相当于他俩完全确立了婚恋关系。他这一来，只是一个礼节而已，就像旧时娶媳妇定媒一样。

平时家里一直是父亲做的菜最好吃，梅子姊妹们在家时，最想吃的就是父亲做的饭菜了。

这几天，梅子的父亲使出了他做饭菜的最拿手本领，而梅子妈妈呢，也在旁边搭手帮忙个不停。今天是小辣椒炒鸡肉、小炒肉、麻辣猪手，明天是啤酒鸭、香辣牛杂、红闷小土豆，再接下来就是红烧牛肉、糖醋排骨、辣酱炒虾……每天都是全新的，没有一个是重复的菜，让剑这个华中人过足了菜瘾。

第一天的午餐，饭菜做好后，大家齐手把它们端到了堂屋的神位前。父亲在神位前上了几炷香，然后卜了几卦……

在一个风轻云淡的日子，父亲又带着梅子和剑去了梅子祖父祖母的坟前进献了几炷香，并把坟上的杂草清除掉……

江中有个不成文的老规矩，这家中的卜卦，给先祖扫墓，一般不能有外人，而剑的全程参与，就确定了剑在梅子家中的位置。父母已经把梅子全身心地托付给了剑。虽然没有明说，但剑心了然。“我一定会好好照顾梅子的，你们放心。”在聊天时，他一本正经、庄重严肃地对梅子的父母承诺。

一个星期的时间很快就过去了，梅子不得不和剑离开了家。

在离开的前一晚，梅子的母亲往梅子的行李包里塞了好多好多吃的、用的东西，还使劲问梅子还缺什么没有，梅子真是无法言语，她知道母亲的良苦用心。母亲怕她在外面少吃少穿，恨不得把整个家都给她带去，然后要什么就拿什么。孩子无论多大，在父母的心里都是永远长不大的，让他们牵肠挂肚的孩子。

不得不走了。那天，全家都早早地起床了，连在假期最喜欢睡懒觉的龙龙也早早地起床洗漱完毕，和梅子与剑一起共进早餐。大家都心里明白，梅子这一走，不知道多久才能再回家，全家才这么整齐地聚拢在一起了。

上班了，不像上学哦，单位的条条框框太多，每年的假就规定那么几天，何况相隔一千多里远呢，千山万水，回来一趟很难哦。

梅子好想时间就此停留，好想与父母亲人就此一起快乐地待下去。可是时间是无情的，不管你怎么挽留，它都会不声不响地流走了。

梅子与剑不得不上车了。梅子不得不松开紧挽着母亲胳膊的手，眼含热泪给了母亲一个大大的、深情的拥抱。母亲的声音早已哽咽：“没事，你用心工作吧，家里一切挺好的，不用担心……”

随着车子慢慢启动，梅子的泪水止也止不住地往下流，她与同样含泪的剑挥手向亲人再见，她看见母亲热泪盈眶，父亲的眼睛也是亮晶晶的，有什么东西要坠落下来，而弟弟龙则背转了身子用手在擦拭着什么……

## 第四十九章　倒班

企业里倡导、要求大学生先去生产一线，从最基本的生产工艺学起，以锻炼其心志与体质。这应该是缘于孟子的《生于忧患，死于安乐》中的“天将降大任于斯人也，必先苦其心志，劳其筋骨，饿其体肤……”。“天将降大任”这句话也是支撑那些处于困境中的人，走出困境的精神支柱。

虽然是现代化的大企业，许多设备都是自动化设备，它们的运转很少需要人工控制，可是，在工厂的生产一线，即生产车间里工作，又脏，又累，受伤的、影响健康的，甚至危及生命的危险系数很强。那环境和劳动程度自然不能与机关、办公室相比。

作为一个从农村出来的、刚毕业的大学生，梅子的心里对工作充满着无限的热情，她不怕苦，也不怕脏，不怕累，所以，当她被分配工作并走上一线生产岗位后，她没有任何怨言。

可是，当她在那岗位上干起活来的时候，才真正知道其中的苦与累，及无奈。

那是一个典型的干法车间，晴天的时候，虽然有吸尘器在二十四小时运转不停，可是厂房内还是尘土飞扬。干活的时候一定要戴上口罩和眼镜，但即使戴上了口罩与眼镜，一个班八个小时下来，眉毛甚至睫毛上都会被涂上一层层或白或灰的尘土，衣服裤子那就更不用说了，不及时拍打掉的话，简直可以在上面画画，积累的尘土有多厚可想而知。

那阴雨天呢？因为大都是放在露天厂房里的原料，只要一下雨，上面的那层原料就全被淋湿了，当它们通过皮带被运送进设备流程后，不是堵了下料口，就是把设备板式运输机给卡住了。那时候，梅子和其他工人师傅就得不停地在各个下料口之间穿梭，把下料口及时疏通、把漏在板式机下的料及时清理干净。只要不把板式机的盘子给压死了，这累点不算什么，但如果要是盘子被压死了呢？那就得抓紧时间停机换盘子，这才是一件真正的苦差。

有时一个班下来，梅子被累得全身酸疼，双腿呢，就像灌满了铅……这比在家搞双抢还累呢！在一线干真能锻炼一个人！还好，在梅子到岗位后没半年的时间，累人的板式运输机陆陆续续被皮带输送机替换。这一更新，极大地减轻了工人的劳动程度。那些老工人都说梅子真是个幸运星，她一来厂里就换设备，不用再像他们以前一样天天累死累活。

梅子想起了和她一起进厂的有些人在分配工作前，为什么削尖脑袋四处跑关系，一定要留机关或办公室的原因了。想当时，梅子还不屑一顾呢。

有些东西、有些事情是梅子和剑这两个从农村出来的学生娃当时怎么也想不到的，他们脑海里想的也许只有情，只有爱，只有两人长相厮守和对未来生活的美好憧憬。

这个厂的一线工人一般都是分三班四倒，也就是说二十四小时分三个八小时，由甲、乙、丙、丁四个班轮流上岗。上午八点到下午十六点的八个小时还好受，正常时间哦。下午十六点到凌晨零点的八小时也差不多能轻松熬过去。可就是凌晨零点到早上八点，这几个小时太难熬了，平时这个时间人们都是在睡觉哦，可是在一线生产岗位的工人们，明明很困，却得睁大眼睛认真又仔细地看着自己的设备及责任区不能出一点差错。

天天黑白颠倒，没日没夜的，是自作自受吗？有时想想，别人都能，自己又不缺胳膊少腿的，当然也能。于是，在这种思想支撑下，梅子一天天坚持下来了。

梅子时常回忆起自己当初一定要求来这单位的执着，而车间主任说的话也会时时出现在耳边：“梅子，好好干吧！我都在生产岗位上待了八年才有今天的，而你现在才开始……”他的意思是吃得苦中苦，方为人上人。他的话确实给了梅子不少鼓励，使梅子有了继续干下去的勇气。何况梅子当初来这儿的目的，是为了和剑永相厮守，所以，再苦再累，她也得忍受，她也能忍受。何况，剑也是在另一个车间里天天黑白颠倒地工作。

有些苦，有些累，是很快能适应的，就像梅子的三班四倒、不分白天黑夜的工作。

她后来也想清了，虽然自己是一个大学生，但是，大学生到哪不能干的呢？到哪不是赚钱呢？只要自己内心快乐就可以了。何况在一线苦与累还能锻炼自己的体力与意志，使自己拥有一个健康的体魄与灵魂，这些都能为以后漫长的生活与工作之路打下良好的基础呢。

为了不让自己所学付诸东流，也为了青春不浪费，她除了努力学习生产工艺，努力把工作干得最好外，她还利用空余时间坚持给厂报写一线新闻报道，也经常写一些诗歌、散文和小说，并试着往各大报纸杂志投稿。

身兼副班长与宣传员的职务，一年后，因为工作出色，梅子被评为车间优秀员工，还被评为厂级优秀通信员，同时，她加入了市级作家协会。而剑呢，也通过出色的工作，赢得了领导的好评，被厂部聘为专业工程师。

# 第五十章　领结婚证

两人分住两个房间，而且每个房间里都另有他人，加之厂公司四周没歌厅舞厅，也少优雅干净的树林草地，相聚约会都不是很方便。不过还好，公司的后面有一个很大的卵石滩。这卵石滩是黄河古道留下来的遗迹，里面沟沟壑壑挺多的，有时还能看到细细的溪流叮叮咚咚地从卵石上走过，虽然没有杨柳翩翩，青草依依，但也有一种让人身在江南的错觉。于是，只要有空，梅子与剑就手牵着手，在里面漫无目的地行走，有时他们也会在里面专门寻找宝贝——漂亮的鹅卵石带回宿舍摆个喜欢的形状装点一下单调的空间，有时兴致来了，他们也会坐在潺潺流水旁，朗诵诗歌或放声高歌，诗歌的内容是什么或歌声是否跑掉都无所谓，因为那里除了鹅卵石、沙子与那点可怜的水就他们俩……

梅子的试用期一过，梅子和剑两人就商量着结婚的事情。他们也应该结婚了，差不多六年分分合合的“爱情马拉松”，已经足够考验他们的感情是“纯金”的了。

当他们把要结婚的想法说出来后，不仅是同事，而且双方的父母也非常赞同，并劝他俩要结婚就早些结，不要拖到年后。为什么？他们都说第二年是“黑年”、“母子年”，不适宜结婚。

“黑年”，即农历纪年中，年头年尾都没有“立春”这一节气的年份。其实，所谓“黑年”、“母子年”，不能结婚的说法，只是民间的一种迷信传闻，没有丁点科学根据。

但是，迷信归迷信，传闻归传闻，信则有，不信则无。那一年，结婚的人就是特别多。有哪个人不希望自己和家人一生顺顺当当，平平安安的呢？

梅子和剑加入了“黑年”前夕的结婚大流中。

挑了个吉祥日子，他俩去民政局登记结婚。那天，他俩早早地出发了，预计会在工作人员上班前赶到。听说领结婚证的时间，如果快的话不到十分钟。他俩想领完证后，再好好地去逛一次街，看一场电影，顺便买一些紧缺的东西。他俩这次出来可都是请假出来的。自从梅子参加工作后，他俩好久都没有在一起好好逛过、玩过了。

可是，他俩一到民政局，天啊，看到那结婚登记处的房门外早已排起了一列长长的队伍。梅子从门口开始数了数，到他们已经是第二十对了，门里边还站着不知几对呢。

“咱俩不会排到下午去了吧？看来这天的逛街、看电影得泡汤了。”梅子忧心忡忡地对剑说。

“没事啊，梅子，高兴点，今天是咱们的好日子哦。今天不能逛街、不能看电影，我们明天继续请假逛街、看电影……”剑微笑着安慰梅子。

“这些天全国各地的民政局都‘疯’了呢。等着登记的人在外面都排成了长队，而他们民政局的工作人员也是从上班忙到下班，头大极了，有的地方中午都不下班，到晚上也加班，中间忙得连厕所也上不成……”梅子与剑听到旁边有人在说。

有阳光千万丈正透过树叶斑驳地洒在地上，树影在微风中轻轻摇曳着。

还好，十月底的天气不热又不冷；还好，排队只排了一会儿，工作人员就给大家发了编号。“你们不用排队了，可以在院子里随意自由活动，叫到谁谁再进去，省得大家站着累。”一工作人员说，“但是，叫到谁谁必须到哦，否则重新排队。以后再来的，就等到下午再排了，因为上午最多能办理30对……”

“可能要到十点半以后才能轮到我们了。”梅子皱了一下眉说。

“要不，我们先出去逛一圈再回来吧？”剑建议。

“我们还是在院子里等吧，省得错过号码了又得重新排队。”梅子想了一下说，“何况，这个地方离市区的大商场和电影院都远着呢。”

“呵呵，笑一笑，开心点，别装得像个苦瓜一样……”剑轻轻刮了一下梅子的鼻子，笑着说。

“啊，你才像个苦瓜呢！”梅子用手去掐剑的手背，那时她已经被剑的言语逗得笑开了怀。

“你的脸现在像一朵盛开的玫瑰。”剑巧妙地躲开了梅子的“进攻”。

这边有笑声，那头有歌声……因为有那么多的年轻人，院子里到处都充满着青春活力、洋溢着幸福快乐的气息。

后来，梅子与剑和其他来登记的东聊一句西扯一句，也觉得蛮开心。

时间过得很快。当他们从民政局出来时，太阳已经快升到头顶了。

# 第五十一章　结婚前的准备

左挑右选，双方父母最后确定梅子与剑的婚礼在阳历的一月二日举行。十月底登记结婚，到一月二日就要举行婚礼，才两个月的时间哦。婚纱照没照，新房也没确定，还要选举办婚礼的场所，请司仪、雇婚车、写请帖……哇，一大堆的事呢，父母亲人不在身边，全要靠他俩自己搞定了。

“不能慌，也不能乱。我们一件事一件事的来。”剑说，就像一个当家的。

他俩确定好了事情的先后顺序，并列了一个表单。第一件事是，他们确定了去找影楼照婚纱照，第二件事，就是找举行婚礼的酒店……“黑年”哦，举行婚礼的比登记结婚的还多呢，影楼和酒店如果不先确定的话，到时

可能就找不着了。

当他们来到一家事先相中的影楼，询问相关事宜时，出现了如下对话。

“你们的运气实在是太好了。”影楼负责人说。

“为什么啊?”梅子与剑掩饰不住内心的憧憬，异口同声地问。

“有人毁约刚走，然后恰巧被你俩赶上了，要不，不知道要等到何时了。”影楼负责人说，“年前结婚的实在是太多了，我们忙都忙不过来，只好又招聘了许多员工……”她又这样补充。

后来去酒店订单时，他们又和酒店老板有了相似的对话。

也许，也是他们真够幸运，是上天在特意照顾着他们。他们居然在一个上午就联系好了影楼和酒店，并把相关的事宜都商量好了。

婚纱摄影和预订酒店的事办得很漂亮，美中不足的是，拍婚纱照要排队到十一月底了。不过没关系哦，影楼说好了保证在他们结婚之前拿到影集和大框照片。

接下来的新房就没那么好找了。因为除了去市区买新房外，厂前小区是没有新房子的了。市区的房价太高，对刚参加工作，而又没外援的他们来说，付个首付都相当困难。开始他俩想去厂前小区买个二手房，然后简单粉刷装饰一下就可以了，可是二手房对他们来说也支付不起，因为二手房一般要求付全款，于是，他俩又考虑租房……

租个二室的房子一个月都在五六百，加上各种花销，半年就得超五千，一年就得上万……经过几天的反复思量，梅子最后对剑说：“我们还是把单身楼你住的那间房腾腾做新房得了，不仅方便，还能省下一笔钱给咱们以后买房子……”

剑听后非常感动，说：“梅，你真是个好女人，可是这不是太委屈你了嘛?”

“这不算什么委屈的。既然我决定和你在一起了，我们就应该同甘共苦，共同去面对和解决生活中的难题。”梅子笑笑，“我相信你不会让我一辈子住单身楼的。”

剑拉着梅子的手：“这个当然，我一定好好努力，多挣钱，让你早些住上大房子。”

“呵呵，傻瓜，是‘我们’好好努力，光靠你一个人努力，怎么够?”

梅子亲昵地用手指点了下剑的额头……

“新房”的问题也解决了。虽然只是不足十平方米空间的小房，但梅子和剑还是想方设法把它装饰得漂亮些。他们对房间先进行了大扫除，然后买来了漂亮的墙纸，和一些装饰用的花放在适当的位置，还将一块大镜子挂在进门的右边，镜子周边也被装饰上了“绿叶”和“鲜花”。

然后就是床的问题，刚开始他们也考虑去买张新床，但后来还是被梅子否决了。他们决定把两张单人床拼一块权当婚床了。婚礼前夕，那两张拼起来的婚床的床头被梅子别出心裁地用一块漂亮的床单给装扮了。那床单上面镶有鸳鸯戏水的图案。

天花板和窗帘呢？梅子发挥了自己的手工特长，那可还是在学校评“最美丽宿舍”中锻炼出来的。她将买回来的彩纸，用剪刀剪或用手折成了各种形状的图案，其中有幸运星，有千纸鹤，还有些别致的小花或小动物……这些粉红的、大大的爱心，相对作揖的可爱童男童女，呵呵，还有月亮星星等图案和各种形状的小花小动物，要么被贴在天花板上，要么被串成一串串从天花板上像瀑布一样垂下来，要么就被挂在窗户上当成了窗帘……最后，一间小小的房子就被梅子装饰成了浪漫的七彩世界，就像童话中的梦幻公主房。

由于梅子的家在遥远偏僻的江中山村，不算中间停留的时间，光来回的时间差不多得四十八小时，也就是两天的时间。如果他们结婚按照老习俗接亲送亲的话，不知道几天才能完成呢。太远，太不方便了。虽然是家里的老大，出嫁的第一个女儿，为了简朴、少些忙碌与辛苦，梅子与父母商量：在自家就不要请客举行送亲礼了，到时直接在华中举行婚礼就可以了。

为了少些遗憾，给梅子一个完整的婚礼，剑最后决定找一家宾馆当“娘家”，接亲时把梅子从宾馆接出。结婚就只有一间房，还是单位的公用单身楼的房，父母亲人来了也只能住宾馆呢。正好把父母亲人住的宾馆当“娘家”就可以了。

一听说把宾馆当“娘家”这决定后，梅子感动得把自己的脸贴在剑的胸口好久好久，她觉得自己没白爱一场，同时确定自己的选择是对的。

当时他们隔壁的二二零房间正传出凤凰传奇缠绵悱恻的《天籁传奇》：“……你就是我魂牵梦绕的那一片海……我就是你身边那一朵云彩……”

她看着剑的眼睛说：“你永远是我魂牵梦萦的那一片海。”

剑在她额头上轻吻一下：“你就是我身边唯一的那朵云彩，我心中的那滴露珠，与我的血液相融……”

“好酸哦，比吃了杨梅还酸。”他俩异口同声，然后对望一下，都哈哈大笑起来。笑过之后，又是紧紧地相拥。

当他俩正在发愁如何安置来参加婚礼的众多亲人时，剑的一个好友兼同事主动提出把他那套空着的二居室借给剑临时安排亲人住宿。能在最困难的时候伸手相助的，这种朋友就是真正的朋友。梅子对剑说：“咱们这一辈子也不能忘记他的好，以后他有困难，咱们一定要鼎力相助。”

只要心诚，只要努力，没有什么事情是办不好的。

俗话说朋友多了路好走。接下来，剑又通过平时认识的、一个开出租车的朋友找到了九辆红色的桑塔纳。

“为什么要九辆车呢?”

“‘九’，就是永久的意思，代表我俩永远相亲相爱，永远在一起。”

“那，为什么都要红色呢?”

“‘小傻瓜’，因为红色代表喜庆吉祥啊，而且，而且我家的‘小傻瓜’最喜欢红色了……”

“啊，暗讽我？你才‘大傻瓜’呢……”

买花生、瓜子、喜糖，写请柬……婚期一天天逼近，梅子的心也一天比一天兴奋，有时候整个晚上都会翻来覆去的睡不着。剑笑说，梅子得了婚前综合征。那时，梅子就伸出她的“钢铁般”的拳头在剑的眼前晃了又晃。

# 第五十二章　婚前失眠

梅子的父亲来了，她的弟弟妹妹也来了。他们被安排在“娘家”，也就是当“娘家”的宾馆里。而她母亲因为要在家照顾那一大群的猪呀、鸡呀、鸭呀……不得不留在家里。

剑的父母来了，他的弟弟妹妹来了，大姑也来了。他们被安排在剑同事的二居室里。

两家的亲戚都离得很远，为了不得不节省开支，和减少亲戚路途的疲乏，双方的许多亲戚都没有通知，有些得到消息的，他们也不得不感谢对方的好意并推辞了。

婚礼的前一夜，梅子在床上翻来覆去怎么也睡不着，脑海里尽是浮现着自和剑相识以来的点点滴滴。

因为睡不着，半夜时分，梅子干脆悄悄起床，然后写就了一首诗——《爱》。诗如下：

**爱**

丘比特之箭
射中了你我心房
从此
青春为爱燃烧
年轻的心为爱燃烧

仰望那无垠的蓝天
一起说我想你
句句我想你
抒写爱的诗篇

放眼那苍茫的大海
一起说我爱你
声声我爱你
构成爱的主旋律

虽然
爱的路上荆棘满地
但我们义无反顾

愿所有美好的憧憬

在我们爱的路上一一实现

（本文引自中国文学博客：http：//www. wenxueboke. cn）

“快起来，化妆的时间马上到了。”将近五点的时候，她在迷迷糊糊中被家人推醒了。她应该起来去进行新娘化妆了。听说这一天结婚的人特别多，给她化妆的工作室里的工作人员从凌晨一点就开始工作了的。还好，她被排到了六点，如果要是在一点，一个晚上，不止她，还有伴娘及剑和司机等相关的人员都休息不成。

当梅子想睁开双眼的时候，可却艰难极了，她的眼皮好像被什么粘住了。她习惯性地用手去揉眼睛，却碰到了左眼皮下一个尖尖的硬邦邦的东西，她被吓得慌忙从床上爬起来，然后踉踉跄跄地跑到镜子前，一看，心里倒抽了一口冷气。

“哦，眼睛里什么时候长了一个疙瘩？”那疙瘩把左眼皮全撑起来，看着比右眼皮明显要高多了。梅子想想这疙瘩可能是因为自己忧思过重，一个晚上东想西想，没休息好才引起的。

“它肯定一时半会消失不了。这可怎么办啊？”在当新娘这天眼睛出现这疙瘩，形象肯定会大打折扣。有哪个新娘不希望自己在婚礼这一天是最漂亮、最完美的呢？但既然出现了这件事情，就随它吧。梅子没有沮丧，她想开了。

那天，伴娘蓉也早早地来了。她是要陪梅子一块去进行新娘化妆的。蓉是和梅子一块进厂的老乡，也是梅子的闺密。两人平时你来我往，有什么困难互相帮忙，有什么开心事也互相分享，所以，听说梅子要举行婚礼时，蓉主动要求当伴娘，而这也正合梅子的心意。

当化妆师看到梅子左眼里的那疙瘩时，她一点也没觉得异常。她说至少有百分之六十的新娘婚礼前晚都因大脑兴奋休息不好，然后眼睛里就会像梅子一样长疙瘩。

“不要担心，我会有办法处理的。”化妆师轻描淡写地说。

只见化妆师用化妆笔左描一下，右涂一下……一会儿的工夫，左眼凸起的疙瘩就被隐藏起来不见了。如果不特别仔细去瞧，左眼的高度看起来和右眼一般高。这就是化妆的神奇效果。

“你真厉害！”梅子对化妆师竖起了大拇指。

经过这一翻专业化妆，梅子相信了“三分人才，七分打扮”的话。她想，自己以后也得好好学学专业的化妆技巧了。平时素面朝天可以，但到了特殊时候，熟练的化妆技巧能派上大用场的。

化妆从六点开始，到将近七点半才完成。听化妆师的话，抬头、低头、左偏、右转……虽只一个半小时，可梅子觉得好像过了漫长的一年。虽然她听化妆师的话什么也不要想，什么也不要管，只要静静地当她的新娘，但是她心里就还是乱七八糟地想个不停。特别是想象着过会儿剑去“娘家”接亲时会有什么表现，在婚礼现场又会出现什么状况……她一会儿担忧、一会儿开心，脸上的表情也随之一会儿皱眉、一会儿微笑……但是，不管怎么乱想，她的心始终是甜蜜的。毕竟啊，近六年的漫长等待终于迎来了这幸福的一天。

# 第五十三章　迎亲

时间啊，有时候就像蜗牛一样慢，而有时候又像火箭一样快，想留都留不住。

外面太阳早早地升起来了，阳光透过玻璃窗斜斜地透射进来，在梅子身上映成了五彩的光环。几个月没见的太阳，这一天终于舍得冲开阴霾，露出它的笑脸。

“今天的天气特别好，是入冬以来最好的，你们将来肯定会鸿运当头，大福大贵！”婚车司机看着车外的天空祝贺说。

当梅子头戴鲜百合与鲜玫瑰，身穿白色的婚纱坐在宾馆219的床上时，胸口一直在怦怦地跳个不停。219房间，与他们在单身宿舍的219房间同名，是梅子与剑特意挑的。意思是两人要长长久久。

房子里已经有将近十个人了，使得不到十平方米的房间显得异常拥挤。她们中有梅子的大妹和小妹，还有来摄像的弟弟，还有伴娘，还有被梅子叫嫂子的、剑的一个要好同事的老婆……他们一直在商量着待会剑他们来接亲时要如何“刁难”他们。

从化完妆到迎亲队伍到来有两三个小时的时间，梅子感觉好像就过了两三年哦。“真慢哦。”时间在一分一秒地过，梅子在床上坐得都有些腰酸背疼、双腿也发麻了，可是，她却不敢多活动。婚纱的下摆实在是太大太长了，走路时一不小心就会被脚踩着。

当外面有人通知迎亲队伍马上就要到了时，梅子又感觉时间过得太快了，她真希望时间和她的心跳一起变慢……

外面的鞭炮响了……

门被关上了……

门口变得闹哄哄的……

有人“咚咚咚”地敲门了……

里面有人出题目，外面的人一会儿唱歌，一会儿朗诵诗歌……

知道剑会交际舞的一位朋友，还要剑做一个高难度的探戈动作……

门被开了，一大群人一下拥了进来，把本就拥挤的房间塞得满满的，她感觉异常窒息，脸上的肌肉也变得僵硬极了。她就那么傻傻地笑着……

剑郑重地单膝跪下了，将鲜花举到她的面前……

有人在后面推她的背，要她接花，然后她把花接住了，并接受了剑的拥抱，然后是热泪盈眶……

接下来就是全屋子的人翻箱倒柜，上高下低，到处乱找她的鞋子……

鞋子终于找到了，剑笨拙地给她穿鞋子，而剑却把鞋子穿反了……

当剑把鞋子穿反了时，梅子终于控制住了自己奔腾的情绪，她协助剑一起把鞋子穿好了。

然后就是拜别父母。当时只有梅子的父亲在那里，所以，梅子与剑拜了父亲之后，又朝着南方拜了，表示向正在家中忙碌的母亲拜别。

“我没有别的要求，最希望的就是你们小两口能互相恩爱，互相体谅、宽容，白头偕老。”当时，父亲对剑与梅子说了勉励的话。这些话虽然简单普通，但是却表达了一个父亲最真、最朴实的愿望。这愿望，不仅让剑与梅子，还让很多在场的人都感动得眼含泪花。

然后就是剑抱着梅子出了219房间，接着下楼梯，然后两人牵手走进用鲜花装扮的婚车……

然后是震耳欲聋的鞭炮声，婚车慢慢启动……

不知道过了多久，梅子才慢慢从迷糊中醒过来，还是被身边的剑推醒的。迎亲的那一幕幕好像就是做了一个梦，梅子在梦里看着男女主人公的一举一动，她在梦里感动得流泪了。

剑说车子已经起程二十多分钟，再过不到十分钟就要到婚礼现场了，要梅子做好下车准备。

哦，她不是在做梦，这是她和剑两人爱情马拉松中的一个小小的，又极经典的片断。

“待会儿举行婚礼时自己一定得清醒，可不能再像刚才接亲一样迷糊、一样犯傻了呢！”梅子用手在自己的大腿上狠狠地掐了一下，好让自己更清醒点。

此时，她才听到附近清晰的鞭炮声，那是朋友们在一路放着鞭炮祝贺她和剑喜结连理。

她也透过车窗看到了外面亮得可爱的阳光，和冬天难得看见的、在空中飞翔的鸟儿，还有路两旁快速闪过的、那一排排的白杨树，它们就像正在站岗放哨的士兵。

阳光、鸟儿、白杨树……它们都在为他们这对新人致以美好祝福呢。

九辆红色的婚车，加上摄影师的车，一共是十辆车前后紧跟着前行。

剑曾说，“九”，代表永久，“十”，代表十全十美，是表示他俩之间的爱永永远远，长长久久，他们的日子幸福美满的象征。

# 第五十四章　结婚典礼

“到了，到了，快到了……师傅，在前面十字路口往左拐……恩，对，对，没错，就是前面的怡园大酒店……”伴郎峰在副驾驶座位上沉着地指挥开车的师傅把婚车开往举行婚礼的酒店。他这一天也是特意打扮了一番的，一丝不乱的头发、雪白的衬衣、锃亮的皮鞋……西装革履，犹如新郎一样。

平时活泼爱调皮又多话的伴娘蓉，在车上居然和梅子一样很少言语。也许她和梅子一样拥有一颗紧张的心吧。

“到了，梅子，准备下车。”剑推醒了正在发呆的梅子。

车外又响起了震耳欲聋的鞭炮声。

车子平稳地停了下来。

伴郎伴娘已经把车门打开。

剑走过来。梅子挽着他的胳膊往前走。

酒店门口有一个心形门的充气球，上面贴着祝梅子与剑新婚愉快的条幅。

“心形门”的前面放着梅子与剑的大幅婚纱照片。

门口已经站满了人。他们看到一对新人下车，全都噼里啪啦地鼓起掌来。

因为吉时还没到，梅子与剑就站在门口迎接到来的宾客。

这个上来祝福一句，那个上来唠几句开心的家常；你上来拥抱一下，他（她）上来合一张影……时间就在开心快乐中如白驹过隙般飞快驰过。

司仪说吉时已到。噼噼啪啪的鞭炮声又响起了。宾客们的掌声也随之响起。梅子与剑十指交握着，随着热烈又悠扬的结婚进行曲并肩缓缓往前行。这个过程，好像就是他们从相识到相知相恋所走过的路程，以前温馨的一幕幕又如电影般在梅子脑海中闪过。

在司仪热情的言语中，在宾客们热烈的掌声与欢呼声中，拜天地，拜父母，夫妻对拜，交换爱情信物……

当到交换爱情信物时，梅子与剑两人都愣住了。因为他俩没准备戒指、项链等结婚礼物。“以上我一定给你补上！”梅子记得剑在婚礼前对她承诺。说实话，他们没有足够的资金。举行婚礼前还借了别人一大把的。“以后也不用给我补的。你知道我不喜欢那些。”梅子对戒指、项链等一点也不上心，因为她一直不喜欢戴各种首饰。

当司仪与宾客们都在等着他们交换东西时，剑机灵地把手中的鲜花送到了梅子手中。

“我送梅子十一朵玫瑰花，代表一心一意。这辈子我一心一意爱她、护她……”剑的话音还没落，下面就响起了一阵热烈的掌声。

婚礼那天的太阳实在是太好了，是整个冬天难得的、非常明艳的阳光。大家又都和婚车司机一样说：梅子与剑这一辈子应该有好的福气。看哦，太阳都出来捧场了呢。

虽然有阳光，可是温度还是在零度左右的。人们都穿着厚厚的大棉袄，而梅子一直穿着露胳膊的白色婚纱，后来又穿着红色的旗袍……几个小时的时间，梅子居然没感觉到冷，后来居然也没有感冒……难道，这就是爱的力量？

新婚那天晚上，梅子躺在床上轻轻地抚摸着剑腿上留下来的伤疤，思绪又被拉回到了六年前，她与剑自相识、相知过程中的点点滴滴。

“想什么呢？”剑推了一下神思跑远的梅子，在她嘴唇上轻轻亲吻了一下，然后把她紧紧搂在怀里，用下巴慢慢地摩擦着她的头发，嘴巴嘟哝着。

于是，梅子告诉了他她的所思所想。

剑听后也是一阵欷歔。

当年梅子的室友们还开玩笑说梅子与剑十有八九不会在一起呢，毕竟一个早毕业两年，一个晚毕业两年。两年的时间虽不长，但也不短的，它要想改变一个人，要想拆散一对鸳鸯，时间完全足够。何况，这个社会瞬息万变，日新月异。

剑说，有些东西是经得起时间的考验与推敲的，它会随时间一起往前走，而且越走越近，越走越紧密，比如说浓于血的亲情，比如说至真至纯的爱情。它们不管遇到多大的风浪，也不管经受多美好的梦境，是永远不离也不弃的。只要同心同德，利锉也断不了的。他们誓言：两人要永远牵手走下去，就像梅子写的诗歌《牵手》里说的一样，“两个人要风雨无阻地往前走”，“永远幸福地走下去”。

**牵手**

把我的手轻轻地放在你的手心
我在右边，你在左边
你在前面，我在后面
两个人风雨无阻地往前走

在坎坷的人生旅途中
我不再害怕摔跤
因为有你牵着我的手
给我力量与勇气
为我披荆斩棘
带我一步一步走向美好未来

喜欢牵着你的手
不管走多远
只要牵着你的手
我都无怨无悔

让我牵着你的手
永远幸福地走下去

（本文引自中国文学博客：http：//www.wenxueboke.cn）

# 第五十五章　怀孕

一个月后，梅子被查出怀孕了。

哦，上天居然这么快就给他们送来了爱情的结晶。这让梅子有些慌乱，让剑也不知所措。但这个小生命在梅子腹内的搏动，带给他们最多的是兴奋。

他们之所以慌乱与不知所措，是因为他们还没有做好充分的准备迎接他的到来。他们还住在只有十来平方米的单身楼单间里呢。十月怀胎很快就会过去的，他们用什么来迎接这小宝贝呢？难道就叫他（她）住在这么拥挤的房间里？

房间里只有两张单人床拼成的大床，再是两张书桌，一个布衣柜和一个木衣柜、两条小板凳，再加一台电脑、一个电磁炉、一个电饭锅、一个炒菜锅，其余就是几只碗再加几双筷子。这些有限的东西把小小的房间塞得满当当的，平时就是在里面转个身都难。为了减少满屋的油烟味，他们平时做饭就只好到走廊里做了。还好，做饭的不只他们这一家，单身楼里的住家，只要勤快点的都买了锅碗自己做饭，要不是这样啊，他们做饭时飘满整个楼道的油烟味会让人受不了，且会让人所不容的。

要当爸爸了，剑的心里每天都觉得像吃了蜜一样。可是他有时也很苦恼，因为他们住的房间实在是太小了。一间房两个人可以凑合着过，但三个人呢，再加一个来照顾的母亲呢？而自己和梅子两人加起来的月工资实在不多，想买个房连付首付都非常困难，看那房价一天一个样，涨得跟坐火箭一样快。他们双方的父母家庭都不富裕，梅子每月还得从工资里拿出钱给一个弟弟、一个妹妹寄伙食费呢，而剑自己家里也正在还债的，那一年他住院花了不少钱，再加上后来他母亲又做了一次大手术也花了不少呢。想向家里伸手要钱那是绝对靠不住的，何况他俩也没想过要向家里要钱。父母把他们养大，再把他们供完大学就已经很辛苦了。

新房贵，但还可以贷款，而二手房虽然便宜些，但一般需要付全款。向同事借吗？那么多的钱，怎么好意思开口呢？于是，剑与梅子虽然到处看房子，但是却买不起，他们手中的那点积蓄好像永远也赶不上那水涨船高的房价。

“我俩就那点工资，没有其他的收入来源，经济太紧张，孩子出生后，就让他（她）还跟着一块住单身楼吧。”梅子打消了让腹中孩子出生后住新房的打算，“到那时，说不定能有办法解决暂时的一系列问题了。”

自知道自己怀孕开始，梅子就天天注意自己的饮食，这不敢吃，那也不敢吃，虽然有时候看到自己平时最喜欢吃的东西时，忍不住就想吃个够，但是她却尝都不敢尝一下，害怕就那么一下也会给腹中的胎儿受到丁儿点伤害。

对于其他的生活习惯，她都挺注意的。比如，当看到使用化妆品也会有可能影响到胎儿时，她就尽量少用或都干脆不使用它们。举个例子，梅子的头发是长头发，但有些干，平时不得不用啫喱水等物品湿润定型，但自从腹中有了小宝宝后，她就不再用它们，而是买了几个夹子一夹，或干脆披着头发了事。

为了腹中的胎儿健康发育，梅子还给它进行胎教，如听儿歌，听一些国内外的经典名曲，有时还边抚摸肚皮边和胎儿说话，就像在和一个能听懂大人话的孩子说话。

整个孕初期，呕吐、厌食等症状，对于梅子来说，都不是太明显。

# 第五十六章　先兆流产

怀孕期马上就到三个月了。医生说，只要过了三个月，胎儿在腹中的状况就会相对稳定了，带给孕妇的不适也会有很大程度的改善。梅子很期待那一天。

有天上午，剑骑着自行车带梅子去超市购物。马上就要到往超市的丁字路口了，有个人居然反向骑着自行车直冲过来。剑本来正在准备右拐往超市方向去呢，看对面的自行车马上要撞上来了，他只好提前右拐了。按交通规则右拐完全是对的，可以避免不必要的事故，可那人却偏不往她的右方走，好像故意与人作对一样，剑往哪，她也往哪，还不带刹车直往前冲。这样，剑的自行车被那自行车绊倒了，没来得及下车的梅子也被重重地从车上摔了下来，倒下的车子也随之压在了她的身上。

剑赶忙扶起倒下的车子，并俯身把梅子拉了起来。虽然梅子当时感觉小腹有些隐隐的疼痛，但她还是随着剑的帮忙站起来了。剑连忙问梅子有事没。那个骑车冲撞梅子他们的人也过来询问，并赔不是，她说她的车闸有些失灵。

还没等梅子说，剑就狠狠地看了一眼那个人，并对她说："我老婆怀着孩子呢，要是有事了看你怎么担当。"

"啊，你现在怎么样？不要紧吧？"那人是女人，一听剑的话脸色一下全变了，她赶紧再问。

"应该没啥事。"梅子对剑和那女人说。她的腹部当时疼了一下后又不疼了，她觉得应该会没事的，而且她不想给剑与自己找麻烦，也不想给别人找麻烦。

"没事好啊。真有事再说吧。"剑也是个不想找麻烦的人，他让那女人走了，然后他与梅子就去超市买东西。

一个上午没事，一个下午也没事，可是到了第二天早晨起来上厕所时，梅子突然发现自己有了先兆流产的迹象。

怀孕流血可不是一件好事，而且还在孕早期。梅子慌了，剑也慌了。

在医院，做了一个B超检查后，发现胎儿一切正常，但是医生还是建议梅子住院，并且警告她有可能会发生流产，大出血，甚至会危及大人生命等情况。

但梅子考虑到剑要上班，不方便照顾自己为由，她不愿意住院，要剑也不要请假，只要求他下班的时候回家弄点吃的，陪陪她就可以了。她想自己一个人在家卧床休息。平时她身体挺好的。她相信这一关自己能熬过去。而且她从网上也查了相关资料，说如果休息好的话，像她这种情况两三天就会好了。

其实，梅子考虑的是她自己住院不上班了，工资奖金会扣掉很多，她不愿意看到剑也因为她不上班扣掉一些钱，毕竟他俩正在努力多挣钱呢，多一分是一分，多一块是一块哦。孩子出生后的抚养与教育都得花钱，他们还想早点把钱攒够买房呢。

当梅子出现不好状况时，他与剑分析原因。最主要原因应该就是头一天梅子从自行车上摔下来了。剑一想那人的行为就很气愤，他想去找那人“算账”。但是最终在梅子的劝说下放弃了。梅子说人家不是故意的。

医生开了一些保胎的药给梅子，一些内服，一些打针。

刚开始的几天，梅子的身体状况时好时坏。要是累了、困了躺床上还好，因为它能让人的身心得到休息后使人精神恢复如初。可是，不累不困，而不得不躺床上的话，就是一件苦差事了。

四五天，除了吃饭上厕所，梅子差不多都躺着，那个难受啊，只有躺在床上躺过那么久的人才知道其中的滋味。后来实在是难受极了，梅子就下床走几分钟，稍放松一下全身僵硬的骨骼。躺床上也是一件极无聊、极难受的事情。过了两天后，梅子就试着半躺着在床上看书。后来干脆做饭与买菜的事情也做了……

情况看来应该是越来越好了的，可是，想不到在第七天的下午，下面又开始出现不正常情况了。剑又带梅子去做了一个 B 超。

前置胎盘!

“怎么这么倒霉呢？难道是自己粗心大意没注意？”可是，想来想去，梅子不知道自己在哪一环节出现了问题。

医生说前置胎盘是胎盘在生长过程中出现的，它附着在子宫下段，常常会引起宫内出血。对于孕妇来说，前置胎盘是一件很危险的事情，如果不及时往上长的话，它就不仅仅像宫内出血那么简单，如果护理不当的话，孕妇与胎儿真的都会出现大危险。

刚开始时，梅子还不知道前置胎盘是什么，了解了后，着实让她心里感到压抑与沮丧。她与剑商量，他必须从家里找一个人来照顾自己了，如果他还必须继续上班的话。其实，这个医生说错了，她说的前置胎盘应该只能说是胎盘低置，或边缘性前置胎盘，她是遥相呼应能改善的，胎盘的位置会随着孕期有增加慢慢提上去。正因为她的错误说法给梅子形成了误导，给她心理增加了必要的恐慌与负担。而医生还犯了一个错误，就是没有告诉她要绝对的卧床休息，并要休息至少半个月以上。

先兆流产症状最主要的是心情放松与卧床休息。

梅子的父母远在千里之外，而且，梅子不想让父母为她担心，所以没有告诉他们。梅子只告诉了她的大妹，并嘱托她不要告诉父母。

不得已，梅子的公公，也就是剑的父亲急匆匆来了。而婆婆，却在帮剑的弟弟照顾刚出生的孩子，所以不能来。剑想方设法在单身楼的三楼另找了一间房，让父亲住着。

从第一天出血躺床上开始算起的第十五个傍晚，当梅子弯腰找一个东西时，突然觉得下腹异常疼痛，然后下体流出了很多似血又不似血的液体。前半月虽然有出血的异样，可是从来不疼的。一阵一阵剧烈的疼痛，让梅子的眼前也跟着一阵又一阵的黑。她觉得天可能要塌下来了。她赶紧给在厂里加班的剑打电话说明自己当时的情况。

剑像赴前线打仗一样急忙赶回来。

“孩子不会保不住了吧?”在去医院的途中，梅子对剑说，内心充满了恐惧。

“保不住就保不住，咱们做最坏的打算吧!”剑无可奈何地说。

# 第五十七章　流产

在医院妇产科的待产室内，值班的医生给梅子做了相关检查。

“羊水都破了，胎儿没有再保的必要。”医生平静地说。她接手过这样的事情实在是太多了，所以见怪不怪。而此时，梅子的眼神是绝望的，痛苦的。

检查后，医生就让梅子在待产室内待着，让她等着胎儿自然流出来。

“你现在有宫缩了，就像生孩子一样的让它自然出来。”医生说。

梅子又央求医生让剑进来陪她。医生说待产室和产房一样不许任何男士入内。梅子只得无奈又痛苦地一个人躺在空荡荡的待产室内。那时的房内除了她一人外再没其他人。当然，还有一个小护士在外间值班。有事时梅子可以叫她。

宫缩一样的疼，是痛彻心扉的。是像梅子一样流产或生孩子时才能感受到的。

小腹疼一下，就宫缩一次，下面就流出大摊的血。梅子咬牙坚持着。

将近四个小时，护士给梅子的四块大垫片全用完了。四个小时的疼痛，好像比四天还长。

这四个小时，剑就在妇产科医生办公室里待着。他想睡，上下眼皮直打架，可就是睡不着。他一直在想着在待产室里的梅子情况怎么样，隔一段时间，他就发短信问一下情况。可是，梅子每次回复都说没事。轻描淡写，告诉剑的好像就是平时每月一次的例假一样轻松。她只希望剑不要为她担心太多，让他好好休息一会儿。

而梅子也多次想打电话给远在千里之外的父母，可是一想到父母也许已经休息了，她又不忍吵醒他们。何况，自己的情况已经到了如此地步，父母在千里之外，又不能及时赶到，只会增加他们的担心与伤心哦，还会让他们一个晚上休息不了。可是，梅子那个时候真想父母，她几次用大拇指按了家里的电话号码，可是思量再三，还是没有按下那拨通键。

小护士看梅子流血太多，情况不对，然后把在休息的值班医生叫起来给梅子做紧急处理。她说，你不能再流血了，再流，就有危险了。

挂点滴。挂的是纯盐水。没等梅子问，护士说这是为了防止大出血时，要急着输血，而针有可能扎不上了才先扎了挂上的。

各种血液的化验早在梅子刚进产房时就抽血送化验室化验了。

梅子转移到了产房。

那产床特别的硬，梅子躺在上面十分难受。可是这难受，比起腹内的疼痛那就只是小巫见大巫了。

医生来了，护士也来了。

医生要梅子摆好姿势。梅子有些害怕，问她这是准备做什么。医生说只是检查一下，要梅子尽量放松。听医生这么说，梅子紧张的心于是放松了下来。

没见得很疼，梅子更放松了全身。过了一会儿，梅子感觉到了器械的冰冷，医生好像从她体内拿出什么了，梅子一下觉得体内空了许多。然后是觉得医生用刀或剪刀什么的把什么弄断了。梅子那时才意识到医生已经把胎儿拿出来了，脐带也被剪断了。接着医生就是取胎盘，刮宫……刮宫时特别难受，但梅子尽量忍着不出声。一切进展得很顺利。医生直夸梅子配合得非常好。

事后，梅子也很感激医生撒的“只是检查一下”的谎，因为，这让她减少了许多恐惧。

第二天，直到八点过后，梅子估摸着父母吃完早餐后，才拨通了他们的电话。在拨电话前她一直在努力说服自己一定要控制好情绪，一定要把自己流产的事情平静地对父母说。

电话是父亲接的，梅子只说了一声“爸，我在医院里”，然后就哽咽着再也说不下去了。

父亲听到梅子的话后心口一阵堵，好像有预感一样说：“流产了?”

“嗯……”梅子这时已经泣不成声了，她用被子捂着嘴巴，尽量不让自己的哭声变大。病房里还有另外两个病号在休息呢。她不想让别人看到自己的软弱。

“没事的啊，别哭，你安全就好了……”梅子能感受到父亲安慰她时的悲伤。

“孩子怎么就突然掉了呢……是不是你不小心摔了一跤啊……昨晚我梦见你走路时摔了一跤的……今早还和你爸说呢……有特殊情况你怎么不早和我们说呢……你遭了多大的罪哦……”母亲抢过了父亲的手中的电话，早已在电话那头泣不成声，但还是断断续续地“数落”、“埋怨”着梅子。为此，母亲还专门跑到观音庙里给梅子许愿祈福……

每个人的坚强都是有极限的。梅子以前从没见母亲掉过泪，也很少见父亲难过，她也一直坚信自己能面对一切困难。可是，面对至爱亲人，在至爱亲人面前，他们都控制不住自己深埋的、压抑的情感，她哽咽着哭了出声……这就是亲人哦，独一无二的亲情。

内心的悲痛与苦楚通过眼泪发泄出来后，梅子好像又对未来充满了信心。这让陪伴的剑心里稍有了些安慰。自梅子进入待产室开始，他一直在担心梅子会想不开呢。

但是，在接下来的几天里，弟弟妹妹一个个打电话过来安慰她，她接一次电话，就掉一次眼泪，就伤心一次。她这才发现，她的坚强与信心还是脆弱得不堪一击。

三天后梅子出院了。可第十天，梅子还是感觉下面的分泌物很不正常，于是，她又去医院做了一次检查。结果出来后显示她宫内胎盘没清干净。她不得不又做了一次痛苦的清宫手术。

不管当时有多痛苦，多难受，但流产对于女人来说，身体上的疼痛很快就会过去，而心灵上的创伤，要很久才能愈合，有的，甚至一辈子也很难恢复。

# 第五十八章　母亲还愿

那天，母亲打电话给梅子："龙头已经还过了，以后的日子一定会好起来的。我现在刚从龙王庙出来准备回家……"

听着母亲的话语，梅子的内心又沸腾翻滚起来，眼泪又不知不觉从脸颊滑落沾湿了衣襟。

梅子流产后，身体状况一直不太好。母亲一直牵肠挂肚，她一直想为梅子做点什么，可是因为相隔太远，而梅子又不愿意让她千里迢迢地跑来照顾她，因为她担心母亲在这人生地不熟的地方，过的日子还不如在家有父亲陪伴的轻松。母亲也本想让梅子回家调养一段身体，可是梅子不能离开，因为她还得上班赚钱，何况单位的假不是那么好请的哦。当然最后是母亲妥协。儿大不由娘啊。梅子想母亲的心日夜都是在为她焦虑不堪的。要不，她母亲怎么又会想到突然给她去还愿呢。

这个愿是在梅子参加高考前就许过并还过了的。可是母亲却想起来说还得给她还一次。

“为什么啊？您当年不是还过了的吗？还过了还要还第二次啊？”梅子疑惑地问。她不能阻止母亲的行为。虽然她一点也不信那些所谓的迷信。

“当年我还的是钱，不是龙头。也许龙王爷不满意……”母亲沮丧地说。

原因原来是这样的。当年母亲在梅子高考前在龙王庙里给她许了个愿，说如果梅子高考如愿考上了理想的大学，她就会去给龙王进献一个龙头，当然这龙头是人工做的。可是当梅子真的考上了大学的时候，母亲准备去还愿时，却到处买不到龙头，看守龙王庙的人就出主意，只要母亲捐资五十元钱也可算还了愿，于是，母亲就捐了五十元钱……

都多少年了啊，母亲还记得。也许是她一直念念不忘她捐的五十元钱是不是就真的算还愿了吧。当梅子遭遇困难时她就又想到了，并担心就是当年还愿不对才让梅子受此磨难，于是，她又重新买了个龙头给梅子还了一次愿之后，才终于有了如释重负的感觉。她相信只要愿还了，就没有什么能再让梅子受痛受灾的了，梅子以后一定也会一帆风顺的。

年轻时，梅子母亲其实一点也不信任何神灵的，比如龙王、观音菩萨等，她只相信靠自己的能力，自己不懈的努力能挣来一切，可是，面对孩子，对于孩子的未来，孩子的一切，她也许是觉得自己做得还不够，她祈愿她的孩子一切都好，但光靠自己的力量不够，所以，也和其他的母亲一样相信了神灵的力量，想借助神灵的力量去帮助孩子，于是，她开始许愿、还愿……

母爱无边无际。后来梅子母亲又在送子观音菩萨庙里给梅子许了一个愿，希望梅子能早日顺利得子……

在当年梅子回家探亲时，梅子有感而发，写下了《白发亲娘》这一首诗，以表达母亲的辛苦与对母亲的热爱。

**白发亲娘**

村头风沙中伫立着等我回家的娘

是我日里夜里的牵挂

魂牵梦绕啊
潺潺流淌的小河里有我儿时
嬉戏玩耍的倒影，和
娘“梆、梆、梆”敲打衣服的梆子声

梆子声中，我
翻过了一座又一座高山
在象牙塔里吸收营养
在高楼大厦的缝隙中行着

白驹过隙
惊鸿回首中

我成了孩子他娘
我娘已
白发苍苍

# 第五十九章　再次怀孕

梅子只想早点再要一个孩子以弥补心灵的创伤。但迫于医生与亲人的忠告，她还是坚持到了第三个月才又怀上了。剑拿她没法，医生也说她不要命了，一点也不懂得自我保护。

“前置胎盘”，加上流产又两次清宫术后，如果再次怀孕，还有可能再次出现“前置胎盘”与流产的现象。

在接下来的几个月里，梅子都是极度小心，她甚至很少到人多的超市、商场去，平常散步时也拣人少清静的地方。她太害怕经历重演了。

为了梅子能平安度过怀孕期，梅子的公公自上次梅子流产时来后就没离开了，后来婆婆也来了。只要一出门，婆婆都会跟随左右，以防万一。而梅子的母亲呢，在每逢农历的初一、十五，她都要到当地有名的观世音菩萨庙里上香拜佛，还给庙里捐了一笔不少的善款，以求梅子母子平安。

虽然梅子注意挺多，但班还是要上的。这回腹中孩子的命好硬。每天，梅子还得像原来一样的倒班。每天，她从单身楼骑自行车到车间楼下，放好自行车后再爬近20米高的楼梯到所在岗位，然后使用铁锹、撬棍、扫把、大扳手……干活。这过程一直延续到腹中的孩子七个月整，梅子才要求车间调她去上白班——不再倒班。

在厂里一线干活，可以说是一个萝卜一个坑。

虽然是在孕期，可是梅子还是有属于自己的固定岗位。在岗位上，一般都是自己负责自己的那一摊，不过，也有互相帮忙的，特别是有重活时，必须多个人一起干才能干完干好。这就体现了团结的力量。

在大家的互相帮助下，在前六个月，梅子在生产安全上没出一点事，肚里的宝宝也挺听话。

到了第七个月的中期，因为是学生放暑假的时候，家长们都想趁假期带自家孩子出去游玩，那一段，请假的人特多，梅子班上严重缺人。班长还是非常照顾梅子的，一般不给梅子额外的活干，可是那天……

“梅子，麻烦你过来一下，我和你商量个事。”那天上八点班，快下班时，班长把梅子叫出了操作室。

“班长，别这么客气，有什么事直接说吧！”梅子说，那时虽然她穿的工作服很宽松，但是她那凸起的肚子还是能明显地看出来她快到孕晚期了。

“你们岗位上本来是三个人，玲已经休假了，有农民工小刘在顶着，现在燕有事又想歇，可是玲还得后天才回，你明天四点班能不能多操点心多看个岗位呢?”班长商量着问。

“班长，你怎么这么看得起我呢！我现在马上都怀孕七个月了。哪还有精力操心那么多事呢？何况小刘只会干活不会操心指标，这就相当于三个人的活除了一些体力活外全要我一个人干，而且现在有好几个仪表在电脑上显示不准，我要是稍微大意就会出事的。”梅子不同意班长的提议。

“你就相当于给哥帮帮忙好了，燕这几天天天去找我，说她父亲得重病住院了，她得去医院照顾，要不她也不会在这非常时期来凑这热闹。何况每个人都会有急事的时候……”班长在想方设法地说服梅子。

“好了，班长，”梅子打断班长的话说，“既然这样，你再给我从别的地方找一个勤快，懂一点指标，对仪表要熟悉的人来给我帮忙吧……”梅子最后妥协了。因为确实每个人都会有急事的时候，班长的这点说到了她心坎上，何况她马上就进入孕晚期，身子越来越笨重，在以后的许多工作中肯定需要同事的帮忙，加之她从来都不是一个心硬的人，特别容易被别人的软言好语所打动和感化。

第二天四点班，班长还是找领导从车间综合班调来了小周。小周这个人以前在梅子的岗位上干过一段，勤快那也是不用说了。那天，从接班到吃晚饭之前，梅子、小周、小刘三个人一直配合很好，生产一直进行得很顺利。

“我去食堂吃个饭吧，梅子，我今天没带饭。”晚饭时分，小周对梅子说。

“这？那你快去快回哦，我害怕我控制不了这上面的局面。”梅子心里没底，她希望小周不要离开，但是是去吃饭，怎么能阻止人家呢。

“你放心吧，我很快就回，最多不超过半个小时。”小周边说就边走出了岗位操作室，“我已经测量过那些仪表显示不准的设备，在我回来之前绝对没问题。你只照看其他的设备就行。”

当岗位上只剩下她和小刘时，梅子的心里一下就没底了。为了全心的照看生产，她那天特意带了晚饭。小周下楼吃饭时，她其实也很饿了，可是却不敢吃，以防万一，她要全神贯注地关注生产动态。

有时候，并不是你操心，你全力以赴，事情就不会发生。因为当超负荷工作时，总有你注意不到的角落，总有意外要发生。

小周走的时候，梅子还观察到整个电脑仪表盘非常正常，可是不到十分钟，仪表盘上突然有一个原本正常的仪表发出了红色警告——设备容量已经严重超出了标准容量——又一个新的仪表突然出现异常而显示不准。

梅子赶紧往外跑去采取补救措施。可是已经来不及了。那些多出设备容积的溶液已经在像喷泉一样从观察孔往外冒，并且像洪水猛兽一样往四周到处蔓延……不到一分钟，溶液就布满了厂房内大半个地坪……

那天，梅子没有正常下班，她与小周、小刘，还有班长和另外一个同事留下来用高压水冲地坪。那含酸带碱的半流质溶液真难冲洗干净。那天晚上，梅子他们一直干到凌晨四点才干完。

在紧张的干活过程中，梅子经常觉得自己腰酸背痛，而且小腹往下坠……当感觉不舒服时，她就在旁边的水泥墩上坐着休息一会儿，只要感觉稍好点，就又站起来继续干……事故是在她的监管下发生的，她要负主要责任。

连续干了四个多小时的重活，腹中的宝宝居然一点事也没有。

"真是个奇迹！"大家都说。

还好哦，真是老天保佑，观世音菩萨保佑，梅子十月怀胎终于安全度过了。

在孕三十七周时，医生就建议梅子剖腹产，可梅子不愿意，因为她一直坚信顺产出来的孩子会更健康些。

三十九周时的一个晚上，梅子梦见自己和剑在一块草地上玩耍时，一只大鸟突然从天而降，然后在她的面前停下，接着一只小鸟飞进了她的怀里……凌晨五点，梅子的肚子一阵阵剧烈地疼。她想起了头一天黄昏时，她与婆婆一起绕着厂区的运动场转了两圈才回家的情景。

"也许是昨天活动太多了。"她对剑说，"我们的孩子想出来了。"她也想起了晚上的梦境，上天给她的小天使快降临了。

而梅子肚疼的前一天，剑也突然胃疼。那一天，他被检查出了慢性胃炎。

梅子与剑在同一天住院。

尽管自己也办理了住院手术，但是在那一天，剑一直守护在梅子的身边。他了解到吃巧克力能增加能量、保持体力，促进生产顺利进行，他就给梅子买了一大包巧克力，一块一块地喂给她吃。

当时，病房窗外繁茂的树枝上有一对鸟儿正跳上跳下，玩得很欢。

吃了几块巧克力，梅子摇头说不想吃了。剑问梅子还想吃什么。梅子仍摇头。要不是为了生孩子顺利，梅子连巧克力也不想吃的。经过几个小时的

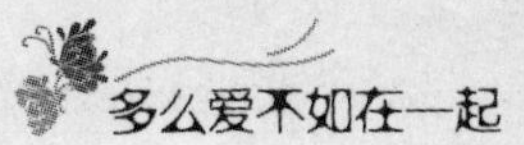


折腾，梅子的脸色很苍白，眼神也很无力，她只期待肚子里的小坏蛋早点出来……

肚疼时，梅子最喜欢用脚蹬着某个地方以减轻疼痛。因为病床那头的挡板很硬，脚蹬起来一点也不舒服，剑就默默坐在那头当“靶子”，接受梅子一下又一下的脚蹬。“蹬自己差不多一百五十斤重的皮肉总比蹬那冰凉坚硬的床头板舒服吧。”他想。

看着梅子疼痛，剑的眼睛里全是不忍和无奈，恨不得在床上翻滚疼痛的是他……不疼时，他就给梅子喂点巧克力，给梅子讲笑话转移注意力……

从凌晨五点到下午五点，太阳像个老态龙钟的百岁老人从屋外的树梢慢腾腾地爬起，又慢腾腾地往山那边滑去。在这漫长的等待里，剑不忍心看着梅子撕心裂肺地疼痛，好几次有要梅子放弃顺产，接受医生建议去剖腹产的念头。但那也只是他的念头而已。“顺产对母亲更对孩子有好处，”梅子一直都坚信，坚信自己疼痛换来的肯定是一个超级健康、活泼、可爱的宝宝。

到快进产房时，从不任性的梅子居然任起性来：她要求剑一块陪她进产房，要不，她就不进去……剑本来不好意思进产房，医院也有规定亲人不许陪护生孩子，但看着梅子凄凄的、恳求的眼神，他就答应了梅子，并发挥出他的口才天赋说服了医生和护士。

## 第六十章　新生

孩子马上就要出生了，医生和护士们拿他俩没办法，同意了剑进产房陪护，并把梅子单独安排在一间产房里。宽敞的产房里，除了梅子和医生护士，就是在消毒房里经过全身消毒而欣然前往的剑。医生说，在最近两年，在他们医院里，由老公陪着生孩子，梅子是唯一的一个。

太阳不知道在何时掉入了山谷，一颗月牙悄悄地在树梢荡起了秋千。梅子记得自己是在疼痛中被剑抱入产房的，那时，虽然是迷迷糊糊的，但是她却搂紧了剑的脖子。从下午五点到七点左右，梅子一只手被绑在产床上，另一只手使劲拽着剑的手。一阵比一阵厉害的疼痛固然难受，但老公的手及鼓舞的眼神却像一股神奇的力量，使那些疼痛减轻了许多。

产后，当剑再次喂梅子吃东西时，她看到了他手背上那几个深深的、紫红色的指印，那是她在产房里最疼痛难忍时，用力拽紧他的手，手指甲深掐进他的手背肉里留下的。

"大家快看小宝贝的眼睛！"护士长说，"她的眼睛睁得有多大！黑眼睛有多亮！还滴溜溜转着到处乱看呢。"

"真的哦！大家快看……"在产房里的人们都围拢着、兴奋地看小宝宝可爱诱人的样子。护士长还把她抱给还未下产床的梅子瞧瞧。

"这小家伙，居然那么可爱，那么招人喜欢。"只要一想到孩子出生后那睁大眼睛滴溜溜转着到处乱看的情形，梅子就忍俊不禁。

护士说一般的孩子出生后都是闭着双眼不愿意睁开的，有的还好几天才睁开眼睛呢，而梅子家的孩子真是出人意料。而且，孩子的第一声啼哭声特别响亮。医生护士们都说她的哭声比一般男婴还大呢。孩子一落地，梅子感觉全身的劲全使完了，她一下瘫在了产床上，以致后来护士把孩子抱过来喂奶她都伸不动胳膊搂孩子……医生护士都说这孩子以后的发展肯定了不起。梅子说，不管孩子前途如何，她希望孩子以后健康快乐地成长就好。

梅子生了一个健康可爱的宝宝，是一个超级可爱的女儿，那是上天赐给她的小天使。

那天晚上，梅子不顾产后的虚弱，给父母，给各位亲朋好友都发了报喜信息。

剑一直等到梅子和孩子休息了才回他的病房打针，那已经是晚上十点以后的事了。

孩子醒时亮晶晶、转个不停的小眼睛让整个妇产科的女人们都兴奋不已，她们都互相传递着这可人的信息。

而剑呢，每天除了输液打针外，差不多其余的时间都陪伴在梅子母女俩的身旁。为他们打水买饭，倒垃圾，极细心地做着陪护工作。

由于医院离家较远，做饭不方便，剑就找了一熟人，到人家家里做饭去了。

菜市场的鸡呀、鱼呀，应有尽有，其他各种水果蔬菜也都能买到。为增加梅子的营养，剑不顾自己的病痛，天天跑菜市场买新鲜的各种东西，换着花样给梅子弄吃的，比如，中午是鸡肉，晚上就换鱼肉；今天是乌鸡，那明天就换土鸡；这一天是鲫鱼，第二天就是武昌鱼……

听说市场上的土鸡也不太纯，剑还托人去大山深处带纯种土鸡回来给梅子炖着吃。

要不是他自己生病了，他肯定会亲自去挑的。梅子相信。

## 第六十一章　奶粉

孩子刚出生的头三天，梅子的奶水一直不见下来，她和家人想了好多办法还是没有用，以致小宝宝饿得“哇哇”直哭。

没办法，只得给孩子喂奶粉了。正好，孩子出生后没多久，护士就给梅子送来了一包婴儿奶粉。这奶粉还是国内的知名品牌。看到牌子不错，梅子原本让剑去超市买奶粉的打算就取消了——咱不浪费哦，何况孩子还太小，喝不了多少的。

梅子要剑按着配方给孩子泡奶粉，可是在一边的护士非常的勤快，她说：“我来，我来，宝宝爸爸多休息一会儿……”

勤快的护士给孩子泡好了奶粉，并抱着孩子给她喂完了奶才走。

在给孩子喂奶的过程中，她一边给孩子喂奶，一边对梅子他们说：“宝宝太小，她的肠胃现在还相当的脆弱，以后给宝宝喂的奶粉最好别换牌子。”

“为什么不能换呢？”梅子不解地问。

“我刚说了啊，宝宝太小，肠胃非常的脆弱，对新东西很难适应。打个比方，喝一种奶粉，她的肠胃要好久才会适应过来，如果再给她换另外一种奶粉，她就得又花一段时间才能适应过来。她那么小，你们当父母的难道那么忍心让她受那份罪啊？”护士解答时还不忘记数落了梅子一大通。

“好吧，咱们以后不换就是了。”梅子不好意思地说，她觉得自己真是一个不懂事、不称职的妈妈，“谢谢您啦，要不是您和我们说，我们还真不懂呢，到时害得孩子不舒服还不知道是自己犯的错误呢……”

喂完奶，护士很高兴地走出了病房。“记得以后不要轻易给孩子换奶粉。”出门前她又叮嘱了梅子及其家人。

“这护士还真好!”梅子说。

“确实好的，世上还是好人多哦!”婆婆在一边感叹。

“确实不错。”剑也在一边附和。

后来，有隔壁产妇的婆婆跑到梅子屋里聊天。梅子婆婆和她说起了好心护士给孩子喂奶的事情。

那婆婆像个侦探一样看了看门口，觉得没有可疑人物之后，压低嗓门说：“你们还不知道吧？护士给你家宝宝喂奶，她是得了好处的。”

“啥好处?”梅子问。

“她是在给奶粉厂家搞推销呢！每推销一份，厂家就会给她一份‘好处’费。”那婆婆说，“你们还不知道吧？差不多每个宝宝喝过一种奶粉后，她（他）就会拒绝喝另外一种奶粉。于是，父母们在他们的整个喝奶期间一般就会只买同一种奶粉。你们想想啊，一个孩子，特别是不喝母乳的孩子按喝到一岁的奶粉算，他们家得投入多少钱来买奶粉，而且是同一种牌子的奶粉。这样，奶粉厂家又该有多少利润进账。所以，很多厂家都喜欢在医院里找护士帮忙，然后在新生宝宝父母的不知不觉中推销奶粉……”

“哦，原来这个社会还有这样的事情啊……”梅子无言……

## 第六十二章　小贝名字的由来

梅子生孩子恰巧赶上了国庆与中秋的双节放假时间。

一得到梅子已经生产的消息，当天，梅子的父母就与在华城的大妹商量去看望梅子和孩子。

“叫弟弟与小妹回去看家，老爸老妈你们俩就和我们一起去姐姐那就可以了嘛。”大妹在电话里对父母说。

“这倒是个不错的主意。我们先去，他们以后找时间再去吧。”父母在电话那头点头赞成……

商量过后，正在华城读大学的梅子弟弟和小妹就回涟城照顾家里父母开的小超市和家里的那一大群鸡鸭，而梅子父母就与梅子大妹一家一起去中州看望梅子及新生的小宝贝。

家里的行动是非常快速的。晚上坐了近一千千米的火车，他们不顾晚上的劳顿，在梅子生产后的第二天的上午不到十点，父母与大妹全家就都来到了梅子所住的医院病房。

父母给梅子带来了两百多个鸡蛋，说是给她在月子里补充营养的。本来想带些鸡的，但是火车上带鸡极不方便。父母与大妹还给刚出生的孩子买了好多漂亮的小衣服……

“小妹妹好小好小啊，但又好漂亮好可爱哦。”大妹四岁的孩子小靓看见正在婴儿床上睁开眼睛四处张望的“小不点”说。

“妹妹刚出生啊，当然好小啦！”大妹爱怜地看了一眼小靓，她想到了小靓刚出生那会儿也是这么小这么可爱的样子，“你出生时也和妹妹一样漂亮可爱呢！”

“我当然漂亮的，要不你们怎么叫我小靓呢！”小靓自信地说，说话时就像大人的口气。大伙都被他的说话逗笑了。

“妹妹很喜欢你哦，小靓，你看，她正睁开小眼睛看着你呢，你们刚来之前可都是在呼呼大睡的。她现在可是正在以她的方式迎接你们的到来哦。”半躺在床上的梅子微笑着对小靓说，“妹妹还没有名字哦，你给妹妹起个名字吧？”

梅子本想下床或坐起来的，但亲人们都不允许，说她必须在床上多躺，有利于身体的恢复。

“好啊！”听了梅子的话，小靓坐在病床边的小凳上托腮做沉思状。大伙都在旁边兴致勃勃地瞧着他。

那时，梅子母亲已经从婴儿床上把孩子抱了起来放在她怀里，正在“宝贝，宝贝”地叫着。然后，孩子又传到了梅子父亲的怀里，他的嘴里也不约而同地叫着“宝贝”……

“外公外婆刚叫妹妹宝贝呢，那我们就叫妹妹小宝或小贝吧！”灵感突然来了，小靓兴奋地说。

“但是，你们幼儿园不是已经有一个小朋友叫小宝吗？”大妹和妹夫在一边异口同声地提醒。

“对，对，那妹妹就叫小贝吧！”小靓站起身举起双手挥了一下拳头，好像自己做了一件重大的事情，完成了一项伟大的任务。

“谢谢小靓给妹妹起了名字！是我们今天的大功臣，一会儿姨夫带你去买玩具，吃好吃的哦！”剑在一边笑呵呵地说。

“小事一桩啦，嘿嘿！”又是大人的口吻，但那时，小靓却用一只手拉着大妹的手，另一只手拽住大妹的衣角，把头也靠到了大妹的身上……

父母与大妹一家来到时，虽然剑也在同一个医院住院，胃还在难受着，可是他却要梅子向家里人隐瞒了他的情况。父母与大妹一家待在中州的那两天里，他白天都是全程陪伴，到了晚上，等他把一切安排好，父母与大妹一家在宾馆休息后，他才回到他的病房开始打针……

梅子与孩子在医院里住了一个星期，剑也在医院里住了一个星期。第七天上午出院回到单身楼时，剑特意去买了一挂鞭炮在院子里燃放了。

那大红的鞭炮震得满天响！

## 第六十三章　坐月子

“梅子，今天给你做鸡蛋疙瘩汤喝吧？”婆婆接过刚喂过奶的小贝说。

“妈，我不想喝疙瘩汤，要不您就帮我把鸡蛋打好，里面再加些面粉做汤喝吧！”梅子把身上的衣服整理了一下，“对了，妈，您再给我炒盘青菜就好，天天吃肉食我都不想吃了。”

喂过小贝奶后，梅子胸前的衣服全湿透了。

梅子知道，婆婆每次盛汤时都是把稠的盛给梅子，而她和剑却是喝稀的。

出院后，梅子与剑和孩子小贝仍然住在单身楼二楼那间他们做新房的房子里，而梅子婆婆却是借住在单身楼三楼的一间房子里。这间房子除了婆婆住，还兼做梅子他们一家的厨房。

在月子里的每一天，婆婆做完饭菜后，都是把饭菜端到二楼梅子住的房间里，梅子吃完后，婆婆又不厌其烦地把饭碗拿到三楼清洗。

在月子里，婆婆不许梅子洗头洗澡，也不许梅子碰冷水。

“一个星期还可以坚持，一个月不洗头洗澡，谁受得了啊！”梅子郁闷地说。

“受不了也要受的。你要是不听话，受苦的是你自己呢。”婆婆好心劝说。

月子里不洗头不洗澡，这好像是中国人的经典传统。

梅子对婆婆的话将信将疑。不能洗澡，就每天用热毛巾擦身子，用热水泡脚。但不能洗头就只能忍着了。好几次，梅子差点忍不住头上越来越多的油腻，就去洗头了，但后来又在婆婆的劝说下最终忍了下来。因为婆婆对她以身说教了。

“我现在天天头疼，就是坐月子时落下来的病根。”那一天，在梅子又想洗头时婆婆对她说。

“那时，我和你一样年轻不懂事，而且性子比你还犟，总以为老辈传下来的都是靠不住的老传统老思想。”婆婆微笑着看了看梅子，然后说，“比如，大人们都说女子不能爬树，可是我偏偏要去爬树，而且还比男孩子爬得快、爬得高。每年榆树长叶或桑葚成熟时，我们家的榆树叶和桑葚都是我爬树采摘下来的。”

“您年轻时好厉害啊！”梅子打断婆婆的话说，那时，婆婆在梅子心目中的形象又高大了些。

“呵呵，我现在一样能爬树的，只是没年轻时利索罢了。”婆婆缕缕微笑着讲她的故事，“结婚后，我生下了剑，老人说，月子里不能洗头，我坚持了半个月，可是最后我忍受不了就洗了。洗完后我觉得头特别轻松清爽。可是到了晚上，我就觉得头特别沉重，而且额头好烫……从那以后，我的头见风就疼，在七八月的热天也一样……”

“妈，洗头有这么严重吗？可能是你头发没及时擦干着凉了……”梅子分析说。

“不管怎么样，还是注意点好嘛，免得留下不必要的病根！”婆婆最后说。

“好吧，不洗就不洗。”在婆婆的监督下，梅子硬是坚持了一个月才洗头。那天，是梅子生产后的第三十天，征得婆婆的同意后，梅子就骑自行车去了厂里的免费澡堂痛痛快快地洗头洗澡了……

可是，也许是因为一个多月没骑自行车了，也许是生产后身体还没完全恢复好，总之，骑自行车的梅子感觉全身都轻飘飘的，要不是她提着神，她会好几次从自行车上摔落下来……

“快不要再剪了。在月子里剪了指甲不好！”还在月子里时，一天，梅子正在剪指甲，婆婆看见了，她赶紧阻止梅子的行为。

“我的指甲好长了呢，好久没剪了。”梅子虽然疑惑，但还是听话地放下了手中的剪刀，“妈，在月子里剪指甲为什么不好？”

“这也是老辈的传统呢。”婆婆说，“说是在月子里剪指甲会得剪刀风，会短寿的。”

“在月子里剪指甲就会短寿，这怎么可能哦。”梅子这回可不信了。说在月子里洗头有可能得月子病梅子还有点相信，那是因为洗头有可能会受凉感冒，特别是在寒冬腊月，又没有空调、暖气的时候。

“信不信由你。听说剑的奶奶，也就我婆婆就是因为在月子里剪了指甲，才早早就没了的。”婆婆说。

“指甲几天就长长了呢。指甲长时容易藏污纳垢，如果喂奶时没有洗手可能会影响到小贝的健康，同时又有可能划伤小贝的小脸或小手。我不信那个，妈，我还是要剪了。不剪，太长了还难受，我留短指甲习惯了。”说完，梅子又拿着剪刀剪起指甲来。

婆婆只好在一边无可奈何地看着梅子……

在月子里，婆婆还要梅子少吃蔬菜水果，多吃荤菜和鸡蛋，说是会影响奶水的量。要是天天吃蔬菜和水果还可以，天天吃荤菜和鸡蛋让梅子怎么能受得了呢？而且怎么能满足小贝每天的营养呢？所以，梅子不听婆婆的，还是让她每顿给她炒盘青菜，平时苹果梨子等水果照吃……

# 第六十四章　小贝住院

出院后，剑就又上班去了，一个月的护理假他只休了一个星期，这还包括他自己的住院时间。单位只知道他老婆梅子生孩子了，而不知道他也因为胃炎住院了。

“有妈照顾你和小贝呢，我在家什么事也不用做，倒不如去上班哦。”剑说。

梅子说他太敬业了。

“剑，你快过来看看，小贝的脸色怎么越来越黄了呢？”那天，梅子喂完小贝后看见她的脸色没有原来红润了，于是心急地叫剑过来看。

“真的比原来黄了！一会儿问问妈有事没！”剑看过之后，心也有些急，但他毕竟是男子汉，处事比梅子要稳当多了。

“妈哪去了呢？”剑又询问。

“应该是给小贝洗尿布片去了。”梅子回答。

这是小贝出生后的第十天。

“妈，小贝的脸色比原来要黄了，要不要紧呢？”当婆婆给小贝洗完尿布片进屋后，梅子赶紧问她。

“这是婴儿黄疸。婴儿生出来后一般都会有的。”婆婆放下手中的满盆尿布片，看了看小贝说。

“黄疸吗？我怎么没听说过呢？严不严重？会不会影响小贝健康呢？”一听婆婆说“黄疸”这个新名词，梅子提出了连珠串的问题。

“一般的孩子得了黄疸都会自行消退的。农村的许多当父母的都不管它。这几天给小贝多喂点水，观察观察看看。”婆婆安慰着梅子。

“好吧，我们再观察一下，要是再严重就得去医院了。”梅子无奈地说。

太阳升起又落下，时间在一天一天艰难地过，犹如一只老态龙钟的蜗牛。

五天后，梅子发现小贝的脸比原来更黄了，这回梅子急了：“老公，我们带孩子去医院看看吧？你看她的脸差不多全黄了。”

“好吧，明天正好是周六，我和妈带小贝去看看。你身体还没恢复好，就在家休息吧！”剑用手轻轻地摸了摸熟睡中的小贝的脸，然后对梅子说。

“我怎么能不去呢？要是小贝饿了怎么办？你们又没得奶给她喝。她会哭个不停的，何况去医院来回还得三四个小时呢。”梅子说。

“可你身体……”剑还想说服梅子不要去医院。

“孩子的身体才要紧呢，我的身体算什么，何况我是大人，抵抗能力肯定比小贝强。”梅子坚决要和剑同去医院……

第二天，梅子和剑把小贝带到了梅子原来生孩子的妇产科。妇产科的医生看了看小贝的情况后，要梅子他们去小儿科。梅子他们又来到了小儿科。剑还特意找了一个专家。

“你们孩子的黄疸不是太严重，回家继续给她多喂些水喝，晒晒太阳。”专家看了看小贝的情况说，“这些天还多观察，满月后要是还没好就带来医院复查……”

“你看，医生都说不严重呢，你太担心了。”从专家那出来后，剑笑着对梅子说。

“你别掉以轻心了，医生只是说现在不太严重呢，以后我们还得密切观察。我真希望小贝没事呢！”从专家那出来后，梅子几天来一直悬着的心才稍微放下了一点点。

“老公，可是我们的房间是在北边，一天到晚太阳光很少呢，怎么办！”过了一会儿，梅子突然问剑。

“妈的房子不是在南边吗？每天把小贝抱她那屋去晒太阳。”剑说。

“对哦，我居然没想到……”梅子拍拍自己的脑袋说。

每天数着手指头过，半个月也悄悄地过去了。

满月了，艰难的月子终于过完了。

那天梅子第一次抱着小贝上三楼婆婆住的房间。那时正是早晨阳光明媚的时候，秋天的阳光和煦地透过窗户照射进了房间。

梅子把小贝抱到阳光下……

“妈，您快过来看，小贝的脸怎么这么黄了?”看见阳光下小贝的小黄脸，梅子的心跳一下加快了。

她每天都会查看小贝的全身几回的，可从没觉得有这么黄。也许是有阳光看得特别清楚的缘故。

“我早几天前就想和你说的，但是一想你还在月子里呢，就没说了……”婆婆说。

“妈，您怎么能这样……”梅子心里难过极了。

接着，梅子又看了小贝身上的其他地方，发现小贝的上身，还有小脚，都黄了……

“老公，小贝全身都快黄了，你快回来吧，我们得赶紧带她去医院!”梅子打电话给正在上班的剑。

“你别急啊！我马上向领导请假，你准备好东西在家等我就是了。”剑一听梅子说，心里也急了。工作虽然重要，可是孩子在他心里占有更重要的位置。

“我们去中州最好的人民医院吧?”一回来，剑就对梅子说，“我已经联系好了车子在门口等着。”剑做事总是那么的高效率。

“那走吧，我们也已经准备好了。”梅子抱起在床上熟睡的孩子对剑说，“你拿着那包，里面大多都是孩子用的尿布片和纸巾。”

“妈也和我们一起去吗?”剑背起包问。

“妈和我们一起去。她刚上楼了，我们在楼梯口叫一下她就可以了。”梅子答。

在中州人们口碑中最好的人民医院儿科专家那里，那个儿科老专家大约六十岁，她戴着一副老花眼镜，听说是退休后返聘过来的，她只看了一眼小贝的脸，然后把小贝的衣服扣子解开看了看，再把小贝的袜子脱掉瞧了瞧……

她的脸一直都是笑容可掬的弥勒佛模样，她不开口，梅子从她脸上看不出任何小贝的情况。

不知道过了多久，终于，老专家用手推了推她的老花镜，对梅子说："马上住院治疗，她的黄疸是病理性的，而且全身都有了。再不治疗说不定将来她就变傻了。"

"孩子会变傻，有那么严重吗？"听到这话，梅子倒觉得自己变傻了——应该说是吓傻了。

于是，那老专家就给梅子他们讲了许多关于孩子黄疸严重的危害性。比如黄疸最严重时可造成小儿畸形或脑瘫……梅子越听心里就越担心孩子的安危，最后，她居然不自觉地流下了自责和担心的眼泪。她确实自责，自责自己没有照顾好孩子。

"不要流眼泪了，带孩子去住院吧！"接着，那老专家递给剑一张住院单……

"孩子哭得太厉害了，声音都变哑了呢！要不把她抱出来算了吧？"婆婆实在看不下去小贝那么伤心地哭了。

"抱出来效果就不好了，孩子哭哭没事的。"护士说，"你们可以用手轻轻拍拍她，给她点安慰。"

治疗黄疸的蓝光箱内很硬，小贝在里面躺着肯定好难受，何况她除了眼睛和下身被黑布遮住外，全身都是光着的。医生说小儿黄疸在蓝光箱内治疗好得快。可是梅子没想到小贝在里面那么哭个不停。

小贝哭，梅子也跟着在旁边流着眼泪，她一直在心里自责着自己。而剑与梅子婆婆也难过地坐在病床边。

除了每天照蓝光，小贝每天还要打三四个小时的点滴。她小手上的血管很细，而且又怕她乱动，护士就在她的头上剃了一些头发，在她头上扎针。

"这孩子真是受罪……"婆婆看着护士往小贝头上扎针，不忍地说。而看着小贝被针扎得哇哇哭，梅子的眼泪又不自觉地流了下来……

只要小贝从蓝光箱内出来，或她扎针时，梅子都是紧紧地抱着她……

小贝住的病房有两个病床。除了小贝外，另外的病床住的是一个刚出生的婴儿，那婴儿天天都在吸着氧气……

没有陪护休息的地方，剑就从外面租了一个小铁床放在旁边让梅子婆婆休息，而他自己却只在感觉累极了时，趴在梅子和小贝躺的病床床沿休息一下……

小贝每天在蓝光箱内待几个小时，然后再打几个小时的针……这样重复着在医院待了六天后，医生说小贝的黄疸已经消退得差不多了，到第七天，小贝已经不用进蓝光箱了，征得医生同意，剑就给小贝办了出院手续……

## 第六十五章　一贴良药

自从来到梅子他们这边，梅子婆婆就住在梅子他们住的单身楼三楼的一个借来的房间。

“你们这楼的楼梯太高，太难爬了。”一天，婆婆对正在给小贝喂奶的梅子说。那时，小贝还没满月。

“妈，那您慢点下楼梯，也许就会好点的。”梅子说，但转念一想，她又问婆婆，“妈，您是不是经常腿疼呢?”

“是啊，我的腿疼都十多年了呢。”婆婆无奈地回答。

“你怎么知道我有腿疼的呢？剑告诉你了吗?”一会儿，婆婆又充满疑惑地问梅子。

“剑从没和我说过的。不过我妈也一直腿疼呢，和您一样好多年了，一直治不好。”梅子微笑着说。

“就是，我也治了，用了好多的药方子，可就是好不了。平时坐着不动还好，可一动就疼。还有，最主要的就是不能上下楼梯，上楼梯还好点，下楼梯，每步都是钻心的疼。你们要是住在一楼就好了。”婆婆表情又无奈地说，“女人一过四十啊，身体就大不如前了，有病了也难治脱根……”

“老公，咱们去市区的大药房给妈买贴治疗腿疼的药吧？她一直说腿疼的，连三楼都难爬难下呢。”出了月子后，一天，梅子对剑说。

“没问题，这个周末我们就去买。”剑爽快地答应了。他一直都是一个孝顺的好儿子。

“要买咱们就买最好的。”在市区一家大型药房，梅子听了导购员的各种介绍后，对剑说。

“好，咱们给妈买最好的药。”剑满口同意。

最后，挑来挑去，梅子与剑挑中了西藏的一种由中草药制成的膏药，那也是同类药里价钱最贵的。当看到它时，梅子与剑毫不犹豫地选中了它，并买回了一个疗程。

自把膏药交给婆婆后，婆婆每天都按要求贴它，梅子也有意监督她用药。

“妈，您今天贴药了吗？”这句话，梅子每天都会问她婆婆。

“这膏药一贴上去就舒服极了，还解疼。”贴上一贴后，婆婆就高兴地对梅子说。

“这膏药挺不错的。”到第二天，婆婆就说她上楼梯时腿居然不疼了……

“这难道真是灵丹妙药？”梅子和剑高兴极了，他们要婆婆坚持用完一个疗程。

一个疗程完毕后，婆婆说她能随便上下楼梯了……

梅子与剑对掌欢呼——他俩在药房随意买了一贴药，居然治好了困扰老妈十多年的疑难病症，为她减去了疼痛。

第二年“五一”，剑的姨夫来云台山旅游，一辈子从没爬过高山的梅子婆婆，居然陪他们爬上了几千米高的茱萸峰峰顶。要是再回过去一年，这样的事情婆婆是想也不敢想的。

那年回老家，婆婆就到处讲是梅子的一贴膏药把她多年的腿疼病给完全治好了，并尽说梅子的好。

梅子成了大功臣。

剑老家有好多和梅子婆婆一样被腿疼困扰了多年的父老乡亲，一听说梅子的一贴药就把婆婆的老病治好了，他们都打电话来求“良药”。

可是，药给他们寄回去了，他们也按疗程用了，对他们却一点疗效也没有。

“这就奇怪了……”梅子纳闷极了。

# 第六十六章　母亲的天性

梅子与剑在单身楼小窝内的双人床是由两张单人床拼起来的，这也曾经是他们结婚时的新订单。自从医院返回他们所谓的“家”后，每天，剑与梅子就睡床的两边，而孩子小贝就睡他们的中间。

“咱们给小贝买个小床吧，让她平时单独睡觉，好不?”一天吃饭时，梅子对剑说。那时，他们出院后还没几天。

“你们的房间就这么丁点大，再放张小床不是连转身的空间都没了吗?”剑还没搭话，婆婆就已经在一旁劝说。

“我怕我和剑晚上睡觉不老实，不小心压着小贝了。”梅子爱怜地看了一眼熟睡中的小贝说。

“我都带了三个孩子，三个孩子晚上都是与我们大人一起睡过来的，不都是挺好的嘛!”婆婆又劝说，“你们自个儿晚上多注意一下，不要睡那么熟就可以了。”

“平时你和我晚上睡觉一般都不会乱动，你担心我们压着小贝，那你和小贝睡一头，我睡另外一头，就好了，那样位置大，也省得小贝睡小床后，你晚上给小贝喂奶或换尿布片时，还得起床走来走去的，特麻烦。”剑顺着他母亲的意思说了下去。

在婆婆与剑的劝说下，给小贝买张小床让她单独睡的想法就此搁下了。

说实话，不管怎么说，梅子还是很担心他和剑晚上不小心会压着小贝，因为她从网上看到过确实有糊涂的父母在晚上熟睡时，把幼小的孩子压着然后造成了意想不到的惨剧。然后，为了小心起见，也防止万一，她每晚都把小贝换到了边上，她睡中间：小贝还小，不会翻身乱动，她相信她不会掉床下去。

剑每天晚上睡觉都挺沉，梅子以前睡觉也很沉，但自从有了小贝后，只要听到小贝一点声音，她都会从睡梦中醒过来，而剑晚上不管小贝哭闹，除非声音特大，他居然一点反应也没有，不管不顾地依然睡他的踏实觉，做他的香甜美梦。

在梅子的精心照料下，小贝一天到晚都很少哭闹，因为她想尿想拉，或尿了拉了，困了饿了……这些情况梅子都掌握得一清二楚。单身楼的左右两边，楼上楼下都住满了人，可是很少有人知道二楼的某个房间住着一个刚出生的婴儿。

“亲爱的，你把小贝带得真好！”一天，剑从公共水房打了一桶水回来，然后坐在床边，对梅子说，然后，拉着正在吃奶的小贝小手亲了亲。

“为什么突然发这样的感慨？”梅子不以为然地问。

“刚才在水房时，隔壁几个房间的兄弟都在说我们家的小贝很乖，晚上睡觉很安静，一点也没吵着他们呢。说以前你怀孕时，他们还特担心我们家的小贝出生后影响他们休息。”剑又站起身来在梅子脸颊上轻吻了一下，“不管白天还是晚上我都很少操心小贝的事情，这不都是你的功劳嘛，只是你辛苦了。”

“我就是担心小贝吵着他们了啊，也害怕吵着你了，你白天要上班，晚上睡不好白天没精神怎么行呢！所以只要她有点风吹草动的不适，我都帮她解决了。孩子嘛，她只要舒服，她就会很安静，甚至只管睡觉的。特别是三个月内的婴儿。”梅子说。

给小贝喂奶时，梅子一般都是躺着给她喂的，因为这样，小贝舒服，她也没那么累。那晚，她给小贝放床的中间喂完奶后，因为实在太累，就偷懒没有把她挪到边上了。

“老公，你干吗呢！”那天晚上，梅子正在睡梦中，突然感觉小贝有危险了——有东西要压着小贝了——她的一只手一伸，居然是剑在翻身，她挡住的是剑的腿……她挺后悔因为自己的一时偷懒没把小贝挪位置了。这次，如果要是剑的腿压着小贝了，后果将不堪设想。世上没有后悔药哦，以后还是不要大意了。那会儿，梅子觉得自己的心都快跳出来了。

“老公，老公……大坏蛋，你醒来……”安慰了一会儿小贝后，梅子从床上坐起来拍了拍剑的身子。

“怎么啦，老婆，小贝不舒服吗?”剑迷迷糊糊地问。

“你才不舒服呢！你的腿刚差点压着小贝了。”梅子没好气地说。

“没压着吧?”一听小贝有事，剑一下全醒过来了。

“压着了那还了得！压着了小贝现在就不是在睡觉了……”梅子哭笑不得。

“好了，以后我不翻身了。”剑保证。

“晚上睡着了你翻不翻身自己能控制住吗?”梅子不相信地问。

“这，我努力……这样吧，亲爱的，我明天去物业找张小床放边上吧。你和小贝睡大床，我睡小床。咱们房间挤点就挤点了。”剑说。

“你终于想通了……”梅子说。

“为了孩子嘛!”剑不好意思地笑了笑，“其实我早就有了这个想法的。只是你和小贝一起睡，你也要小心别压着她了。”

“你放心好了，我是当母亲的，而且是个有责任心的母亲，母亲有保护自己孩子的天性……”

第二天，剑真的从物业那弄了张小床放在了大床边上，那小床还比“大床”低几公分，长度还是一样的。

从此，剑每天晚上就睡在那小床上。他再怎么翻身也压不着小贝了……

# 第六十七章　小妹

剑的妹妹雪梅要结婚了，梅子婆婆不得不返回老家去给雪梅筹办婚礼。

那时，小贝还不到三个月。而剑要上班，于是，梅子不仅要照顾小贝，还要做饭菜，为了减少剑的负担，梅子甚至在小贝睡觉时把小贝的衣服与尿布片也全洗了。

婆婆还没回老家时，至少饭菜不用梅子操心，还有，小贝的衣服与尿布片也差不多是由婆婆洗的，梅子只是洗了其中的一小部分而已。这回好了，婆婆一走，重担全压到了梅子身上。

以前，婆婆在时，如果晚上没休息好，梅子还能在白天休息一会儿，婆婆走了，梅子一刻也得不到休息了，只有在晚上，小贝睡了的时候她才能睡会。随着日夜轮转，小贝越来越大，她一天睡觉的时间也越来越少。只要小贝不睡，梅子就得陪她玩，要不，她就会在床上哼哼唧唧个不停。

这样日复一日，梅子觉得自己快崩溃了。一个人带孩子真累啊！

“姐，我来看你和小贝吧？”一天下午，梅子的小妹盈子打来电话。读大四快毕业的她那个时候正放寒假。

“好啊，你过来吧！我和小贝非常欢迎你！”一听说小妹要来他们这边，梅子高兴极了——她正想找个人帮忙带带孩子呢，小妹居然自荐过来了，真是天意哦。

“小妹，你过来吧，你过来正好可以帮帮你姐，她一个人带小贝都快累坏了。而我要上班，不能帮她什么忙。”剑也在一边高兴地说。

“那我就坐今天晚上的火车过去吧，正好有同学是你们那的，可以做伴。”盈子在电话那边说。

“越快越好啊！”梅子回答。

第二天上午，盈子就到达了梅子他们的住所。

盈子一来，梅子又变得轻松了：小贝哭了有人抱；尿布片脏了能及时洗；到了吃饭时间有人做饭……甚至，盈子把剑的活也包了，那就是婆婆走后，剑下班后去菜市场买菜的活。

因为不用操心尿布片与饭菜的事，梅子白天也能抽空休息一会儿了。

“小妹真是我们的大救星！”剑有感而发。

盈子有一手的好厨艺。

“梅子做的饭菜很好，但小妹的饭菜比梅子做的略胜一筹！”那天，盈子煲了一个冬瓜排骨汤后，剑吃了赞不绝口。

“姐，小贝都已经满一百天了，肯定能笑出声了嘛！你怎么不让她笑呢？”

“我不知道用什么法子才能让她那么大声地笑。”

“姐，你看，小贝能笑出声了……”

一会儿，不知道盈子用什么方法把小贝逗得“咯咯”笑起来……

“姐，小贝的腿好有劲哦，我们让她蹦起来吧？”

“这么小的孩子能蹦吗？小心把她的小腿蹦坏了。”

“怎么不能蹦呢？不让她蹦久了就是。让她锻炼锻炼筋骨有好处的。”

“好吧，看你能不能让她蹦起来。”

“姐，你看，小贝能在我腿上蹦起来了，还蹦得挺高呢……”

小妹盈子非常勤快。她不是带小贝玩，就是帮梅子干家务活。梅子喜欢，剑也非常喜欢。

“我们包饺子吃吧？”过年时，盈子提议。

“你会不会包呢？我和你姐是不会包的，要不我去超市买回来煮煮吃就可以了。”

“不会可以学着包嘛！”

那年的年夜饭，是梅子与剑，还有盈子三个人一起擀面，包的香菇肉馅的饺子，不过，每个饺子大小不一，有的个头都快赶上早餐店里出售的菜饺了。但是那顿年夜饭他们三个却吃得津津有味。特别是把自己包的饺子吃了个精光。

自小妹盈子来到梅子家，晚上休息时，剑就住到了三楼原来梅子婆婆住的那间房，而盈子却睡到了剑原来睡的小床上。

原来每个晚上，剑只是睡他的呼呼大觉，很少帮梅子处理小贝的事情。可是盈子一来，盈子比梅子还操心小贝的事情。

每天晚上，不管小贝哪个时候哼唧一声，盈子都会立刻爬起来，首先摸摸小贝的尿布片是不是尿湿了，如若是，她就帮她把尿布片换了，如果不是，她就给小贝把尿，把完尿后，如果到了吃奶的时间，她就推醒梅子要她给小贝喂奶，如果不是喂奶时间，她就轻轻地哄着小贝睡了。小贝还真听盈子哄，每次尿完后，只要轻轻地拍拍她，她定会接着睡。如果只是换换尿布片，只要一换完，她马上就不哼唧了，而且很快睡着……

除夕那天晚上，因为小贝要睡觉，吃完年夜饭后，梅子与盈子早早地从三楼房间下来了，只留着剑一个人在那看春节联欢晚会。

安顿好小贝后，因为时间还早，两人又没睡意，于是，梅子与盈子就聊起了天。刚开始她们东聊聊，西聊聊，没有一个固定的话题，最后，梅子主动问起了盈子的终身大事。

“听小弟说你在学校谈恋爱了?”梅子试探着问。

“是啊，姐，我也正想和你说这事呢!”盈子自然地接过话题。

“他是你同学吗? 家是哪的?”梅子问。

“他不是我同学，是我去年暑假在华城一个公司那打暑期工时认识的那公司里的一个高管，他前年毕业于某大学。他老家在陕北，离这很远的。”盈子答。

“那你是什么打算?”梅子又问。

“姐，说实话，他一直想回他陕北去。而我却真希望他能留华城。我现在正是找工作的时候，他要是回他的陕北，难道我到时再放弃工作和他一起回去? 何况那样老爸老妈会极力反对我那样做的。他们觉得你跑到一千千米外的中州都说太远了，一两年才能回家一次，有时还说你这个女儿白养了，当年还担心伤心了很久，要是我再跑到比你还远不止一倍的陕北去，那他们不是会更担心，会更伤心了?”盈子说。

“距离其实不是问题，问题是他一定要对你好。何况以后交通会更发达的。我想老爸老妈最终会理解并同意的。不过，要是他能留华城最好还是留那吧。说实话，我直到现在还在想着要是当年把你姐夫留华城就好了，毕竟到另外一个地方去生活会水土不服，生活习惯也不容易适应。我来中州这么多年了，到现在还没完全适应过来呢。不说其他的，光我这双手，在这一到冬天就特别干燥，每个手指头还经常脱皮。当年在江中时可从没这样过，我的手一直很湿润，连冬天也不用擦润滑油之类的……”梅子说。

“所有的困难我倒是能克服。最主要的就是担心老爸老妈不愿意。”盈子说。

“如果要是你到时一定要跟他回陕北，我肯定不会反对，甚至还会在老爸老妈面前给你说好话。不过，你自己一定要做好准备，陕北的生活习惯和气候条件和我们老家更不相同……”梅子说。

# 第六十八章　蜗居

“住单身楼多好啊，水费、电费、上网费都不要掏钱，一个月省好几百，一年省好几千呢!”有同事说。

“钱是必须省的，但是如果现在有个两居室，我宁愿不省那每月的几百块钱，甚至多掏几百也愿意啊。”梅子的心里很难受，“一个人，或两个人在单身楼确实可以凑合着住，但是，加上一个孩子就不行了。而且，日夜蜗居在这十几平方米的空间里，对孩子的身体成长及个性养成都不好。”

一天傍晚，正是大伙做晚饭的时候，剑去公共水房打水时忘记把房门给关上了，走廊上的油烟味及各种辛辣调料的气味一下肆无忌惮、横冲直撞地布满了整个房间。

“咳，咳……”正在吃奶的小贝张嘴咳嗽了几下，然后接着吃奶。而梅子自己的喉咙里也麻痒难受。

“小贝，先别吃了，妈妈去把门给关了哦，满屋子的油烟味，把你都呛着了呢!”梅子拍了拍怀中正在吃奶的孩子，把奶头从她的嘴里硬拔了出来。小贝不情愿地“哇哇”大哭起来。

把房门关了，可是屋子里已经充满了呛人的不良气味，梅子又不得不一手抱着孩子，一手把窗户打开了。寒冬腊月哦，随着窗户打开的那一瞬间，外面的冷空气又全灌进了房间，梅子和怀中的小贝都冷得打了个哆嗦，她赶紧抱着她挪到了背风处，并用小被子把她裹严实了，只将她露出一个小脸出来吃奶。

听见孩子的哭声，剑赶忙提着水回来了。

“小贝怎么哭了，是不是哪不舒服啊?”他掀开门帘，后脚还没有跨进房间，就问。

“没哪不舒服呢，是我关门影响喂奶了，她不愿意。你下次出门时别忘记关门……”梅子心中有点不高兴地说。

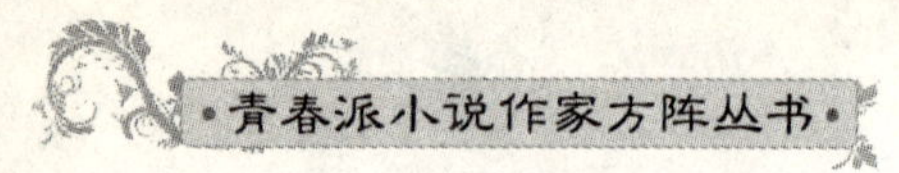


“你怎么又把窗户打开了？不怕把孩子感冒了？”剑放下水后，看到打开的窗户，没等梅子说完又问。

“你听我把话说完再问，好不好？别什么都不分青红皂白的。”梅子这回的脸色有些难看了，她像放机关炮一样快速地说，“你没闻到走廊里的气味全跑到房子里来了吗？把孩子都呛着了呢……”

“好！好！好！别生气，以后我把门关上就行了！”剑好声好气地说。

今天为这个吵吵，明天为那个不高兴……自从生了孩子，梅子与剑的脾气好像都在无形中见长了许多，他们总是为了一些鸡毛蒜皮的小事拌嘴、吵架。不过，还好，他俩总有一个先退出“战场”，使一场场剑拔弩张的口战消弭于萌芽状态或自动偃旗息鼓。但是，虽然这样，日子还是过得磕磕碰碰，没有了原来的安静与平和。

每个月，在企业上班，如果没有外援，再努力，两人的工资奖金加起来也买不上一平方米的房子。何况，结婚，特别是有了孩子之后，这啊那的开销就更加多了起来。

房价在一天天上涨，而工资却没见多。

“照这样下去，何时才能拥有房子哦，何时才能让孩子住上新房，健健康康地成长呢？”作为一家之主，剑的外表看上去非常平静，但是看着自己的孩子在一天天长大，他的内心充满着焦灼与无奈。未来的路真的很茫然。

“难道一辈子就住单身楼了吗？当然不可能。孩子马上都一岁了，我得再努把力，争取让孩子在三岁的时候住进新房。”剑暗暗地在心里给自己定下目标。

在单身楼那狭小的空间里，除了对孩子身心发育不好外，其实还有一点，那就是梅子与剑总感觉自己一直在漂，没有一点“根”的感觉。有家就有根哦。这个“家”，就是有一套完完全全属于自己的房子，而不是在公司单身楼的公寓里暂时能住的房间。虽然这个房间是免费的，在你没有房子之前想住多久就能住多久。

# 第六十九章　钱这东西

“我们的钱真不够花啊，工资何时才能再涨高点呢？”梅子有个同事，两口子一年的工资奖金加起来至少也有9万元至10万元，在他们那个城市的人均收入里也算中等偏上了，可是她却天天在说没有钱。为什么呢？因为她每年给孩子交的补习班的费用就在2.5万元以上。孩子现在还刚上小学二年级呢，要是再大一点……连她自己也不敢想象。

“金钱不是万能的，但没有金钱又是万万不能的。”人们都这么说。

梅子也缺钱。她现在最主要的就是缺钱买房。孩子在一天天长大，她真的不愿意让自己的孩子就这么与她夫妻俩一直蜗居在那十几平方米的空间里，天天吸着油烟味，画个画还得趴在床上，吃个饭也得拿床当凳子，一天到晚还见不着阳光（他们的房间在走廊的背面，一天到晚很少有阳光照射进屋）……

于是，梅子就想向亲朋好友或同事借钱付首付买房。经过多次思虑之后，她先把所有有可能能借钱的名单全列在一张白纸上。

“她家刚买过房，肯定暂时没钱借……”

“他的父亲刚得重病住院了，也可能借不出钱……”

“她上班没多久，又刚结婚呢，也没钱……”

“她家有双胞胎孩子正准备考大学，也会借不出钱的……”

梅子以各种缘由去掉以上这些人员……最后挑来选去，也只剩下那么可怜的几个了。

平时，梅子这个人从来不求人，特别是借钱，除非是万不得已，就像买房。

这次，因为想买房，可是却缺钱，她就把自己豁出去了。

“吴姐好，我是梅子，和您商量个事好吗？”把想说的话在腹内酝酿了好久之后，梅子终于拨通了同事吴的电话。

“哦，是梅子啊，有什么事呢？”电话那头的吴姐嘴里发出了嚼东西的声音，她应该是在边吃东西边和梅子说话。

“吴姐，我最近想买房……”梅子继续小心翼翼地说。

“想买房啊，是好事啊，房子挑哪了呢?”没等梅子说完，吴姐打断了她的话。

“是在解放路上的房子。吴姐……”梅子想继续说出她想向吴姐借钱的事。

“梅子啊，不好意思，我家孩子在喊我……”吴姐又打断了她的话。

“哦，这样啊，吴姐，那您赶紧去吧，孩子要紧!”梅子不得不把要说的话咽下了喉咙。

“那好哦，梅子，就这样啊，我们改天聊，再见!”吴姐快速地说。

“再……”没等梅子说再见，电话那头已经传来了“嘟，嘟……”的声音。

显然，吴姐已经预料到了梅子会提借钱的事情，可是她自己又不愿或没钱借给梅子，为了避免尴尬或影响以后的关系，就想方设法让梅子不要说出借钱的事情，然后以孩子在叫她为借口，快速地结束了通话。

挂上电话后，梅子就把列表上吴姐的名字画上了“叉”……

求助于那些她“精挑细选”出来的同事及亲朋好友，有些当然爽快地答应了，而有些非常的犹豫，有的以各种借口一口回绝了，有的甚至在说话中就不让梅子说出借钱的事，比如上面的梅子同事“吴姐”……个中的酸甜苦辣，相信借过钱的人都能了解。

还有，给梅子印象最深之一的是她的一个女老乡。梅子家和那女老乡家平时回老家或出差回来都会给对方捎点特产什么的，关系还不错。这次想买房，梅子是使出了好大的勇气才向她开口，可她犹豫了好一阵子才说没钱，因为钱都套股票里了，而且他们还在老家刚买了一套房……

虽然所有的人员都是经过“精挑细选”出来的，可梅子一直都是抱着试试的态度。没有钱就不借吧，无所谓啊。可是有天当梅子再碰到那女老乡时，看到女老乡在看见她后就绕道走了。

梅子猜了好半天才想出点道来：“肯定是因为没借钱给我，她不好意思了，心里有点内疚吧……”

其实在她的心里真的没多想什么的——借了是好同事好朋友，没借还是好同事好朋友。每家都有本难念的经。她想得开。也许真如人们所说：朋友与朋友之间，乃至亲人与亲人之间，只要与钱挂上钩，关系也许就变得非常微妙了。

可最近，为了钱，梅子也彷徨起来。有个朋友家里出了点事急需大笔钱，她虽然没对梅子说借钱支援什么的，而梅子却真的好想好想帮助她。可是她自己还正在想方设法地攒钱、向外借钱，想付房子的首付呢！

“把钱借给她，自己的住房梦又遥遥无期了。”面对她，梅子的内疚油然而生，感到很不自然，心里特别难受……

“现在这个样，能帮她吗？能帮的话又有多少呢？从别处借钱帮她？”她真的彷徨了。她有时候想：“自己为什么就不是腰缠万贯的大富翁呢？”

唉，钱这东西！

## 第七十章　机缘巧合

剑姨家有个亲戚是开砖厂的。砖厂的效益很好，有好多亲朋好友都去那砖厂打工帮忙。

一天晚上，剑与在外打工兼做生意的表弟国闲话聊天，他们聊到了许多生活中的无奈，接着又聊到了做生意的问题，然后又聊到了那亲戚所开砖厂正缺原料的问题。

“要不，咱俩合作给他去拉原料吧？”剑不经意地说。

“真的吗，哥？我正有这想法呢，但苦于一个人不好做，而且缺乏成本。你要是愿意，那咱俩合作吧？”电话那头的国兴高采烈地说，“两人合作总比一人单干强。”

“确实是个不错的主意呢！但是那原料的价格、所在地，还有原料如何运输等一系列的问题，我们都还陌生着呢。”剑有些心动，但又有些犹豫地说。

“哥，这个一点也没问题。砖厂的进货价我早已弄清楚了，咱们只要把咱们购进的原料价格搞定就可以了。”国在那边信心十足地说。

“价格没问题，那太好了。至于运输的问题就更好解决了，现在到处都是闲置的货车呢。”剑也给自己提足了信心……

那晚，剑与国越说越来劲。他们在电话里聊了两三个小时，最后确定了由国先与砖厂的老板联系好，然后再由他与剑两人利用周末的时间去周边找原料，及联系运输车辆等种种事宜。

因为有亲戚这一层关系，国与砖厂老板的联系相当顺利。事后不久，剑又借机与老板共进了一次晚餐，表达了希望至诚合作的愿望。

剑了解到，砖厂老板是一个大诗人，曾经出版过两部个人诗集。于是，那天，在一个简约但又不缺乏幽雅的酒店房间里，在弥漫着旋律优美动听的古典音乐声中，剑与国和砖厂老板推杯换盏，聊得非常投机，双方都大有相见恨晚、惺惺相惜的意思。

那天聚餐后，那老板又从多方了解到剑与国是一个诚实守信、靠得住的人之后，就同意了由他俩给他砖厂供其中的一种原料，并让剑与国从此以后叫他“大哥”。

通过几个周末的辛苦摸索与考察，并多处比较之后，也算是机缘巧合，剑与国找到了一处原料基地，因为地方稍偏，其价格比其他地方要略低一筹。

“在运输成本一样的情况下，购进原料价格按吨算，少一块，转卖给砖厂后，一百吨就多出一百块。真是天助我们哦。”剑与国互相击掌祝贺。

“这生意可做。生意人做生意赚的就是小小的这零头呢。”国也高兴极了，好像他与剑俩已经尝到了做生意的甜头一样。

后来，因为自己没车，他俩又想方设法联系上了一些货车专门给他们运货。

接着，为了运营更方便，他们注册了一个小公司。

国主要负责他们的进砖厂车辆货物的接收，而剑主要负责车辆及外部关系的调节……他们的分工很明确。

一切筹备完毕。

刚开始时，他们每天只有一辆或两辆货车给砖厂送料，后来，有跑回程的货车司机主动联系上了剑与国，要求给其拉料。这样，生意就一点一点，慢慢地做大了。

原料的价格低，从而成本就低，利润就会相应增大。因为剑与国的原料供应价格比其他的要偏低，后来，砖厂老板就把那种原料的供应全部包给了他俩，由他俩全权负责供应。

# 第七十一章　挑房

自从有了孩子，加之囊中羞涩，梅子很少去市区看房了。因为有了孩子的牵绊，她甚至连市区都很少去。她天天除了上班，就是在家照顾孩子。

有一天，剑提议梅子去市区看房，说他已经看中了一套房。

“去了还不又是位置不好，或价格高。我不想去呢，不想再浪费时间啦。”梅子拍了拍怀中的孩子，不情愿地说。

“你去吧，这次一定会包你满意。”剑表情神秘地说。

“还卖关子，吊胃口呢？那好吧，我去。如果不满意，你现在就先想好如何补偿我们娘俩就是了。”梅子最后妥协。

虽然那时梅子的心中对房子充满了好奇与期待，但那种好奇与期待被她遏制住了，她没问剑到底看中的房子在哪，她相信他说的不错就是不错，它只期待自己亲自去揭开那一层神秘面纱。

第二天恰好是个周末，剑就领着梅子和孩子去了市区最繁华热闹的地方。然后一个拐弯，接着又一个拐弯之后，从下车后那刻算起不到五分钟的时间，他们来到了一处高楼林立的地方。“这真是一个闹市中间的世外桃源。”这是梅子的第一感慨。

“我们这些房子建立在城市的核心轴上，完全可以说进一百米，满眼都是都市繁华，退一百米，就像是进入了一方安静的田园，生活节奏在几分钟之内得到从容切换。在约半公里的生活半径范围内，有大型商场、超市，有全市的优秀幼儿园、小学、中学，有三级甲等医院，有市区最美丽的公园，还有各种娱乐场所等，完全包揽了全市商业、娱乐、教育等优势资源……”导购员带着梅子他们随走随充满诗情画意地介绍。

“咱们小区，拥有四十米宽阔的楼间距，在房间里，不管是一楼，还是十一楼、二十楼，阳光都非常充足，站在窗户前，社区美景一览无余。在小区的中央，还有个喷水池，当那充满着江南韵味、精致灵动、变幻莫测的水景展现于眼前时，你的心情便会如流水般欢快跳跃起来……”导购员津津有味地述说着，她所说的每一个词，每一句话，都是经过专人指导培训的。

虽然有所夸张，但是导购员所说之处，在梅子看来，都是恰到好处，都说到了她的心坎里。

“最主要的是房子所在小区环境优雅，周边有学校，有医院，更有几家大型超市，这次你没看错，没吊错胃口，这是一个理想的居所。我对它真满意。”梅子兴奋地对剑说。

“离这小区的北门不到 300 处，还有我们单位通勤车的停车点。以后我们上下班也方便的。”剑在梅子耳边悄悄地说。

对梅子一家来说，医疗、娱乐及购物环境在其次，这房子最主要的好处就在于有从幼儿园、小学到初中的良好教育环境，还有上班的便利交通条件。

“有好学校的地方就是好房子。”梅子记得一位朋友这么说过。

他们随房子导购员流连在小区那层出不穷的风景里。

虽然是“学区房”，房价比其他地方要贵些，但是梅子与剑还是狠狠心，按照自己实际，他们选中了一处前后通风，主卧朝阳，一百平方米的小三室房子。

不久，他们用剑挣来的第一桶金——近十万块钱再加上亲人朋友的帮忙付了房子的首付。

“这房子是剑用辛苦汗水换来的。”看着剑头上那一根根白得耀眼的头发，梅子心痛至极。

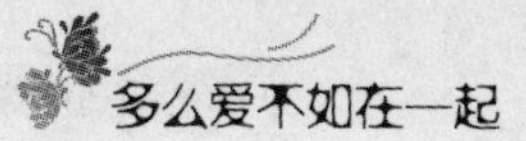


# 第七十二章　装修

付过首付款之后，梅子与剑就准备装修房子了。把所有的活包给装修公司还轻松点，如果要自己选材料、自己监工装修房子那可不是一件轻松的事情。特别是从电视报道里听了一些关于装修公司以次充好、以假乱真，甚至偷工减料、乱收费用的新闻后，他们决定还是辛苦点由自己选材、自己设计，然后请人帮忙装修。

装修房子的第一件事就是砌墙。现在新盖的楼房里面每套房子都只有主体结构，即里面全是空的，房间与房间之间间隔的墙壁都没有。

墙壁都得由房主自己去设计，是有好处的。因为墙壁和其他的装修项目一样，可以按自己的喜好去设计。比如墙壁可以全用厚实的砖头砌起来，这样房间与房间之间的隔音效果可能会好点；还可以选择用砖头或木板混合做成多功能的墙，如把墙做成柜子，柜子可以是封闭型的或开放型的，里面可以按照主人的喜好摆放诸如书、花、酒等各种各样的东西……考虑到家里的老人孩子需要多休息，梅子与剑决定把墙壁用厚实的砖头砌起来，以加强隔音效果。

墙壁搞定了，接着就是请人做“水、电、暖”。做“水、电、暖”就是把房间里的水管、电线、网线、有线电视线、暖气管道等按设计合理分布在地上或墙壁上。在梅子看来，这些管道和线是最难设计与规划的，因为它们是会被全部埋在墙壁里和地上的，一用就得几十年呢，一经设计完工，就很难改变。如果一不小心尺寸设计错了，或预留的位置不对，又或有考虑不周，少设计了些东西，后来的麻烦事就来了。

梅子与剑虽然绞尽了脑汁，开始还以为自己的设计与规划很完美了，但到“水、电、暖”全部完工后，他们发现有至少两个不合理的地方，一是西边卧室的暖气片离门太近了，以致关门时门够不着门吸，这只好返工；二是客厅没安装网线，这是等梅子他们买回网络电视机后才发现的问题。

网线都是埋在墙体里的，在要求工人师傅走外线时，那师傅说："现在很难见到有人家像你们一样把网线放墙外的。"

"都怪自己当时没设计好，考虑不周哦！"梅子有些不好意思地说。放在墙外的网线不很占地方，但特别影响墙的整体美观。

铺好"水、电、暖"，接着就是刷墙壁与天花板。

新小区的新房子交房后，小区边上的墙体或广告牌上都会有装修公司、油漆、木材、管道等各种五花八门的广告；小区的各个门口也会有人员给小区进出的人员散发各种广告和名片，有的甚至打通物业的关系，在小区里直接拉客户；小区里还有一种中介，他们帮客户介绍各种需要的工人，然后从中拿提成……

梅子他们的新房砌墙和铺"水、电、暖"就是在小区里的中介介绍专门的铺水、电暖线路和管道的公司做的。水管、暖气管、暖气片那公司里都有，梅子他们只是按价位选择了一下，当然，他们选择的是最好的。然后他们就把管道和暖气片拿了过来。

"梅子，那些全部埋在墙壁里和地上的，一用就得几十年的东西当然得用最好的，对于那些，我们一点也不能马虎。"剑对梅子说。

"那确实是的，老公，你和我的想法一样。"梅子赞成剑的说法。

后来，电线和网线是梅子亲自去市区的某品牌专卖店里拿的，听说是全国质量最好的品牌。

刷墙壁与天花板最关键的是墙漆。现在的漆牌子五花八门，作用也是眼花缭乱，价格高低更是相差悬殊。在漆的选择上，梅子与剑是纠结了好一阵子的。

"咱们还是买这种吸甲醛的环保型漆吧，老公？"那天，在建材市场转了好久，看了好多品牌，比较又比较了之后，梅子对剑说。

"好的，为了小贝，再贵点也没什么。"剑答应。

其实，他们之所以要在建材市场转，还要选择还要比较，最主要的原因还是他们手头的资金比较紧张。他们希望通过比较，能买到性价比较高的产品。

最后，为了孩子着想，他们选择了一款品牌漆，说是可以自动吸甲醛的环保型漆。这款漆的价格可是普通漆的三倍以上。

刚装修后的新房有许多的健康隐患，其中最大的隐患就是它所含的甲醛会严重超标。

甲醛一般漂浮在地面上一米以内，那不超过一米的孩子不就是最大的受害者吗？听说国内外许多得白血病的孩子都是因为住进了甲醛等超标的新房子。为了孩子，在装修方面多花点钱又算什么呢……

后来铺地板砖，买家具、家电……梅子与剑都是遵循环保的理念去做的，价格的多少倒没有太在意了。

“装修房子真是个无底洞：你有多少就能投入多少。”梅子感慨。

“一套五十万元的房子，你花十万元、五十万元、一百万元，甚至一千万元在里面都可以，就看你用的是什么东西。”在装修前，梅子与剑在向装修公司咨询时，里面的工作人员说。

选装修公司，亲自设计装修风格，选购装修材料，监工，然后是挑选家具……梅子与剑又着着实实地忙了好一阵子。

装修是件苦差事，梅子忙得有时倒床就睡着了。

半年之后，他们顺利搬进新居。至此，他们终于拥有了一套自己的房子。终于实现了剑让孩子在三岁时住上新房的梦想。

进新居的那一天，剑买回来了一万响满天红的鞭炮，在所在的单元楼前燃放了，那震耳欲聋的炮声直冲上云霄……

## 第七十三章　黑发变白发的代价

虽然与亲戚与熟人做生意，很多烦琐的事情都省了。但是，事情并不都是一帆风顺的。

“哥，张老板的车又被交警扣住了。”

“又因为啥事？”

“还不是因为超重了。”

“这张老板也真是的，为了一趟多拉点多挣点钱，他就连安全也不要了。”

“现在的货车不都一样吗？他们为了多装货多挣点钱才半夜出车的呢。他们说白天出车交警多，不能多装货，就挣不了几个钱。”

“可是现在被交警抓了，几千块又进去了……”

“哥，张老板他们也是为了我们的生意才这样的，他想不到交警会在半夜三更出现。张老板的意思是你和那里执勤的李警官熟，他拜托你和李警官联系一下，罚点款算了，能尽快把车子开走最好，要不大货车一搁置在那不开，光一天就会损失几千块的。他说他以后保证不超重了。”

“李警官还在现场吗?”

“在的，你认识的他们的贺队长刚才也来了。”

“好！你叫张老板在现场等着，我和李警官与贺队长联系一下看成不成……”

那天凌晨3点一刻左右，梅子在迷迷糊糊中听到国打电话过来与剑说一辆货车被交警扣下，然后请剑去解围的事。为了不影响梅子与孩子休息，后来剑拿着电话走到另外一个房间里去了，并把房间的门也关上了。家里门和墙的隔音效果还算不错，后来梅子只有在剑的声音提高时才能听到一丁点声音，但很快她就和孩子一样沉睡了。

梅子早晨醒来时剑早已起床在那刷牙洗脸。

“半夜的事处理得怎么样了呢，亲爱的?”梅子挤在洗脸池上一边梳头一边问。

“很顺利……”剑吐掉嘴里的满口牙膏沫沫回答。

又一天半夜，国又打电话来了。

“哥，我们的车被‘地头蛇’吴他们挡在厂门外了。厂前马路上被他们运了几个水泥墩在路中间，货车根本过不去，吴还躺在水泥墩上，说有本事想过去的就从他身上压过去……”

“这么严重啊，大哥今天在厂里吗?”

“他去外地出差没回。”

“大哥曾经和吴他们达成过友好协议，说我们和吴他们井水不犯河水的。

不知道吴他们为啥又来闹事了。看来这件事只有大哥才能摆平。要司机们别急躁，车就先停路边吧，别影响其他车辆通行，天亮后我给大哥汇报这事，要他去处理。你辛苦点晚上就在那协调一下吧。千万别让司机们和吴他们动手哦，要不事情闹大就不好处理了……”

“大哥，您好，不好意思一大早打扰您了……”第二天一大早，剑就给砖厂老板，即大哥打电话问他如何处理“地头蛇”吴用水泥墩堵路的事情。

“这个你放心吧，我马上处理这问题。”大哥了解情况后，就马上给吴的父亲打了电话。之后，吴就接到了他父亲的训斥电话……

接着，不到半个小时，吴就带人把水泥墩挪开，并带着他的同伴灰溜溜地走了……

剑早就听说吴的父亲是当地的村支部书记。而吴那天之所以在半夜摆水泥墩闹事，是因为他头天赌博输光了他自己的差不多所有积蓄，回家后媳妇孩子对他不理不睬，而后又被他父亲大骂一顿，说他不学无术，只知道吃喝嫖赌，以后要他不要再进家门了，说家里没他这号人……

然后“无家可归”的吴就借心中烦闷的情绪去找他的“对头”闹事。剑与国早就成了他心中的对头，因为他憎恨剑与国抢了他的生意，断了他的一些财路。后来剑又了解到在他与国介入砖厂的原料运输前，砖厂差不多所有的原料运输都控制在吴及其朋友的手中，使砖厂的成本一直很高。

为了降低成本，大哥想了很多办法，后来，剑和国的加入使大哥看到了希望。因为剑他们要的原料价格比原来的每吨至少要低十块。每吨少十块钱的成本，对他的不大的砖厂来说每天就节约好几千块了。所以，他想方设法给剑他们创造方便。在结账付款方面更是大开绿灯。

与当地的“地头蛇”周旋，处理货车与交警的关系……这种电话天天都是家常便饭。每当梅子被这电话铃声吵醒，她心里都在想：剑太辛苦了。这钱真的好难赚啊……

有固定的工作，剑周一到周五都要上班，平时他只能抽空打电话协调一下相关事务。一个人要做两个人的事，操心太多，加之周末要来回跑，下班后也很少休息，一年下来，他黑得发亮的头发中间生出了一根根刺眼的白发。梅子每次看见了都很心酸，于是，她就又多了一个“任务”——给剑拔白头发，有时甚至在剑熟睡时，她悄悄地用小剪刀把他的白发给贴根剪了，然后在做饭时给剑尽量做喜欢吃的……

**一根白发的情思**

泛黄的扉页里
童话依然
而艳丽的花朵在心的枝头
慢慢地慢慢地沉默

秋天
那一地的落英
葬在清亮的湖心

柔和安详的初春阳光里
落寞一冬的柳枝
已悄然吐绿

在每个季节的第一缕阳光
探入窗户之前
在你还在梦乡时
我已悄悄地为你
拔掉了那根
可能使你
黯然神伤的白发

（本文引自中国文学博客：http：//www. wenxueboke. cn）

# 第七十四章　财务兼出纳

“对了，梅，你明天没事吧?”一天一大早，剑边洗脸边问旁边也正在洗漱的梅子。

“是啊！有事吗?”梅子扭头问。

“又到结账的时候了。你明天去把账结了吧。然后我们就可以给张老板他们付款了。他们的钱能及时到手，才有动力给我们送货……我今天抽空给大哥打个电话，看明天他是否在厂里……”剑说这话时已经洗完脸，他站在梅子身后顺便把掉在她肩头的几根头发拿起丢进了旁边的垃圾桶。

“没问题的，明天我去。”梅子对他眨了眨眼以表示对他拿掉头发的感谢，然后说。

在剑忙碌的那段时间里，为了减轻剑的负担，梅子成了小公司专门的财务兼出纳人员。

第二天天刚蒙蒙亮，梅子把孩子交给婆婆后，她就带着发票及各种所需的印章往砖厂出发了。砖厂离梅子他们所居住的城市还有近三百千米呢。梅子必须赶早出发，要不，他就不能在十一点前到达砖厂找大哥签字，接着她也不能在天黑前赶回家。

那天，去的时候还算顺利，坐了两个小时的大巴车，然后再转了一趟车，在车上再摇摇摆摆、昏昏入睡一个小时之后，梅子到达了目的地的车站——那里有剑的表弟国开着他的二手面包车在迎接。每次梅子去结账，国都是司机兼保镖。毕竟，每次的结账款数目虽不多，但也在二十万元以上的。梅子犹记得她第一次去结账的情形。

那天，辗转赶到砖厂之后，由国带领找到大哥把结账单签字后，就去财务处领了一张现金支票。大哥是那种儒雅型的，对梅子非常客气，他拿到结账单之后只是用眼睛稍微扫了一下，然后刷刷几下就在结账单上签上了他漂亮的名字……

“这印泥好难干的，你注意别把它弄得到处都是。”财务处的工作人员在给梅子盖上章之后，提醒梅子。

“谢谢提醒哦，我会小心的。”梅子客气地说出了对工作人员的感谢话。

在现金支票上的红印章还没完全干透之前，梅子就在国的保护下来到了银行。

从砖厂到银行也就十来分钟的车程。可是梅子自拿到现金支票那一刻起，她的心一直都是处于紧张状态，十几分钟，就如过了十几个小时，她感觉她的心跳都至少比平常加速了一倍。原因之一在于她第一次接触那么大的现金支票，三十五万元哦。第二个原因在于她害怕一不小心把支票给弄丢了。第三个原因就是害怕有人突然跑出来把支票给抢走了……

因为害怕支票上的红印章被弄得一塌糊涂，梅子既不敢把它夹在本子里，也不敢把它直接放包里，而是一直都用双手小心地拿着它……

银行的现金支票兑换柜台与存储款柜台是分开的，在经过几次核对印章、验证身份后，现金支票兑换柜台给梅子提出了三十五万元的现金，然后问梅子是否要存银行卡，在确定梅子存银行卡后，那工作人员就把所有的现金直接转给了他相邻的存储柜台的工作人员。那工作人员又把所有的现金查点两遍，确认无误以后才给梅子办理相关业务……

对银行工作人员的这种严谨态度，梅子是欣赏至极。当梅子在柜台前办理这一切的事情时，国都是在边上警惕地守护着，俨然一个专业的保镖。

看到梅子存那么多的钱，银行柜台外又有穿银行工作服的人员向梅子介绍一些理财产品，梅子听了一会儿之后就礼貌地拒绝了对方的提议，因为这些钱只在她的账户里过一下，它们都会在十天半月之内转到那些给剑与国的小公司拉货的货车司机或其他相关人员的账户里去。

兑换那么大的现金支票在梅子看来其实是非常麻烦的，而且现金支票转换还要交税。有了第一次的麻烦事件，第二次梅子去结账时，就要求砖厂财务处给不要交税又方便些的转账支票了……

# 第七十五章 “五一”回家

“为方便大家一起相聚，你外婆庆祝八十大寿的时间就定在‘五一’了，时间你们提前安排好……”在小贝三岁那年“五一”前的一个晚上，老妈打电话给梅子。

外婆的生日本来在阳历的六月份，与“五一”相隔一个多月呢。

“你‘五一’期间要值班吗?”与老妈打完电话后，梅子就问正斜躺在沙发上正在看电视的剑。

“五月三日要值班，有事吗?”剑头也不抬地问梅子，电视里正播放着他爱看的节目。

“家里把庆祝外婆八十大寿的时间定在‘五一’了，今年‘五一’我们必须回涟城去，特别是你不能缺席外婆的八十大寿呢，你提前和领导请假吧?”看剑那态度，梅子特意站到他与电视机中间有些不悦地说。

“那几天我们办公室正缺人呢。五月三日应该不能请假了。这样吧，四月三十日晚我们坐车去涟城，正好第二天赶上外婆的八十大寿，五月二日我白天坐车回中州，大约在晚上到家，这完全不影响我五月三日值班，至于你和孩子，没必要和我一起回来，如果能请动假，你和孩子能在涟城多待几天就多待几天。你不是早就想家想父母了嘛，这正好是个好机会。”感觉梅子有些生气的样子，剑坐正了身子，看着梅子说。

“好吧，那就这样说定了。到时你这个工作狂先回，我和孩子在那边多待几天。”一说完，梅子扭头走进了孩子的卧室，那里面孩子正做作业……

四月三十日，剑，梅子，还有他们的孩子小贝三人一起就从中州火车站坐了晚上七点的火车赶往涟城，在五月一日的上午九点，在涟城火车站下车后，他们又去涟城的大商场购买了一些礼品，然后在十点左右，他们就已经到达了涟城的舅家。那时，梅子外婆正在屋里干卫生，而梅子舅舅和梅子爸妈在厨房忙着，梅子舅妈在客厅陪来客聊天。

厨师出身的舅舅决定在家给外婆举办八十大寿的宴会。一是因为舅舅本来就是厨师，做的饭菜顶得上那些星级餐馆的厨师手艺，二是外婆生日只约了差不多三十个亲朋好友，三是在家自己做要节省得多。

那时候，除了梅子爸妈在九点多就到了之外，其他的亲戚朋友还没到几个。

梅子表哥的女儿小佳已经七岁，她正在卧室的床上玩着七巧板。孩子的好奇心都是很大的。小贝看见小佳在玩，她也可想一起去玩，于是小贝脱了鞋子也上床坐在小佳的旁边看着小佳玩。

"妹妹，你想玩七巧板吗?"小佳这孩子很懂事，她抬头看见小贝很想玩七巧板的样子，就主动把七巧板拿给小贝，并教她怎么玩。虽然是第一次见面，但是很快，两个孩子就非常熟悉了。玩腻了七巧板，她们接着开始在床上唱歌跳舞。

亲戚朋友越来越多，到将近十一点时，亲朋好友都快来齐了，那时，舅家不到一百二十平方米的房子里到处都是人，到处都是人声鼎沸。可是小贝和小佳两个孩子只顾自己开心地玩，全然不管屋子里有多吵多闹，也全然不管她俩的玩闹是否会影响大人们的聊天兴致。那时，大妹一家也到了，大妹七岁的孩子小靓是男孩子，他只是安静地与他妈妈坐在床边看两个妹妹玩，平时调皮好动的孩子在那时俨然一个安静乖巧的孩子。

虽然大家都在随便聊着家常，看上去轻松愉快，但是都在回避一个问题，那就是避免提一个人的名字，这个人本来是最不应该缺席当天的宴会的，可是他却偏偏缺席了。这个人就是梅子的表哥。

表哥一直是梅子的偶像，她去上大学的第一天还是表哥与梅子爸爸一起送入校门的。表哥大学毕业后不久就在一家房地产公司任副总经理，几年后他又去了一家外企任代总裁。当他处于人人都羡慕的位置时却出了意外：他居然意外猝死在他租住房子的卫生间。后来经调查，是因为卫生间的煤气泄漏造成的。

十一点半时，表嫂也从外面办完事情过来了，她的头发盘得很干净很清爽，嘴唇上涂了淡淡的玫瑰红，穿着一套淡黄色的西装——整个人看上去很有精神。但是只要仔细观察，她的眼角已经多了几道鱼尾纹，这在笑的时候特别明显，而且，梅子感觉她的笑是刻意装出来的，让人觉得呆板干涩。显然，她还没有从失去表哥的悲痛中走出来，虽然时隔快一年了……

大妹一家及其他的亲朋好友在五月一日参加完外婆的八十大寿宴会之后就全都返回自己家里去了，而梅子一家却在舅家住了一个晚上。第二天的九点多，剑就又坐火车返回了中州，因为他不得不在五月三日到单位值班。送剑上火车后，梅子与孩子小贝就返回了父母家，在涟城一个偏僻山村的家，一个永远温暖又温馨的家。

梅子与小贝一到家，父母亲就特别的开心愉快。

父母亲在家开了一个小小的超市，父母对小贝太宠了，超市成了小贝的天堂。因为只要小贝喜欢吃的东西，不管是酸的、甜的、辣的……父母都给小贝，都随便她吃。小贝像许多孩子一样，特别对冰激凌与麻辣食品感兴趣。每次，小贝都是自己去拿，从来不用经过外公外婆的同意，这是她外公外婆对她的特许权。

真的，梅子觉得父母他们对小贝实在是太宠、太溺爱了，宠得、溺爱得让梅子受不了。父母对小贝的宠溺让梅子明白了隔代亲的特别。也让梅子明白了难怪现在许多人都说现在的孩子都是被爷爷奶奶或外公外婆宠坏的了这种说法。

“妈妈，我们家也开个超市吧?”一天，小贝边吃冰激凌边对梅子说。

“我们家开个超市干什么?”梅子故意问她。

“开个超市我就可以想吃什么就拿什么了啊!”小贝充满向往地说，好像她自己真的拥有了一个超市一样。

“小馋猫，我就知道你的想法是这样的，光知道吃。”梅子在她小巧的鼻子上轻轻刮了一下，“以后不许你随便在外公外婆的超市拿东西了，想拿必须经过我的允许，没允许绝对不能拿了。”

“为什么，妈妈?这是外公外婆愿意给我的。”小贝感觉有些委屈。

“外公外婆愿意，但你妈妈不愿意。”梅子表情严肃地回答。

“因为你随意吃冰激凌，随意吃麻辣的东西，会把肠胃吃坏的，而且容易感冒发烧，又容易上火。”梅子态度坚决，接着问，“你今天吃几个冰激凌了?”

“这才第二个!”小贝噘起她的小嘴巴不以为然地说。

“今天不能再吃了。从明天起，最多两天吃一个冰激凌。记住了，麻辣豆腐和麻辣鱼以后最好别吃了。”梅子瞧了瞧她的小嘴，“你看，你的小嘴唇上都快起泡泡了，你再吃，就得去医院了……”

“好吧，妈妈，以后我听你的！”小贝听话地说。

父母家有一只小兔子，是梅子大妹家的孩子小靓七岁时梅子弟弟送给他的生日礼物。由于在他们家不方便喂养，半个月之后，就带回了梅子父母家。

小贝最喜欢那只小兔子了。自看到小兔子后，一天到晚都是和小兔子玩。每天，她早晨起来的第一件事就是给小兔子喂生的挂面吃。看着小兔子嘎吱嘎吱地吃面条，她居然也学着小兔子吃生面条。她还把小兔子抱到外面草地上去吃青草，晚上睡觉时还要看看小兔子是否睡着了……

“妈妈，回家我们也喂只小兔子吧，好不好？”一天，她抱着小兔子在外面吃完青草后恳请梅子说。

“小贝，你把这兔子抱回家吧！”梅子母亲在旁边说。

“妈妈说了，火车上的叔叔阿姨不允许我带小动物，要不我还真想把它带回家……”小贝摸了摸仍在她怀中的小兔子，眼睛里充满着遗憾……

梅子这次回家，正赶上家里田里插秧。十几亩田，又要抽水到田，又要翻耕，又要撒肥，又要插秧……看着父母那早出晚归、疲倦不堪的样子，梅子和孩子也加入了忙碌的行列。

“妈妈，妈妈，我来提秧吧？”

“宝贝，你能提动不？”

“妈妈，我肯定能！”

“外公外公，秧提过来啦，给您……”

“好的，谢谢小贝，放那吧，外公一会儿来拿……”

“外婆外婆，给，水，外婆喝水……”

“谢谢小贝啦！小贝是个好孩子。”

三岁的小贝不能下田，她就在田埂上跑来跑去，忙得不亦乐乎，她的小鼻子尖上都渗出了细细的汗珠，衣服上也到处都是小泥点。

梅子好久没下田干过活了，记得最后一次下田还是大学毕业那年夏天搞双抢的时候。当时隔五年之后再下田干活，她觉得比以前吃力多了，特别是腰，还没弯几分钟，就已经又疼又酸的了，插秧的速度也是慢极了，而且行与行、列与列之间根本没对齐。

可是旁边的父母，却是脚踩着细碎的步子，快速往后退着，那翠绿的秧苗就像排队的士兵，行列整齐地立在田中了。当梅子与父母在田中忙活时，小贝却在田埂的树荫下聚精会神地看蚂蚁搬食物……

当在田里待了一天，晚上小贝睡着后，因为有感于插秧，思绪联翩般在脑海中翻滚，尽管觉得身体相当疲倦，但梅子怎么也睡不着，于是，起床写下了如下诗篇：

**插秧时节·江南村姑**

泉流潺潺，浓眉样的柳叶在微风中沙沙地响着。

河里的鸭子，在欢快地吵闹。

绿油油的稻田上空，燕子在忙碌个不停，像快剪般利索。

禾苗分行站立，如一排排整齐待检的士兵。

连绵起伏如黛的山峦，像一个个俊朗的小伙子，在默默凝视着前方。

潺潺泉韵在水中一波又一波地泛开。插秧村姑咯咯的笑声漂流在空气中。

那水里后退的细碎脚步，那婀娜的倒影，连岸上最艳丽的花儿也自愧不如，

退避三舍。

那露在阳光和风里的如玉皓腕，那岸边的杨柳、田里的秧苗啊也在行注目礼。

那一转的秋波，令鱼儿也心魂飘荡。

快乐耕耘吧，可爱的江南村姑！

你的痴心的新郎正在丰收的粮仓旁幸福地等待着你。

四季的色彩是你美丽而神圣的嫁衣。

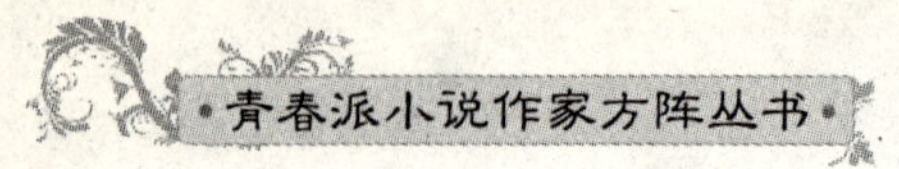



# 第七十六章　梅子日记：亲人来了

某年8月3日　星期日　晴

## 迎接

8月3日一大早，我，老公，孩子小贝就去了火车站。妈妈，大妹，小妹，及七岁的小靓（大妹的孩子）8月2日晚上从江中华城坐火车在今天早上到达了火车站。

10时多一点，当他们出现在我们面前时，最开心的要数孩子小贝了。从她的眼神里我们能看出，要不是栏杆挡着，相信她早会张开双臂扑向了他们。

自“五一”回江中后返家还不到三个月呢，记性很好的小贝当然记得他们，何况她是多么的喜欢他们。她特别记得在她外公外婆家里那只被她天天揪着耳朵玩的小兔子。在平时问她想不想外婆时，她总是连串地带出了江中差不多所有她认识的亲人，其中当然包括了她一个特殊的朋友——小兔子。

小兔子是弟给小靓买的生日礼物。因为怕影响他学习，再加上在城市那四方的空间里喂养不方便，“五一”去乡下时，就顺便带了去，由爸妈全权照管。在爸妈家里住的那半个月，小兔子就成了小贝形影不离的好友。每天一起床，她第一件事就是喂小兔子面条、青草，不下雨的时候还揪着小兔子的耳朵把它拉到外面去吃新鲜的青草……回来后，只要看见我下挂面，她总抢着吃生面条，还边吃边说：“和小兔子一样。”弄得我哭笑不得。

当走过出口那长长的隔栏时，小贝就问她外婆：“小兔子呢?”她外婆笑着说：“小兔子现在变成大兔子啦，都已经4斤多了呢。”小靓也在旁边插嘴说：“你肯定抱不动它了。”小贝不言语了。

在去我家的出租车上，孩子小贝唱了一路的儿歌和背了一车的诗词，而妈妈和小妹（大妹和小靓还有老公在另一车上）则一边给小贝剥从江中老家带过来的花生，一边为她加油，鼓掌……

## 过“生日”

晚上虽然坐的是卧铺车，但肯定没休息好，在饭馆里吃过中饭后，妈妈他们就休息了。

18 时左右，老公把我们带到了一家很有特色的餐馆——七贤庄，同时还带了一个很大很大的蛋糕。因为我三姐妹都是农历 7 月的生日，妈妈说："你们现在要再像小时候一样经常聚到一块很难了。如今好不容易在一起了，那你们姐妹仨就一块过一个生日吧。小贝再过 2 个月也 3 岁了，生日也提前过了吧。"我们都非常赞同。

七贤庄虽是一个餐馆，但别具一格，里面全是园林式设计，有溪流、假山等景观，餐桌就设在花草树丛之间，让人有一种回归大自然的感觉。餐馆自开张以来就一直火暴。当然，地上的花草是真的，而高大支撑在餐桌上的树则是用水泥钢筋浇铸的。树上的花叶不是布做的，就是塑料做的，要不是这样啊，食客就会担心树上的灰尘虫子掉菜里饭里呢。

我们挑了一张在一棵“樱花树”下的桌子。

餐馆有特色，做的饭菜当然也有特色了，不过最有特色的是我们三姐妹头一回一块过生日，小贝又是三岁生日，我们在蛋糕上插了三支蜡烛，我们许了三个心愿……我们仨在全国的三个省市，地理位置成三角形。我们还约定以后每年过生日都一块过，今年在我这，明年在小妹那，后年在大妹那，三年一个轮回，哈，小弟嘛，到时也加入我们中间来啊，虽然他是农历 12 月的生日。以后也得把爸爸拉进来，到时啊，我们全家不是又和小时候一样聚齐了……

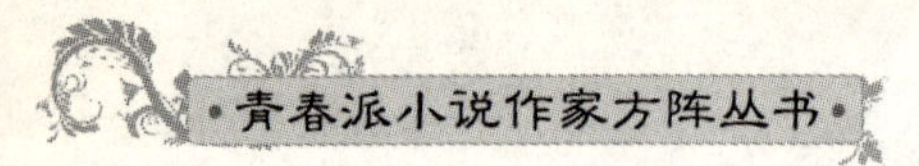


某年8月4日　星期一　晴

## 游红石峡

我们准备4日与5日这两天去游附近太行山里的云台山。

红石峡（温盘峪）位于云台山子房湖南，峡内夏日凉爽宜人，隆冬时也是温度适宜，青草翠绿，鲜花盛开，故称温盘峪。它集泉瀑溪潭涧诸景于一谷，融雄险奇幽诸美于一体，被风景园林专家称赞为“自然界山水精品廊”。

8月4日上午，妹他们磨蹭了好久才出发。他们说，去云台山玩，只是想玩得开心，没必要走马观花般把所有景点都看到。游完云台山所有景点，一般需要两天时间，还必须每天一大早出发，很晚才返程。因为剑工作比较忙，脱不开身，陪同的任务就全交给我了。

我们以前曾去过云台山两次，这次去是第三次了，也算得上半个导游了吧。

第一站去的是红石峡。

之所以称为“红石峡”，是因为峡里面的石头颜色大多是红色的。

虽是阴天，但还是有点燥热。我看到细细的汗珠已从怀里小贝小巧的鼻子上渗出来了。但当我们沿着窄窄的石梯往峡底下时，就觉越来越凉爽。

在峡底，微风吹来。瀑布飞溅起的小水珠洒在脸上，宛若阳春三月一阵和暖之风拂来，舒心极了。小贝和小靓两个孩子都把手臂伸出护栏接水珠……

红色的峭壁上开了许多不知名的各色野花。喜欢花且有点不太安分的小贝看见了手舞足蹈，差点从我怀里蹭脱到地上。好险，还好旁边有位游人把她给托住了。我有点羞愧地谢了那好心人，同时在小贝小 PP 上拍了一下，她一下就变得安静多了。可惜那花太远了，够不着，否则都会成了孩子们手中的装饰品。

因为峡底四季如春，所以当地老百姓又把红石峡称之为“常青谷”。温度和湿度天然适中，加之不缺少阳光的滋润，峡里的野花野草都显得特别有精神。峡里溪流潺潺，溪水清澈见底，小鱼小虫都在自由地追逐嬉戏。由于各处落差大，峡里大小瀑布不断映入眼帘，清脆的响声不绝于耳，再加上石缝里的钟乳石，流出的“不老泉”……让游人们应接不暇，流连忘返。

暗红色的石块，加上从石缝里生长出来的小树、小花、小草，远远看去，那些峭壁就如一块一块彩色的锦缎，让人浮想联翩。那树啊，花啊，草啊，不知道是哪位巧手的姑娘绣上去的，那么编排有致，那么和谐……

在江中的大山里生活了半辈子，见惯了秀丽山水的母亲也对此惊叹不已。

要是有可能，我还真想在里面搭建一座小木屋，种一块小菜地，养一两只小动物，在瀑布下高歌，在溪流旁抚琴……

回家后，因为游红石峡而有感而发，我居然一口气写出了以下的短文，收获不少哦。

## 美丽心愿

亲手搭建一座小木屋，在娴静的山谷里。木屋上爬满牵牛花；木屋前有葡萄架，丁香花沿着篱笆婉然延伸；门前一条清澈见底的小溪潺潺流淌，溪水里的鱼虾在长着青苔的鹅卵石旁悠闲地游弋着，水面上一群白鹅扑扇着翅膀追逐嬉戏；溪边大石头上的百灵鸟在昂首婉转歌唱；木屋背后的屏障就是那巍峨高耸的连绵山峦。

当初升的太阳睁开睡意蒙眬的笑眼，当鸟儿放开嗓子开始第一声歌唱，我提篮，你拿锄，在屋后半山坡开垦的菜园里，开始劳作。休息时，你把漫山遍野的五彩花儿编成美丽的花环戴在我头上，花儿随风舞动；我把绿叶织就的飘带系在你腰间，叶儿迎风招展。

当调皮的星星在黝黑的天空里欢喜地捉起了迷藏，当月亮害羞地露出了被云彩遮住的半边脸，在用厚重浓墨铺就的葡萄架下，我抚琴，你吹箫，孩子们围着跳起了热情优美的舞蹈。那时，虫儿停止了鸣唱，只有风儿在轻轻抚摸着人们柔软的发梢。

燕子南飞了，又北归了。

悄悄地，孩子们长大了，在大江南北，在五湖四海，各自成家立业了。我俩还在山谷里，牵手走在木屋前的花圃里，看月升日落，看鸟出鸟归，看芳草枯荣。白发苍苍，步履蹒跚，实在走不动了，就四手相握，微笑着化作一棵高大的连理树，挺立在谷口，给入谷的鸟儿增加一个落脚栖息的地方，给偶来谷里的人们一方遮风避雨的天空。

某年8月5日　星期二　晴

## 爬茱萸峰

茱萸峰为云台山的主峰，海拔1308米，峰顶有真武大帝庙、云桥、云梯。相传，王维名诗：《九月九日忆山东兄弟》：“独在异乡为异客，每逢佳节倍思亲，遥知兄弟登高处，遍插茱萸少一人”即于此峰有感而作。

5日上午，原本只是想坐一下盘山的公交车，感受并欣赏云台山叠彩洞及其周边瑰丽神奇的山峰峭壁后就返程的，可到了茱萸峰脚下，妹他们又决定要爬山了。

“爬就爬吧。”看着怀里体重约15公斤的小贝，我下定了决心。

七岁的小靓像大人一样一直往上爬，这令我们大伙都刮目相看。大妹说这得归功于小靓爸爸平时的严格训练。小靓自三岁开始就在他爸爸的影响和要求下踢过足球，练过体操，学过乒乓球……为了方便他练习乒乓球，特意把家里的餐厅让了出来放球桌，餐厅变成了练习乒乓球的球厅。乒乓球桌既可以对打练习也可以把发球机打开练。因为经常锻炼，小靓身体素质非常不错。

每爬一段梯，小靓和大妹都在休息的凉亭或拐弯处等着我们，而妈妈和小妹则在我和小贝后面跟着当“护花使者”。

我们江中老家四面环山，菜蔬粮食一般都是从山上挑下来的。习惯了走山路的妈妈爬山自是轻松有余。我们三姐妹虽在学校里待了那么久，又出来工作了好几年，但我们从小在山区长大，相信爬茱萸峰还是没问题的。只是我要抱着小贝，而小贝又不要其他人抱，我和小贝能否爬上山去就成了他们担心的问题。

从山上下来了一拨人。他们看着我抱着孩子往上爬，都好心劝说：“别上去了，要不到时候想上上不去，想下又下不来。”想想去年“五一”

爬云梯时好多人都半路返回的情景，我心里还是有点担心的。（去年剑家有亲戚来，我们全家都陪着去爬山了。）但想去年都抱着孩子上去了，今上去应该也没问题，于是很有自信地说，“我们去年都爬上去了的，谢谢关心啊。”后来听小妹说那些下山的人在夸我这个当妈妈的真伟大呢，我一笑了之。

上茱萸峰的第一段石梯有点陡。爬梯时小贝很兴奋，而要她自己下来爬她说累了懒得爬。她天生好动，老在我怀里动来动去的，所以当我爬那段石梯时，心里还真难受，等到那凉亭时赶紧找了个地方坐下歇了一会儿才好点。

当来到云梯时，我看到许多大人都很胆怯，都是互相搀扶着、拉着才爬上去的。而我的亲人们却连梯子的护栏也不扶，像走平路一样……我提醒他们扶着栏杆，他们却嫌我的话多余。

一路上我都在想：要是抱着小贝上云梯的话，我一手抱她一手扶护栏肯定是相当危险的，我要怎样才能把她安全带上山去呢？可后来证实我的想法和担心都是多余的。

当小贝看着她的哥哥小靓一直在往上爬时，也闹着要自己爬。当时我还有点犹豫，可转念一想，这不正是一个好办法嘛——虽然有点冒险。自小我就锻炼小贝的脚劲，要她自己蹦自己跳，并经常带她从事户外活动，她的体质如何我是了如指掌的：爬上眼前的这段几十米的云梯，她应该没问题。于是，我让小贝在前面爬，我在后面一边鼓励她一边抓好护栏在后面护着她。“哥哥都快爬完了，你也要加油啊！”我这样鼓励她。孩子爱比，所以也一鼓作气地往上爬。妈妈和小妹还在后面当“护花使者”……

当我站在梯顶往下看时，倒抽了一口冷气。那云梯的角度至少超过了70度，而它的下面就是深不见底的山窝，要是一不小心踩空了……后果不堪设想。我们继续往上爬，后面还有更难爬的云桥在等着我们呢。

当最后要爬云桥——登上茱萸峰的最顶端云台观的必经之道时，说实话我的心里还是有点发怵了。云桥的坡度比云梯要更大的，要接近直角了哦。我们看到有人爬到中间就蹲下并趴在了那里……

这回还是妈妈和小妹断后，大妹和小靓在前面冲锋。小妹开玩笑说，假若有万一，她和妈妈就在后面堵住我们。虽是开玩笑样说的，可我听了眼眶的热流就直往上涌。

一直，小贝没事样很高兴地往上爬。当爬到中间时，我往后一看下面梯子和万重山脉，心里就有点慌慌的，脚也有点发软了，但却不敢吭声，怕影响了大伙爬桥的情绪。停了停，又鼓起勇气护着小贝往上爬……

“做任何事情，只要克服了心中的魔鬼，成功的概率就会大大增加。”有人曾这样说。

当在观里休息时，小妹说她刚爬到中间时脚都有点发软了，大妹、小靓也说同样的话，我听了说我也一样。可是，大家在遇到困难时都没有打退堂鼓，都和我一样在腿脚发软时没有说影响“士气”的话，这就是我们一家人团结的力量哦。

妈妈笑了笑。我知道妈妈的笑是欣喜的笑，满足的笑——她的孩子们又跨过了一道又一道坎，战胜了一个又一个困难。

最后，我们都笑了。

云雾就在我们脚底下一望无际的、青翠的山峦间飘舞缠绕……

# 第七十七章　大妹

大妹秋子是梅子的骄傲，也是梅子此生时时感觉最对不起的亲人。梅子曾写了一篇关于大妹的文章，发表在国内一家有名的家庭杂志。以下就是梅子写的关于大妹的文章。

### 大妹

我读高二那一年，大妹本应读高一的，而且是当时我们县最好的高中学校，可是她却在舅舅的建议与劝说下去上了一个民办中专，学计算机应用。那年暑假，舅舅对她说：“你姐姐上高中，将来还要读大学，你小妹也上初二了，弟弟也上了六年级，你父母的负担太重，不如你现在去学一门技术，早点出来赚钱，好给父母减轻一些负担……”

那是20世纪90年代中期，全国的计算机技术还没有完全推广开来，特别是在我们县城还见不到几台电脑，当厨师的舅舅看出了它的发展趋势，他对我父母说：“你们放心让秋子去学计算机吧，这是一个非常热门的专业，今后找工作赚钱绝对没问题。”

大妹是一个非常孝顺懂事的孩子，在舅舅的劝说下，又想想天天起早贪黑的父母，于是她就决定去读民办中专了。

那几年，为了供我们四个学生，父母在家拼命发展家庭养殖业，可是一年到头每天从早晨忙到深夜，收获却甚微。有一段时间鸡瘟使家中养育的1000多只鸡在几天之内突然死了一大半，父母亲的头发也跟着白了一大半。平时和睦的父母还因此大吵了几次，甚至闹到了要离婚的地步。

面对家庭的困境，我和大妹必须有一个早些出来工作赚钱给父母减轻负担。知道大妹的决定后，我的心日夜不安。我当时甚至对舅舅有些意见，怪他为什么不先找我商量。本来嘛，我是做大姐的，应该由我付出——先参加工作替父母减轻负担的呢，可是却让大妹做出那么大的牺牲。还有一点就是我一直觉得大妹比我要聪明，她要是参加高考的话准能考上国内知名大学。我也想起了小时候大妹的理想。那时候我们姊妹几个的学习成绩都很好，大人问我们长大后的理想是什么时，大妹说她要读北大。

当我提出异议要求大妹上高中，而由我退学时，大妹生气了，她说：“姐姐，你现在都读高二了，成绩也不差，何必退学呢，而我现在正是选择的时候。我喜欢轻轻松松地去学有趣的计算机，而不想绞尽脑汁去学那些枯燥的物理化学，更不想背古板的历史政治……”看着态度如此坚硬的大妹，我不知道说什么才能反驳她了。

两年后，大妹就从中专学校毕业了，并去了省城找工作，那一年，她才17岁。因为没工作经验，多次出入人才市场后，她不得不在一家打字复印店先落下了脚，包食宿，1个月400元。当大妹第一次领到工资后，她只留下了50元——她把其中的150元寄给了我做生活费，另200元寄给了父母补贴家用。

打字复印店的工资虽然低，但是工作却一点也不轻松。店子所处的位置正是整条街最繁华的中心地带，其右边紧挨着的是省城最大的招标公司，还有四星级大酒店；左边是两家银行，还有学校；对面是一个综合的大市场……当时，店里所有的活由大妹一人负责，打字、打印、复印、扫描、制作名片、香烟零售……她有时候忙得连上厕所的时间都没有，还得一直从早八点忙到晚八点，有时候还得加班加点。

在到店中第三个月的某一天，店里突然来了两个戴墨镜的小伙子，说要购买1000元左右的A4打印纸。店里平时可是很少出卖任何打印纸的。在征得老板的同意后，大妹就把店里差不多所有A4纸的存货全给了那两个小伙子——很凑巧，店里正好有那么多的纸张。小伙子付给了大妹10叠10元钞票——每叠10张，正好1000元。点完钞票后，那两人就把一捆一捆的A4纸都放上了一辆出租车。在小伙子装货时，鬼使神差似的，大妹又打开抽屉拿起刚收回的那一沓沓钞票来看……

这一看不打紧，可吓得大妹连魂都快出窍了：每1沓钞票除了第1张是真的10元外，其余的全变成了白纸片。“明明一张一张数了全是真钞的，什么时候变成了纸片呢?”大妹怎么想也想不明白那一沓沓的钞票是何时被调换了的。她仓皇失措地往门口跑去，希望那两个墨镜小伙还在，甚至不小心把电脑旁喝水的杯子都打翻了。可门口只有来来去去的车辆——哪还见那两个骗子的身影……还好，店老板挺讲仁义的，只扣了她一个月的工资。

皇天不负有心人。在打字复印店待了将近1年后，大妹在省城一家最大的电脑公司找到了工作。两年后，凭借自己的实力，她荣升为该公司的部门负责人。此后，她所带领的部门业绩年年都在公司名列前茅。

大妹结婚那天是我当的伴娘，那时，我还没大学毕业。当她出嫁前一晚我一人在屋帮她整理她的衣物时，我突然从一个包里发现了她的高中录取通知书。往事历历在目，瞬间，我的眼泪如决堤的洪水一样肆无忌惮地流了出来。当年的大妹“骗”了我，她其实是很想上高中然后考大学的！我好像看到了几年前的大妹在无人的角落轻轻地抚摸着那张录取通知书，眼神忧郁但又坚定的情形。往事永远也追不回了，只能留在记忆中重温。当听到脚步声后，我赶忙擦干眼泪，把录取通知书放回了原处，装作正忙于整理衣物的样子。随后，大妹走进了屋……

在最初工作的几年里，不管怎么忙，不管处于何种境地，大妹都一直坚持去参加夜校的学习。后来她如愿拿到了国家认可的本科文凭。还有，无论在婚前还是婚后，她一如既往地给我寄生活费，直到我大学毕业。而且，直到现在，只要我们谁有经济上的困难，她都会毫不犹豫地慷慨解囊予以帮助。

在大妹的大力帮助下，我顺利地大学毕业并找到了工作。后来，工作后，也和大妹当年对我一样，我每月给小弟小妹寄生活费，帮助父母亲给他俩交学费……

多年一眨眼就过去了。现在，小弟小妹早已大学毕业并参加工作，而我及大妹的孩子也都好几岁了……如果不提起，也许大妹早就忘了当年的事，但是不管岁月如何流逝，大妹为家庭所做的牺牲，对我及所有亲人无私的付出与帮助，我是一刻也不会忘记的。

# 第七十八章　道德的底线

梅子同事曾给她看过一篇短文，大意是这样的：一个教授找来三个人用金钱做了个测试。他问第一个人用五百块钱卖不卖他贤惠美丽的妻子，那人说不卖，教授又把钱增加到五千元，那人还说不卖，教授再把钱增加到五万元，那人有点动摇了，最后教授说那五十万元呢，你卖还是不卖？那人说我卖；教授问第二个人，过程是一样的，但这个人等教授把价钱提到五百万元才说卖他的妻子；教授问第三个人，这第三个人的胃口要比前两个都大，说要是有五千万元，他就卖他的妻子……教授于是得出结论：人人都有道德的底线，只是这个底线不同而已。

梅子看了很汗颜，也很无奈。汗颜的原因是有钱真能使“鬼”推磨；无奈的原因是这是一个金钱充斥的社会，许多人都把金钱作为衡量一切乃至道德的标准。

同事说她已经回家问过她老公，她老公说五百万元就可以把她卖了，不过加了一句“我们还可以复婚啊”，同事说她就回了一句：“你做美梦去吧”……

梅子被同事怂恿着，也傻乎乎极其幼稚地回家问剑：“要是有人想买我，你愿意出多少钱卖？”剑听了先是一愣，梅子想他应该还没反应过来，但又看见他马上说：“傻瓜，感情能用金钱衡量吗？这是个道德的问题。不管谁哪怕给我一个亿，给我整个世界上的所有稀世珍宝也不会卖你这个宝啊。”

听了剑的话，梅子的心里确实美滋滋了好一阵子。

从相识，到相知、相爱、相守，九年的风风雨雨，九年的同甘共苦，相濡以沫，对于剑的话，梅子毋庸置疑。

一天，梅子在市区坐三轮车逛街。拉三轮车的师傅很健谈，一路滔滔不绝。他对梅子说他原来只花了三十多块钱就把孩子他妈给娶回家来了，可是现在，孩子快要结婚了，给了孩子对象家差不多三万元的聘礼（还高兴地说女方算是不要钱的），房子花了将近三十万元还没装修，家具一样也没买……

哦，在这个小城市娶个儿媳妇得花三十多万元？梅子看着三轮车师傅花白的头发，稍有点驼背瘦弱的身躯，陷入了沉思：花钱买来的“爱情”是不是爱情呢？能不能称之为爱情？

爱情也是个道德的问题吧。

梅子还从同事那听来了一些令人咋舌的新闻。

比如说，某城市有男人专门娶怀了孕的女人，等这个女人生了孩子之后，就把孩子给悄悄地卖了，然后再和这个生过孩子的女人离婚；离婚之后，这人再找怀孕的女人结婚，然后再卖孩子，再离婚，再结婚……这些孩子被卖又遭遇离婚的女人，很多都得了抑郁症，有的甚至疯了……

针对时下的许多道德问题，梅子和同事展开了大讨论，然后，梅子大胆下结论：

花钱买来的所谓“爱情”只是两个有生命的躯体结合在一块过日子罢了。当然，不排除他们日子久了以后转化为爱情或亲情。可是这个“爱情”或“亲情”的产生，那是结婚以后的事了。梅子还是赞成时下的“裸婚”

的。两个相爱的人在一起齐心协力、同甘共苦奋斗来的东西才是最值得珍惜的。

孩子是母亲身上掉下来的，是母亲心头的肉。一个真正爱孩子的母亲，当孩子面临危险时，就会奋不顾身，更谈不上关乎钱的问题。做了母亲之后，梅子终于明白电视电影里那些丢了孩子的母亲为什么会成天失魂落魄，以泪洗面，甚至会疯疯癫癫了。

有人可能想过，在情义面前，用钱掂量掂量就知轻知重了。可想过没有，有人的钱“汗牛充栋”，而有人则“屋上无片瓦”，这，情义能用钱的多少来衡量吗？在困难时朋友出手帮助，难道能说出钱多的就够意思，够朋友，出钱少的就不够意思了，不够朋友，没出钱的就不是朋友了？

亲情、爱情、友情，如果用金钱来衡量的话，就不谓之亲情、友情、爱情了，它们只是改头换面了的“阿堵物”。

锦衣玉食是生活，粗衣淡饭也是生活，金钱无数，欲望无穷，看明白了，想通了，知足就好。金钱和欲望就是魔鬼，而人只有战胜了这两个自身存在的魔鬼才能过得充实安逸。

道德没有底线。

# 第七十九章　婆媳

“妈，又准备做馒头了？”那天一下班，梅子看见婆婆又在揉面。那大大的面团在她的两只手里转动，就如转动一个小小的鸡蛋那么灵活、那么轻巧。

“嗯，梅子，回来啦！家里的馒头只剩几个了，到明早可能就没有了的。我得赶时间在今晚做一些出来。对了，想吃包子吗？想吃的话一会儿我调点肉馅。今天我和你爸去市场买菜时顺便买了些纯瘦肉馅回来了。”婆婆边揉面边和梅子说，“对了，你爸已经去幼儿园接小贝了，你就不用去了。”

“好的，妈，我就不去接小贝了，我来帮您揉面吧。”梅子把肩上的包包往门口的鞋柜上一放，换过拖鞋，然后去厨房洗了洗手，就坐到婆婆旁边，把婆婆手里的面硬给接了过来。

那面团在婆婆手里好轻巧、好灵活，可到了梅子手里却变得相当笨重了：她只能一下一下地揉，揉起来还非常费力，速度又慢极了。

婆婆看梅子揉面的那表现，又把面团拿走了："你可能上班累了，揉得有点慢，还是我来吧！"

"妈，我不累的。您做馒头都做了几十年了，当然比我揉得快又好了。而我以前又没做过，每次您又嫌我慢，不要我参与，那我何时才能学会啊？"梅子搓搓手中的面，假装埋怨婆婆说。

"好，好，好，你来揉吧，我休息一会儿！"婆婆无奈地说，然后站起身用没有粘上面的手背敲了敲有点酸疼的腰。

"这就对了嘛，妈，我看您累了都舍不得休息，这样会累坏身体的。等我学会做馒头、包包子了，那您就不会这么辛苦啦，会轻松很多的……"梅子一边用力揉着手中的面团，一边笑着对婆婆说。

"我家梅子也会做馒头了吗？"剑一开门看见梅子在揉面就故做惊喜地说。

"不要以为你老婆什么也不会，她不笨的，只要学什么一学准都会很快学会。"梅子翘着嘴，装作不满地说，"你是不是一直都嫌你老婆学东西很慢，做事很笨啊？"

"啊，没，没，没，从来都没这么想过的。我的老婆当然学什么会什么了，而且学得非常快。不是吗？一会就能吃到你做的馒头包子了……"剑没想到梅子会对他发出不满，"妈，今天咱包香菇馅的肉包吧，我刚从超市买了些香菇回来……"剑说着就把脸转向了正在一边休息的微笑着听他俩"斗嘴"的婆婆……

"今天的包子是妈妈包的，香不香，好不好吃啊？"晚饭时，剑问正在吃包子的孩子小贝。

"好香又好吃……"听了剑的话，小贝边吃包子边点头赞叹。

梅子听了心里甜滋滋的，对小贝说："妈妈包的包子是向奶奶学的，你应该感谢奶奶。快，给奶奶亲一个去……"

小贝一听，马上跑到她奶奶跟前，轻轻地在她奶奶脸上“波”了一个：“谢谢奶奶教妈妈包包子!”然后又跑到梅子跟前，在梅子脸上也“波”了一下：“也应该谢谢妈妈今天包了包子!”

在旁边吃晚餐的剑与梅子公公、婆婆都被小贝逗笑了，他们夸小贝是个“鬼精灵”，好懂事哦！梅子也开心地笑开了怀……

上班忙了一天，回家又做了近两个小时的包子馒头，梅子有些腰酸背痛，但是，她觉得在这样温馨和睦的家庭里，自己非常幸福。

但是梅子和婆婆的关系也并不是一点间隙也没有的。她们最大的矛盾就在于吃饭炒菜方面。

江中省和华中省相隔有一千多里，在生活习俗等方面肯定大相径庭。例如江中省的主食是米饭，而华中省的主食却是馒头等面食。

梅子喜欢吃米饭，孩子小贝也和她一样喜欢吃米饭，于是家里一般都是给梅子和小贝煮米饭，而梅子公公婆婆和剑就吃馒头或面条。

梅子喜欢把每样菜都单独炒，而她婆婆却习惯把几样菜混合到一块做大合菜炒，且不管色香味如何，只要熟了就行。

吃一次两次那样的大合菜可以接受，可是要是顿顿吃，天天吃，梅子就受不了了。

一天，婆婆又把白菜、豆腐、花菜三样颜色差不多的菜炒作一块了，梅子忍不住就对婆婆说：“妈，以后把白菜、豆腐、花菜分开炒吧。这三样菜放一起炒一点也提不起食欲……”

“这三样菜怎么不可以一起炒呢？我们老家人一直都是这么炒的……”婆婆理直气壮地说，“何况这样还不费油呢!”婆婆是个勤俭节约的人，一辈子节省惯了。

听了她说的话，梅子真是无语至极。为了不让婆婆生气，梅子像样地吃了点……其实，婆婆要是认真起来，她炒的菜也能做到色香味俱全，特别是在家里有客人来的时候，她做的菜既好看又好吃。梅子还觉得婆婆在她坐月子时，炒的每盘菜都非常好吃，好合她口味。可是在平时，只有家里几个人时，婆婆就很随便、很节省了。

于是，以后梅子做饭炒菜就和婆婆争着做。争着做的原因当然就是梅子希望能吃到自己喜欢吃的饭菜了。要是哪天工作累了，或者自己不愿意做饭菜时，梅子就任由婆婆在厨房弄，婆婆做什么她就吃什么。其实，这也是梅子解决婆媳关系的绝招。

## 第八十章　孩子，妈妈爱你

孩子是母亲的心头肉。这句话说得一点也没错。

自从有了孩子后，对孩子的一举一动，梅子都特别在意。上班后，更是对孩子牵肠挂肚。其实，梅子爱孩子，但绝不溺爱孩子。她希望在她的培养下，小贝能成为一个独立性强，有主见，又能学会分享，懂得友爱，不怕困难、聪明又活泼的人。

因为一心扑在孩子身上，对剑的“关心”自然少了些，有时就让剑“吃醋”起来。他开玩笑说：“你的心里现在一天到晚装的全是孩子，已经没有我了……”说这话时他还故意装出很委屈很可怜的样子，把在一旁玩耍的三岁孩子小贝都逗笑了。

“爸爸，您别冤枉妈妈了。您没及时回家时，妈妈老往窗户外看呢，还对我说‘你爸爸怎么还没回来?’有时还让我跑窗户那看您回来没，或到您应该回家的时间，妈妈就让我跑下楼去接您……还有，有您喜欢吃的东西，妈妈总对我说‘小贝，给爸爸留点，这个你爸爸最喜欢吃了……’妈妈心里是有爸爸的。”小贝滔滔不绝地讲了好多梅子对剑的好，然后一本正经地，像个大人似的，重复着对剑说。“不要冤枉妈妈哦!”

“呵呵，宝贝儿，爸爸知道啦，知道妈妈心里有爸爸。不过你妈妈也真的很爱你的呢，要不我给你读读你妈妈曾经发表在报纸上的文章，是你一岁多的时候她写的，那可真是爱你的集中表现哦……”剑爱怜地把小贝抱到腿上说。

“好，好，好，爸爸现在就给我读!”小贝立刻从剑的腿上跳下兴奋地催着剑要他马上打开电脑读那篇《孩子，妈妈爱你》的文章。

## 孩子，妈妈爱你

每天妈妈上班前，你都不愿意和妈妈“再见”，有时甚至用双手使劲搂着妈妈的肩膀，任凭其他人怎么拉也拉不开。没办法，妈妈只好在你的小脸蛋上亲一口，然后就以各种借口“逃跑”了。

孩子，妈妈不带你不是不爱你。每当狠心把门关起来之后，妈妈都会在门外待好一阵子。听你在屋里哭着闹着找妈妈，妈妈的心也是一样揪的疼。当你不再哭闹了，妈妈才会快速奔下楼，急匆匆骑着车去上班。下班了，妈妈也是以最快的速度赶回家去见你，和你一块开心地做游戏，教你学说话，学识字。为了你和咱家美好的未来，妈妈和爸爸必须并肩去打拼。而你自己也应该慢慢明白人世间有合就有分，分是为了更好的相聚这个道理。

每当你的玩具掉地上了，妈妈都会叫你自己去拾；每当你摔倒了，任凭你哭，妈妈也会叫你自己爬起来。

孩子，妈妈不帮你不是不爱你。虽然你现在刚刚学会走路，可妈妈要把你培养成独立、不怕困难的好孩子。因为在你未来的成长道路上，肯定充满了竞争，肯定会遇到各种各样的坎坷，你自己不学会去面对、去学会处理各种困难，怎么会在将来成为一个坚强而又有出息的人呢？将来妈妈也怎么会放心你独自去飞呢？

每当你不叫邻居家的弟弟妹妹玩你的玩具时，妈妈总是“训斥”你，劝你把玩具分给弟弟妹妹玩。

孩子，妈妈“训斥”你不是不爱你。因为只有学会和别人沟通，学会和别人分享快乐、共担困难，你才能得到别人同样的回报，得到别人的帮助，得到有难同当，有福同享的一辈子的真心朋友。时刻有和谐的人际关系，有朋友和别人无私的帮助，人生就会一帆风顺。

孩子，你是妈妈的心肝宝贝，是妈妈的最爱。在你成长的道路上，妈妈会一直陪在你左右；会尽自己最大的努力、最大的能力给你营造尽可能好的成长环境，给你提供尽可能好的教育；只要你需要，妈妈给你自己拥有的一切。

可是，妈妈不能溺爱你，不能对你力所能及的事情越俎代庖，不能使你养成不良习惯，不能……

孩子，妈妈爱你。

（本文引自中国文学博客：http：//www. wenxueboke. cn）

# 第八十一章　女人的幸福是什么

女人的幸福是什么呢？梅子曾经到处寻找答案。

当梅子读过关于幸福的很多书，并结合实际静思之后，她的心头豁然开朗——好久以来缠绕在她心底的，关于幸福到底是什么的谜团瞬间瓦解。

梅子认为一个女人，对父母来说是女儿，对丈夫来说是妻子，对孩子来说是母亲。那女人的幸福理所当然地与“母亲”、“妻子”、“女儿”这些角色息息相关。

“妈妈，以前都是你给我讲故事，从今天开始由我给你讲故事，好吗?”一天，孩子小贝对梅子这么说。

自小贝牙牙学语开始，梅子一直坚持每晚给她讲故事，其中的辛苦当然只有她自己知道。当小贝听完她的故事后，能完整地把它们复述出来时，特别是当小贝某一天说从此要给她讲故事时，那时就觉得自己的辛劳没有白费，心中的那种感动，那种由衷的喜悦与快乐真的是无可言说。

“妈妈，水已经端过来了，你赶紧吃药吧!”当她生病躺在床上时，三岁的孩子小贝居然记住了她吃药的时间，每天准时帮她端水递药。“吃了药，病才好得快，才有精神下楼去玩呢!”小贝甚至用梅子曾经哄她吃药的方法劝梅子吃药。“这宝贝真懂事。”梅子不禁感叹，同时，感觉有一股温暖的潜流在体内翻涌沸腾，热泪迅速盈满眼眶。那时，就觉得自己当母亲得到的幸福感达到了极致。

“妈妈，昨天幼儿园测试时我又得了100分。”听到小贝的这好消息，作为小贝母亲的梅子，非常高兴，她的心头自然也非常温暖哦。

作为一个母亲，梅子和天下绝大多数的母亲一样，最希望她的孩子健康快乐成长，学习成绩好，乖巧可爱又懂事。如果孩子能做到这些，她当然是幸福的了。

夫妻之间的和睦在于你帮我助，在于相互间的体贴与谅解，在于琴瑟相合。

“你永远十七!”当梅子为自己的年龄增大，身材越来越不好而自我叹息时，剑老是幽默地对她说。他说“十七”的意思，是梅子在他心里永远年轻，永远那么充满青春活力，永远是最好的。在梅子的心里，老公的一句夸奖与赞美，就是寒冷冬天里的一把火，特别是在情绪低落时，他的温暖话语能胜过别人的千万句好言。

“老婆，去年在华中这边过年了，今年我们回江中过年吧?”一年多没回家了，没见父母了，真想回家看看啊。年前听到剑主动提起去和梅子父母一起过年，梅子那不争气的眼泪又流出来了。她悄悄地背转身把眼泪擦干。从华中到江中，一千多千米的路程，平时回家极不方便。只要能抽出空，剑都会主动提议她回家看看。他说，如果要是他离家那么远，不和自己的父母待在一起，也会时常想父母、想家的呢。

虽然梅子与剑他们有时也会为日常生活的琐碎事拌嘴吵闹，但一般很快和解了。他们曾经订立了一个不成文的规矩，那就是吵架不超过 30 分钟，闹别扭不超过 24 小时，谁先退让并不代表谁理亏，当天的事一定在当天得到解决，绝不过夜。他们知道，十对夫妻九对吵，吵了只要不杯弓蛇影地猜忌，而是在日光下倾心交谈就行了。

于是梅子就觉得有时刻为她着想，又懂得体贴的老公，她还有什么不知足的呢？又有何种理由觉得自己不幸福呢?

除了孩子的懂事与老公的体贴，对于一个女人的幸福，梅子觉得还有一点最重要，那就是与公公婆婆的相处。古往今来的人们都说婆媳之间的关系，是所有关系中最难相处的关系呢。梅子是觉得，如果婆媳关系相处不好，与老公的关系再蜜甜，与孩子的关系再温馨，这个女人的幸福也几乎等于零。不说其他的，就说她天天与公婆见面都觉得闹心，甚至与老公孩子聊起他们都觉得肚里来气呢，这样的她，能快乐、幸福吗?

自梅子的孩子一出生，她的公公婆婆就与他们住在了一起。他们为她照看孩子，帮她分担家务。一个来自南方，一个来自北方，两者的生活习惯大相径庭，再加上年龄上相差近三十年，意识上的不同与代沟肯定是有的。

如何才能和公公婆婆和睦相处呢？刚开始梅子也迷茫过，在习性、观念上也和他们有过一些小摩擦。但是，多处取经，将心比心，坦诚相处，站在对方的角度想问题考虑问题，她把他们当亲生父母，他们把她当亲生女儿之后，彼此之间从此就没有了芥蒂。家和才气顺，家和才觉得有家真温暖，家和才万事兴，家和才有真正的幸福可言。

梅子认为，对女人来说，她的幸福莫过于：有一个温情体贴的老公，一个可爱懂事的孩子，一个可以避风挡雨的小窝，有父母亲人的关爱，家庭和睦。如果还拥有一份稳定喜欢的工作，遇到困难时，有朋友的积极支持与帮助，在工作中，与同事合作愉快，那么，这个女人，就在幸福上更上一层楼了。如果再加上她对任何事都要求不高，想得不多，能快快乐乐工作，心平气和交友，保持愉快的心境，随时为改变做好准备，能知足常乐，能主动回避那些不必要的灾害与挫折，那她就是这个世界上最最幸福的人儿了。

# 第八十二章　梅子日记：弟弟结婚

某年10月3日　星期三　晴

弟弟终于决定结婚了，我们全家都非常高兴。基于以最少资金办最好最漂亮的婚礼及亲戚朋友来往方便等的考虑，婚礼最后决定在国庆节在涟城老家举行。

为了弟弟的婚礼，老爸老妈提前安排了我们这三对当姐姐、姐夫的任务，并要求我们提前回家帮忙，于是，俺老公提前向单位请假，在9月27

日就和我的孩子一起从中州回涟城老家了，这让我非常开心；在陕北的小妹及其老公峰呢，把他们超市的生意交给峰的姐姐，在9月26日就往涟城赶了；而在华城的大妹呢，提前把公司的事情处理好之后，也在9月28日赶回了。这次的相聚，是自我毕业参加工作后全家人员相聚最齐的一次，这让我们都感慨万端。

弟弟结婚，原以为很简单，事后我才知道在农村举办婚礼是多么的麻烦，繁文缛节特别多。打扫卫生腾出举行婚礼及接待来客的空房；请厨师、搬桌子凳子、借碗筷、买菜准备酒席；作对子，写对联，贴对联；请司仪主持婚礼；准备彩礼、车队、人员迎接新娘；举行婚礼及事先安排协调其相应的接待人员；婚礼后款待女方父母及送亲的亲友、来参加婚礼各方亲友；婚礼后清洗碗筷、打扫各房间卫生、送桌椅、碗筷……在家不到五天，把我们大伙累得都够呛。记得婚礼举行完的那天下午，原来提着神的老爸精神稍一松懈，感觉他那时连走路都想打瞌睡了。

累并幸福快乐着。弟弟结婚，虽累，但我们每个人都很高兴快乐，看峰和我老公剑那搬桌椅的劲就知道呢。桌椅是从大约500米外的四堂伯家搬来的，虽是简单的四方桌，可全是实木的，一个少说也有15公斤。而他俩为了快且少跑趟，每人一次都要把桌子叠起来搬两张。我不知道他俩有多少年没干过这么重的体力活了。大妹和她的老公呢，却是忙着开车接送各位亲朋好友。

我们家十几个房间的对联是老爸自己亲自花了四五个安静的晚上作的，也是在9月29日晚上花了近四个小时一幅一幅自己写成的。老爸的毛笔字在村里可出名了好几十年呢，村里谁家有事都会请他去写对联的。

30日贴对联那天，就有好多亲朋好友邻居过来品读，争相夸老爸的字好，对联也对得不错。10月1日那天就更不用说啦，有人还开玩笑说他因儿子娶媳妇，高兴得连累也忘记了，在深更半夜还写对联呢。确实哦，那些对联是29日晚上约9点以后，老爸忙完其他事后开始写，一直写到差不多到30日凌晨1点才完成的。老爸写对联时，我和小贝一直陪伴在他身边帮忙，他一直站着弯腰在写，我问他累不累，他回答说这有什么累的，没事。夜深了，我要小贝去睡觉，并警告她说不睡的话第二天会很累的，小贝说，外公都不累，她肯定也不累，并加一句，外公不睡，她也不睡，乐得我老爸写字的劲头更足。还有从28日就开始准备的近600个粉色爱心气球，我的孩子可出了许多力气哦。看，她用脚踩充气筒累了，就用嘴吹，甚至用她的小屁股一上一下地坐充气筒后，一个气球很快就好了。

所有的准备都是为10月1日准备的。10月1日这天真是个让人开心快乐的好日子。震天响的鞭炮声，新娘白色的婚纱、大红的礼服，西装革履、帅气异常的弟弟，一直忙碌但又笑得合不拢嘴的老爸老妈，多年不见从四面八方赶来道贺参加婚礼的亲友，喜气洋洋、热闹非凡的婚礼现场……最值得一提的是开饭时，大妹老公、我老公，还有小妹老公，他们三个当女婿的端菜画面，让在座来宾的心房都为之一荡：啊，好高级的服务生哦。之所以说他们是高级的服务生，不是因为他们是老爸老妈女婿的身份。在亲友们的眼里，大妹老公是华城真正的少爷公子哥，平时在酒席上端菜这种活儿是从来没干过的，小妹老公和我老公呢，学问与能力也可大大的哦。

原来只以为老爸老妈和乡邻亲友的关系只不错而已，这次弟弟结婚，我才明白，他俩的口碑和为人在他们的心里眼里都非常好，这从来帮忙的大群亲友及后来新增的将近十桌参加婚礼的人员就完全可以看出，还好，我们做了充分的准备。亲友中杨树村的姨最值得一提，别说婚礼前她忙前忙后，就是10月1日下午当所有的亲友都走完了的时候，是她带领几个年轻的表嫂舅母把刚从桌上端下的油乎乎的碗筷给洗干净放一边了。老妈劝她回家休息，她回答说："我们帮你多干点，你就会少干点，少累点了。"这让我老妈非常感动。这个姨虽只是妈妈姨的女儿，但她俩从小就要好，平时有事都要互相帮衬，过了半个多世纪，现在都快60岁了，可还是比亲姐妹还亲呢。

呵呵，太高兴了，心头有千言万语想写哦，先写到此吧。

在此祝：

弟弟和弟妹一生幸福快乐！

老爸老妈身体健康，笑口常开！

我们每个人都幸福平安！

# 第八十三章　眼睛受伤

哺乳期结束重新上班后，梅子就被调往公司内部的报刊社任报纸编辑兼记者。报纸虽然是内刊，但要求与国内的各大小报刊是一样的。梅子对工作非常认真仔细，大到报纸版面格式、内容，小到数字、标点符号、错别字等，她都决不马虎。对于现场采访，她也会真的跑到生产一线去，做真实的考察采访，了解现场的真正情况与员工的真实声音，而不是只凭下面的一纸总结或介绍。她说，她一定要把好她的这第一道关，协助领导真正把报纸做成鼓舞员工士气的报纸。

看她这么认真负责，领导对她越来越欣赏信任，也把越来越多、越来越重的任务交给她。因此，她有时不得不加班到晚上十点才能回家，周末有时也不得不加班。但对于这些，梅子都欣然接受，她毫无怨言，因为她喜欢她的工作。因为喜欢才能全心身的投入。为了更好地工作，她不得不把不到一岁的孩子的奶也断了。

时间在一天天地过去，一切看来都相当顺利无比。

一天，她去一个车间采访，这个车间最大的特点就是一种化学原料——碱特别多。碱对皮肤腐蚀性与渗透性非常强。如果不慎粘到皮肤上，特别是遇水后，它就会立刻往皮肤里渗透，即使处理清洗得快，也会在皮肤上留下一个红红的记号，要好几天才能消退，如果处理得慢或不处理的话，轻则留下一个一辈子也去不了的黑疤，重则身体健康。

这种东西，只要一滴，如果要是倒霉进了人体最脆弱的部位——眼睛，那它的渗透性与腐蚀性更快。病人得在第一时间内用大量清水冲洗眼睛，然后必须送往经验丰富的正规医院治疗。即使得到了正规治疗，病人的眼睛也会在相当长的一段时间内干涩、疼痛。干涩、疼痛是最轻的，稍重一点就是影响到视力，再重一点，当然就是眼睛失明了。

所以，厂部对员工安全抓得很严格，要求员工去现场巡视或干活时必须戴着防护眼镜。但是，不管怎么严格，因为是生产车间，现场环境瞬息万变，因此，总有人的眼睛或身体其他部位受伤。这些人中有一线操作工人，也有去现场检查的管理人员。

碱有固体的和液体的，梅子要采访的这个车间的碱是液体、流质的，是与其他化学物质的混合物或反应物，虽然如此，但它的腐蚀性与渗透性还是很强的。

知道碱的厉害性，知道现场环境的瞬息万变，梅子每次下现场都是穿戴好劳动保护用品才去的。

拍照、摄像、采访现场职工……这一次的采访非常的顺利。

可是却在梅子收拾东西准备走出厂房时，她突然觉得额头被什么击中，然后一热，接着有液体顺着眼角进入了左眼里。

眼睛好痛，然后有股热泪随之止不住地流了出来。

眼睛一定是进碱这种液体了。条件反射似的，梅子赶紧跑到最近的卫生间用清水冲洗左眼。但由于水龙头太低，加之眼睛太疼，自己一个人操作不方便，不得已，梅子只好跑到了二楼的员工操作室叫操作的人员来帮忙。

后来才知道是厂房内的某一处管道老化，被料磨成了砂眼，然后料就恰恰在梅子经过的那瞬间像利剑一样被刺了出来，正对准梅子的额头中间，而又由于劳保眼镜封得不太严实，料就顺着额头往下流，在梅子还没有来得及用手擦掉料的时候，它们早已经顺着眼镜的空隙流入了眼睛……这叫做飞来横祸。

听说梅子眼睛进碱了，整个操作室的人都慌了，他们赶忙下楼帮助她冲洗眼睛。

“看到创口了。不要怕疼，把眼睛睁开，我们才好冲。”几分钟的时间内，碱水已经在往眼睛里头渗透，眼内已经出现了白色的创口……察看了梅子眼睛里的创口后，他们焦急并严肃地要她配合好，他们说，“创口不小的，你快配合好。我们这是在救你呢！还好，你戴了防护眼镜，要不，你现在就不止是左眼进了这么点碱，而是双眼全被碱给‘糊’住了……”

他们用一根皮管从水龙头那接水往梅子的眼睛里冲。

“水是凉的，冲到眼睛里也挺难受。但难受也要冲呢，它能减少创面继续扩大。”他们说。

向领导汇报过之后，因为救护车一时半会不能赶到，有旁边岗位的员工就弄了辆三轮车把梅子送到了厂前医院。听说有员工眼睛进碱受伤了，领导们非常重视，在厂区周围的，不论远近，他们赶忙从各个地方赶来了……

在厂前医院用盐水进行简单冲洗后，梅子又被用救护车快速送到了市区的五官医院，那是一家专门治理各种五官疾病的医院。

因为事先联系过，在市区的剑已经办好相关的入院手续，一下车，梅子就被送到了急救室做相关的检查与治疗。

“躺好别动！把眼睛往上看……别动啊，一动就会更疼！”因为是特殊部位，不能用麻醉药，当主治医生用细针往梅子的眼睛里注射药物时，那个疼啊，梅子真的无法用语言形容。而且注射完后，整个眼睛肿得跟个鱼泡似的，又特难受。

因为在厂区用水冲洗眼睛，梅子全身的衣服已经湿透，再加之为了防止创口扩大，在去厂前医院与五官医院的路上，又一直在用医用针管抽矿泉水往眼睛里冲水，所以梅子的全身一直是湿的。在医院的第一个晚上，眼疼，再加上全身一会儿冷一会儿热，梅子一个晚上也没睡着。第二天凌晨护士来测体温时，梅子的温度达到了三十九度多。

梅子在住院期间，有领导、同事、朋友都陆陆续续地掂着水果牛奶来看望了。

用细针往患眼内注射治疗药物，加上每天四瓶点滴，再加上眼睛的不适，头五天，梅子难受极了。第六天后，因为不用往眼睛里注射药物了，情况才稍好起来。

住院的头几天，剑一直陪伴在梅子的身边，为她端水洗脚、买饭、往眼睛里点药水……可以说是无微不至。而公公婆婆在家带着孩子，同时也跑前跑后，为她和剑解决了许多后顾之忧。梅子情况稍好点后，加之车间派了一个陪护，剑就回厂里上班了。厂里忙哦。

在医院待了一个月左右后，感觉眼睛已无大碍，梅子再三向医院坚持，要求其批准她出院回家。医院先是劝说她继续留院观察与治疗，说是碱的渗透性太强，复发的可能性很大，但后来经不住梅子的再三坚持，于是批准她出院了，并再三叮嘱她一定要记得及时给眼睛滴药水，有啥不适在第一时间赶去复查。

为怕远在几千里外的父母担心又伤心，受伤与住院的自始至终，梅子都没有向父母透露过一句。“只报喜不报忧哦，有伤痛就自己扛着吧，父母把咱们养大已经够辛苦的了。”梅子对剑说。

## 第八十四章　露珠与伤疤

虽然眼睛进碱后，梅子在第一时间采取了有效的急救措施，然后又经过了医院的精心治疗，但是，还是不可避免地留下了难受的后遗症——经常干涩，动不动还疼痛难忍。干涩，就是那种有两个钝物在互相摩擦的难受感觉，一直从眼睛延续到心脏；疼痛，就是那种疼到骨子里头的疼痛。

从自己身体里抽血，然后用细针注射到患眼内的恐惧与疼痛随着她的出院已经慢慢远去。可是这干涩与疼痛却如影相随，有时让她觉得生不如死。有时候，梅子恨不得把整个眼珠都挖出来一了百了。

梅子问医生为什么有那样的后遗症。医生回答说是因为眼睛内的各种腺体被碱破坏了不通，腺体分泌物不能流出来才出现的情况。要想所有腺体恢复得完好如初，是要一定时间的。

眼睛可是心灵的窗户哦，眼睛受伤，比左膀右臂受损更痛苦。更有甚的是，住院的那天，医生就告诫她，要想眼睛恢复得快，减少后遗症，在相当一段时间内要禁止看电视、电脑、手机等一切有屏幕的东西，书物、报刊、杂志等也要少看，最好别看，还要避免强烈的灯光与阳光的直射。医生的这些忠告，对于爱上网、爱看书、爱写作的梅子来说，不就像是唐僧对孙悟空的一条条紧箍咒吗?

不能看电视、不能看电脑、不能看书，外出还得戴着不喜欢的墨镜……这不能做，那不能做，眼睛还天天难受，梅子的心郁闷至极，就像整个天空都被重重的雾霾所笼罩，见不到蓝天白云。其实她一直想找一个释放心情的突破口，但就是找不到。她觉得自己快疯了。

一个周末的早晨，窗外白雾茫茫，小区里立着的几棵大树就像是一个个被固定在白色牢笼里的囚犯。

只要一到周末，刚上幼儿园的孩子小贝就特别兴奋，那天早晨她一定要梅子带她下楼玩。经不起孩子的再三央求，顾不得大雾的不良影响，梅子就带着孩子下楼了。当她们走到小区中央假山前的竹林边上时，小贝被竹叶上的露珠吸引住了。那时，虽然雾大，二十米开外的地方就瞧得不太清晰，可是这竹叶上的露珠却是异常清晰的。虽然没有阳光的照射，但它还是显得那么晶莹剔透，给人一种拨开云雾突见阳光的美妙感觉。

小贝从竹叶中间挑出了几根淡绿的、包裹得很紧的新叶拨拉着露珠玩耍，她把这新竹叶称之为新叶棒。平行的、叶尖与叶根稍弯卷的竹叶上，露珠一会被孩子的新叶棒一分为二，一会儿又被分为三份或四份，但不管怎么分，被分的部分又自成一颗颗小露珠。

看着那一颗颗在叶片上滚来滚去的可爱露珠，再看看开心玩耍的孩子，梅子忘记了一切的不愉快，她的嘴角在不知不觉中上扬，眼睛也弯成了月牙状。——梅子露出了几个月来难有的笑容。

“妈妈，我们把这露珠带回家吧？”

那一刻，小贝居然用两根新叶棒挑起了一颗小露珠。

“把露珠带回家干什么？”

“让妈妈天天看啊！我看见妈妈刚刚看着露珠笑了呢！”

“好啊，既然露珠有那么伟大的功能，那我们就把它带回家去……”

看来在小贝眼里，露珠就是能代表让梅子展开笑颜、开心快乐的东西了。

“连三岁孩子都能看出自己天天不快乐呢。自己不乐，孩子也是跟着闷闷不乐、开心快乐不起来的了。”看着孩子与露珠，梅子久窒的心突然豁然开朗，“不就是眼睛受伤给自己带来了一些暂时的痛苦与麻烦吗？最多最后会留下来一个小伤疤嘛，那些暂时的痛苦与麻烦算什么呢？伤疤又算什么？我何必天天沉浸在自己设置的雾霾中？要知道，雾散才有晴空啊……孩子给我快乐的露珠，我也应该回他最快乐的‘露珠’。”

梅子想给孩子的“露珠”，那就是要她自己以身作则，让孩子从小就明白，人生路上经常会遇到一些困难与痛苦。遇到困难与痛苦其实再平常不过了。我们要做的，不是直接从困难与痛苦身上跨过去，或绕过去置之不理，或只成天看着它们皱眉叹息，而是要以一颗积极乐观的心去正确面对与处理它们，使困难尽快得到解决，使痛苦尽快得到消除，化困难与痛苦为前进向上的动力。

几个月来，为了最大限度地帮助眼睛恢复，梅子不敢用眼睛看电视，用电脑，连书也不敢多看，手机能不用就不用，剑还把家里的灯都换成不刺眼的暖色……后来，虽然经过了好长一段时间的休养，但梅子的视力还是明显下降，患眼里也留下了一个也许永远也去不了的疤痕，当然，这在眼睛里的不到一厘米的伤疤，不像剑腿上豌豆大的伤疤那样明显，如果不仔细看，它是看不到的。

有人说："伤疤之所以会疼，是因为我们热衷于去抚摸，去回味，去示人。若情动于记忆，必心痛于过往。愚者伤之更甚，智者伤而弥坚。"

一起看完那句话后，梅子与剑相视而笑。不用说，只用一个眼神，他们双方都明了对方的心思：努力做智者，不做愚者。他们相信，只要他们在一起，那些无法战胜的、克服的，一切不如意所留下的所谓"伤疤"，都会令他们更坚强，他们的十指会交握得更紧，两颗心会走得更近。

## 第八十五章　生意受挫

给砖厂送原料，亦即做生意两年的时间，让剑赚取了他人生的第一桶金。虽然钱不多，但足以应付房子首付。让全家住上了新房，终于实现了他让孩子在三岁生日前住上新房的愿望。可是这些钱，如果光靠他和梅子俩上班积攒，恐怕十年也攒不到呢。不久后，表弟国也在市区买下了新房。这就是做生意的便利与魅力所在。剑与国尝到了做生意的甜头。

可是有一天……

"哥，大哥的砖厂可能要卖掉了。"一天晚上九点多，剑正和梅子一起在床头给小贝讲睡前故事，国打电话来了。

"这么重大的消息你是怎么知道的?"剑边说话边轻轻捏了捏小贝的脸，然后起身到另外的房间去了。

“爸爸别走，您的故事还没讲完呢……”看着剑走出去，小贝对着他的背影喊。

“宝贝，叔叔找爸爸有事呢！爸爸忙，妈妈给你接着讲。”梅子赶紧哄着小贝。

“好像爸爸的故事我每次都没听完，然后他就走了。”小贝翘起她的小嘴不高兴地埋怨。

“宝贝，别不高兴，爸爸要忙着给我们挣钱呢。没有钱，你那漂亮的裙子，好看的衣服，还有你的芭比娃娃，都会没有的……爸爸很辛苦。来，妈妈给你讲故事好了，妈妈比爸爸讲得好，不是吗？对了，爸爸刚刚讲到哪了？”梅子用实际开导着孩子，尽量让她明白剑的辛苦和钱的来之不易后，开始接着把剑没讲完的故事继续往下讲。

经国的电话一打断，梅子忘了剑的故事讲到哪了，可是小贝的记性却很好，她给梅子提示后，梅子接着给孩子讲故事……

大哥的砖厂最后还是转卖给了别人，一个姓李的商人。老板换了，生意就没那么顺利了，许多的关节还得重新去打通。也许是砖厂资金周转不快，他们给原料供应商结账也慢了。

“国，我已经打电话找过李总几次，可他总说在外地忙，要我们别急，他回来就给我们结账，这都推了快半个月了，我们的资金早就没有了，而司机们又在催款，他们说不付款就不再给我们拉货，你说怎么办？”一天，剑在又一次给砖厂老板李打过电话后，赶忙打电话与国商量。

“他明显是在搪塞，是在故意拖延时间。”国气愤地说，“他根本就没去外地，一直在中州市区他的家呢。昨天我在中州某娱乐场附近还看见过他。”

因为给剑他们拉货的货车司机已经在催款了。他们已经欠了好几个司机的货款，加起来有好几万元了。货车司机已经出现了“集体罢工”。

有点头脑的都会有风险意识。

“给你拉货，一次不给钱，我相信你，二次不给钱，我还相信你，但是三次不给，我就不信你了，再信你，我就是傻瓜大笨蛋。”有个货车司机对剑说，“何况我们都是上有老下有小的人，钱拿不回来，拿什么去养家糊口呢？”

做什么事都有个度，过了这个度，性质就变了。

剑他们不是不给司机们钱，是他们自己的钱在砖厂要不回来。

因为本身资金少，剑他们做生意靠的就是资金周转快，现在，投出去的钱很久还收不回来，风险加大，这生意就不好做了。

而且，没了大哥的“庇护”，地头蛇又开始无缘无故找事，加之，原料价格又上涨了……许多不利于生意的因素一下凑到一块了……

好不容易把账结过，货款拿到手后，国与剑决定不再给砖厂送原料……

# 第八十六章 尾声

虽然因为砖厂换老板，货款难以要回，“地头蛇”找事、原料价格上涨等原因，剑与国停止了给砖厂供原料。但是，他们生活再也回不到原点，而是发生了质的飞跃。

在城市里有了房子，就是有了安身立命的所在，他们再无后顾之忧，他们开始放心大胆地做自己喜欢又擅长的事情。

“哥，我们再做点什么生意好呢？”

“国，那咱们再开个设备加工制造厂，好不？”

“你对这个设备加工制造厂有把握吗？”

“我已经研究分析了好久，只要我们经营管理好，目前看来还是很有市场，前景也不错的。”

“那行，哥，只要有钱赚，有前途，我就与你干。”

……

一天，国与剑聚在一起吃饭，他们又聊起了生意上的事情。他们不甘心就这么平淡、无聊下去，他们想趁年轻再做点事情，为自己，也为整个家庭。

因为有了近三年的合作，剑与国之间的默契度更好。他们又与几个朋友集资注册了一个公司，并成立了设备加工制造厂。

他们先承接一些焊工加工等小活，然后再承接一些设备的备件加工，再到小型、大型设备的加工与制造……他们的生意在一步一步做大，公司规模也在一年一年扩大……

为了更好地管理好公司里的各种业务，一年后，剑辞去了他固有的工作，全心地投入到了他自己的创业中。随着业务的扩展，公司慢慢壮大，人手日益增多，梅子也辞去了她在企业的工作，帮剑搞起了后勤，免去剑的后顾之忧，让他安心创业。

经过若干年的精心耕耘，剑与国的企业由小变大，由弱变强，他们公司的产品遍布全国各地。后来，公司借机上市，继续扩大，公司在国内赢得了众多的好口碑，品牌越来越响，顺利由内销转变为出口，就像一个在赛场上奔跑的运动员，由国内冲出了国外……

“爸爸，你又打算带我和妈妈去哪儿玩呢?”剑一回来刚坐沙发上，小贝就坐到了他的腿上边撒娇边问。

“爸爸的宝贝女儿想去哪玩呢?”剑轻轻地搂着小贝，亲了亲她的小手后反问。

“哦？我还没想好哦，我去问问妈妈去……”小贝想了一下后，跳下剑的膝盖，然后跑到里屋去找梅子了……

不管公司事务怎么忙，每年的每个月，剑都会尽量抽出多的时间陪陪梅子和孩子。他们或在家静静地玩电脑、看电视，或两人带着孩子一块外出旅游。一次，在游完本地有名的一个峡谷回来后，梅子的诗兴又大发，她乘兴写下了当时心中的澎湃与热情。

**你我同呼吸**

下万级梯
沉下去
只为唤起谷底碧绿的欢颜
只为九曲十八弯，峰回路转的
一次回眸

那凝翠的水滴
令人疼爱，令人怜惜、心碎的精灵
她们的身体里都有无数双眼睛

都藏有泥土的秘密
都雕刻着你我的每一次呼吸
每一点成长

那一刻，日月交相辉映
时间融入了天地
波光粼粼下水草们载歌载舞
你和我携手结庐在一片树叶下
享受余生的荫凉